城彼朔方

Home in the North

安史之乱前后的北方故事

城被朔方

西市独柳 作品

城彼朔方 / Home in the North

ISBN 979-8-9889568-2-2 (Hardcover)
ISBN 979-8-9889568-3-9 (Paperback)

Original chapters individually published online since 2013.
First U.S. edition 2023.

Published by Xi Shi Du Liu Studio.
9169 W State St #943, Garden City, ID 83714, U.S.A.
https://xishiduliu.com/

Title Calligraphy: *Yan Zhenqing* (709-785), work in public domain.

题字：颜真卿(709-785)，公有领域作品。

The dialogues and interactions among historical figures in this book are original creations and artistic interpretations by the author, and are not based on historical records. They should not be used as a basis for historical research.
本书中的历史人物对话和互动，均系作者本人原创及艺术加工，并非依据史料记载，不可作为历史研究之依据。

The use of fonts is subject to the SIL Open Font License (OFL).
Printed in the United States of America.　　　　　本书于美国印刷。

　　本书收录了 17 个唐代安史之乱时期的历史小说，以郭子仪、李光弼等平定叛乱的将领为中心，展开一幅动荡与黑暗时代的众生画卷。其中有阴谋、伤痛与苦难，亦有坚忍、忠诚与人性光辉。在落笔之前我曾彷徨多年，因为"在奥斯维辛之后写诗是野蛮的"。至今我也仍在质疑自己是否有资格描绘这个时代。但故事一旦萌发，便有了自身的生命力，我只是将它们拓在纸上罢了。

This book features 17 historical novels set during the turmoil of the An Lushan Rebellion in the Tang Dynasty, with a focus on military leaders such as Guo Ziyi and Li Guangbi who quelled the rebellion. It unfolds a vivid portrait of a turbulent and dark era, where conspiracies, pain, and hardship intertwine with resilience, loyalty, and the brilliance of humanity. Before putting pen to paper, I wrestled with uncertainty for many years, for "to write poetry after Auschwitz is barbarism." Even now, I still question whether I am qualified to depict this era. However, once the stories took root, they acquired a life of their own, and I merely transcribed them onto the pages.

目录

赴雪

我皇唐之反正也，时则有若临淮、汾阳，秉文武忠义之姿，廓清河朔，保乂王室，翼戴三圣，天下之人，谓之李、郭。

——颜真卿《李光弼碑》

1

蓄势待发了一整天的雪终于在黄昏时分杀进大唐的疆域，踏着朔风的鼓角席卷驰突所向披靡，片刻工夫就将定远城围得水泄不进。细小的雪片柔若无骨，风急的时候却将铁胄敲得铮铮作响。城头上延颈眺望的将卒们互相交换着试探的眼神，却好像谁也不敢先开口。

天色迅速暗下来。戍卒上城来点起火炬，几次被呼啸的风雪扑灭。终于有人抹一把脸上的冰霜："眼都睁不开。散了罢。能有什么事。"

几个蕃将挪了挪脚，似乎想跟着他走。却还有个后生不死心，眯着眼睛又看了一顿，低声咕哝："还是去找找。"

"这样大雪，等天黑透了，对面来个骆驼都看不见。找个鸟！看把小命赔进去。"

正争执间，一个巡卒上来传话：夏州来接马的人到了。

这可是哪壶不开提哪壶。为首的汉子暗骂一声晦气，下城去见了夏州长史，没好气道："你来得倒准时。我们这里买马的人都没了，哪有马给你。"

那长史看上去年不过三十，眉眼一凛，却比塞外冰风更让人遍体生寒："这怎么讲？你们主将呢？不派人去接应吗？"

蕃将喷了一声，一句关你鸟事已到嘴边，却生生被那青年的眼神怼了回去。

一旁有人陪笑道："王判官押了几万匹绢去买回纥马，郭将军不放心，亲自带兵跟着。约定今天回来，谁知这时一点消息都无。若在平时还好连夜去找，这天气……"

青年一敛眉，却没多话，只草草抖落肩头积雪便翻身上马。他身后一小队夏州来的卫兵也默默整装待发。

"按军法：失主将，麾下皆斩。我去找他们。你们活够了的，只管在城里歇着。"青年的目光在蕃浑将卒中间一个一个扫过去，许多人不自觉地退后半步想躲开什么似的。最后只有一个浑部酋长站出来，从身边推出个年轻后生："释之和你去。他认路。"

那后生心细，见这长史一身常服，斗篷里没有带甲，忙递过去一个兜鍪。剩下三五个蕃将你看我，我看你，支吾一阵，终有一个胆大的说出大家的心声："我们朔方军，没有这条军法。"

"从今天起就有了。不信的，可以亲自试一试。"青年系上兜鍪，又熟练地从卫兵手里拈条长枪，朝那浑部后生从容一揖，"夏州长史李光弼。将军请带路。"

最终竟是李光弼这三个字起了关键作用。有老成的僚属立刻认出这是蓟国公李楷洛的次子。朔方节度使是宰相遥领，副使李楷洛实为一境长官，谁敢惹。几个裨将嘀咕了一阵，终于不情不愿地点起兵马追出城去。

定远城使郭子仪这时候正在暴风雪里进退维谷。他们驱着上千匹马，天色向晚时刚到山脚下。向东穿过贺兰山便是唐土，距离定远城不过几十里。若在平时，赶几个时辰的夜路也不在话下。然而天气实在是坏，人马都在冰路上步履维艰。回纥马跟唐军甚至不通语言，将卒们吆喝得嗓子都劈了，白吃了满嘴的冰碴，也只勉强将马群拢在一处，哪里还赶得成路。

看看入夜，雪越下越凶。郭子仪急也无用，只好在一处土丘下寻个稍微避风的地方凑合一夜。他们出来时只顾带钱帛，营帐炊具都背得少。大雪天里也寻不到柴草，人和马相互挤在一处取暖。不知熬到几更，腿脚早冻得失去了知觉。想起来走走，齐膝的积雪直往靴子里灌。郭子仪心知自己是全军上下穿得最好的，尚如此狼狈，熬到天明不知要冻伤多少人马。一念及此，心焦得满后背都是冷汗，顷刻间贴身衣裳都冻硬了。

正是叫天天不应叫地地不灵的时候，山口处远远转来一队火光，援军来得如菩萨下凡一般。起初两支队伍相互看不清旗号，远远对峙着谁也不出声。后来这边的支度判官沉不住气，先喊了声"什么人？"

"思礼？"对面立刻有人认出来，一时间两边欢声雷动，人喊马嘶乱作一团。

郭子仪先见了浑释之，绝处逢生分外亲切，刚抱在一起就脚下一滑，双双滚进雪坑里。好容易爬起来，乍听见王思礼锐声喊道："光弼?！你怎么在这里？"

郭子仪闻声望过去，只见一小队骑兵整整齐齐背风站定，拿身体护着火把，面对这边的喧哗混乱完全无动于衷。为首的青年见了王思礼，也只是微微笑了一下，下马来斯斯文文地行礼。

当着众同袍的面，浑释之也不好告状，只对主将道："夏州来的。好生厉害。你回去好好谢谢他。"

冰风卷噬火光，乱雪隔断视线，千方百计阻止他看清那人的面容。隐约只记得鹰隼般沉鸷的眼锋是种与年龄不相称的威严。那人偶然间朝这边瞥过来，一眼就盯住人群里个子最高的那个。极短的一霎对视，郭子仪正要开口打招呼，却见对方已移开了视线。

"释之……"郭子仪低头掸着身上的雪，"我脸上有什么不对吗？"

浑释之噗哧一笑，自走去备马了。

2

"……嗨，从小就是个假正经。你别管他。"王思礼正和胡姬调笑，又被拉过去问话，声调里早带了几分不耐烦，"他就高兴一个人坐着。你去问长问短的，不出三句就得翻脸。我押一贯钱，你别不信。"

郭子仪听说王思礼和李光弼是总角之交，不由他不信。然而毕竟是专为答谢那人设的宴，怎好教贵客在角落里枯坐。犹豫了几番，终于逡巡过去敬了杯酒，自饮罢，凑近去低声道："我看你不爱饮酒，不必勉强。只是我一点心意罢了。"

李光弼刚端起杯，听见这话，颇为诧异地盯着他。筵席上飞觞走斝吆五喝六，好容易抓住一句客套话又被聒耳的丝竹声卷走。眼睁睁看了半晌，思绪里积满了雪，一片白茫茫的空寂，触手处冷得发烫。

琵琶声戛然而止。胡姬拿拨子朝这边点了一下，咯咯笑道："你们看那穿黑的公子，一对大眼珠子只恨不能摁进郭将军脸上。"

郭子仪心道大意了。部将们都被他叮嘱过，无人造次。却忘了防女人。

一时间满屋人都朝他们看过来。王思礼吃到七八分醉，早笑倒在温柔乡里："光弼，他欠了夏州几匹马？你快把他瞪出两个窟窿了。"

郭子仪被他端详了半晌，这会又见镇日紧绷的一张冷脸上云蒸霞蔚崇光泛彩，登时整个脑子都卡住了："我好看，让他看一会儿怕什么。"

这还了得。众人哄堂大笑起来，险没把酒桌都掀了。李光弼几曾见过这种脸皮，恍然间竟不知谁调戏了谁。又不好在生人面前发作，蹭的一声站起来，逃也似的离了席。

"衙内。脸嫩。"郭子仪随着众人笑了一通，自罚三大杯，"你们好好玩。我赔礼去。不然告到蓟国公那里，这一顿板子谁也跑不了。"

李光弼幸未走远，还在马厩里不紧不慢地解着缰绳。郭子仪松口气，凑过去也只是点头一笑，牵出自己的马跟在后面。两人一路无言出了城，大雪后的官道上几无人迹，倒好像做贼心虚出来私会一般。最后李光弼当不住这诡异的气氛，先开口道："我没生气，你不用这么……"

郭子仪笑道："使君是何等样人，怎会为这点事生气。我见你在席上不自在，正想着陪你出来走走。"

李光弼不由自主地又朝他看过去，然而殷鉴在前，只匆匆一瞥就慌忙垂下眼睫，草草道："我一个长史，不要叫使君，当不起。"

"叫将军好么？"

说者无心听者有意，李光弼闻言暗咬住嘴唇，半晌没出声。军营里满地将军，偏他一个蕃将之子，论散秩论职衔却是彻头彻尾的文官。

是在这一段沉默里他忽然意识到郭子仪这个人的不寻常处。这几乎是他们第一次交谈，半生不熟的人之间哪里搁得住这样的冷场。然而在那人面前他竟可以心安理得地不说话，自然得好像已经认识了几辈子。

这种不寻常的默契里很快滋生出暧昧。李光弼不得不再次开口："听说郭将军是武状元。"

"快二十年前的事了。考那劳什子背了好多书。"

李光弼欲言又止，欲止又言，踌躇几番道："我也想去考，你看怎样？"

郭子仪一脸惊讶："你已经六品在身了……我是说，你真要去考还不是易如拾芥，可你哪里需要靠这个？蓟国公去和牛相公提上一句，想做什么将军还不是凭你心意。"

话一出口他便立刻回过味来，不觉敛了笑容："对不起，我不知道你的难处。敢是蓟公……？"

李光弼在河边下马，踩上无人踏足过的积雪，好似走进一个只有他自己的荒凉世界。冬日的太阳早早西斜，雪后的空气无一丝尘迹，一道道炽白的光如凌厉的箭锋破空而来。贺兰山的青紫色剪影渡过冰封的黄河，空无一物的雪原上有鹰在盘旋。

他直视灼目的夕阳，然后闭上眼。强光穿透眼睑，虚空的视野里有繁星溅落和血流奔涌的幻影。他不敢看他，那么还可以看看太阳。

"家里让我从文。他们自有他们的道理……我只是不甘心。"

郭子仪没有立刻回答。他从背后注视着那个笔挺到有些僵硬的背影，也是第一次感到这个人的不寻常。他在一切需要谈话的场合里游刃有余滴水不漏。面对所有人他都可以轻松敷演出一整篇曲尽人情物理的套话，但在此人前后他平生第一次耽于沉默。就好像静悄悄下着大雪的那种深夜里，任何一丁点声响都显得碍手碍脚不解风情。

最后是李光弼第三次被迫打破沉默："怪我交浅言深，说这些没要紧的琐事，让将军为难了。"

"没有！我很高兴你愿意和我说话。"郭子仪连忙辩白，下意识朝他靠近，却又好像不忍踩乱那人周围平整的积雪，在几步之外又停了下来。

"我斗胆说句真心话，你是天生的将军，我当然乐见你从军。我可以替你去求盖中丞，田大夫，牛相公，河西陇右，安西北庭，但凡有我能帮上忙的地方……可是，我不知道该不该这样说……坦白讲，这里面是有私心的。"

李光弼的左手微微一动，攥紧了斗篷的边缘。

郭子仪故作轻松地笑了一下："前天夜里初见你时就想着，什么时候能和你一起出兵，驰骋疆场，并肩破敌，何等快意。可再一想，如今承平日久，处处重文轻武，折冲果毅，壮夫耻之。况且刀枪无眼，这等风餐露宿剜肉刮骨的营生，还说要和你一起，不免过于自私。思来想去竟不知如何开口，只得藏拙。"

他说得这样亲切诚恳，李光弼却立刻抓住了一丝委婉的讽劝之意：那人久惯军旅，深知这条道路上的种种不浪漫，只是不忍拂他的意气罢了。

"血肉之躯换功名勋业，是最磊落的事，怎能算私心。"李光弼只装作没有触及更深一层微妙的情绪，客气地朝他笑一下，趟着积雪并肩走回去。

天色迅速暗下来。回程路上两人只谈了几句绢马互市的公事。到营中时筵席已散，郭子仪满怀歉疚："说是道谢，反把你饿了一顿。怎么好。再找地方给你吃点东西？"

李光弼忙道"不必"。灯火初上，那人精工细刻的眉眼似一盏烛光，宛转摇曳极尽温存，却将冷硬的蜡质一滴滴熔作烛泪。独处时李光弼根本不敢和他对视，此刻在人来人往的营寨里倒好像能掩饰几分心虚，不觉又偷觑了几回。

"那你多看我一会，权作描补。"

李光弼登时紫涨了面皮，恼羞成怒落荒而逃。

几天后马匹交割完毕，王思礼回灵武复命。送行时一路闲聊，郭子仪漫不经心笑道："那个夏州长史，一双眼睛能把人盯到'实同反'。他要去了御史台，看人一眼就招了，还要什么罗织经。——难道他自小如此，都没人和他说过么？"

王思礼笑得险从马背上跌下来："哪里。他最是个别扭的，常年耷拉着眼皮儿不肯看人。我认识他二十多年，得见他青眼的机会一只手都数得出来。"

3

那之后郭子仪每逢去灵武办公事，总要千方百计去李楷洛家周旋一圈。李光弼似乎还在不温不火地爬着文吏的职阶。当着老爷子，他自然也不好问。直到王忠嗣移镇朔方，听说了李光弼给定远军立规矩的事迹，极欣赏这做派，当即提拔他做了宁朔太守。李光弼去灵武述职时正遇到郭子仪，见面贺道："古人四十专城居就美得什么似的，你才过而立就穿了绯袍，可还了得。"

李光弼随口谦让了几句，心里扫过一丝难以名状的失落和烦躁。宁朔郡在内地，若论兵额，还比不上边关一个小小的守捉。然而父亲的身体一天不如一天，他做长子的哪里还敢有什么非分之想。这一团乱麻的心事如今已无处可说。客套话须臾耗尽，不再有举目相视的借口，便草草告辞了。

转年来李楷洛寿终正寝，李光弼兢兢业业守完孝期，总算松了一口气，立刻向王忠嗣请求戍边。主将稍知他家掌故，半开玩笑试探道："正缺个安北都护。可那地方离灵武上千里远，我若松了口，将来还敢见令堂么？"

话音未落已见李光弼纠紧了眉头。王忠嗣看在眼里，却不想深谈，微微一摆手："你别往心里去。太夫人是女中豪杰，哪里会计较这个。"

那时候郭子仪见任单于都护，两人分戍东西受降城。三受降城首尾八百余里，每三十里置一烽燧，烽烽相望，星星点点连缀起漫长的边境线。李光弼夜里巡营时必定要到城头去看东边传过来的平安火，想着两处受降城下是一样的莽野长河，一样的朔风冷月。他们就守在同样的空茫静寂里，共看这一点远在天边微茫的暖光。

他们曾约定防秋季节合兵巡边，或许还能偷闲出一回猎。然而还没来得及兑现，关中突然传来凶问，郭子仪不得不回乡丁忧。

　　第二年适逢突厥内乱，两任可汗死于非命。王忠嗣养兵千日，只等这样一个机会一举覆国。天宝三载冬，王忠嗣亲率朔方军出白道直抵萨河内山，击破突厥左阿波达干十一部。随后回纥、葛逻禄围攻拔悉密部，杀白眉可汗传首京师，纵横漠北数百年的阿史那家族彻底丧失了对草原的统治权。

　　这一战朔方军以铁勒仆骨、同罗部为先锋，李光弼与王思礼各提偏师为左右翼，配合得天衣无缝。一路上王忠嗣欣赏李光弼军中旌旗整肃进退有序，提拔他做了朔方都虞候。凯旋之日主将忙着入朝献捷，论功行赏的庶务都交到李光弼和王思礼手中。

　　到了开宴庆功的好日子，李光弼怕热闹，一个人躲在振武军衙门里看书。不一时忽见浑释之满头大汗闯进来："可找到你了。快去！营门口有事！"

　　李光弼起初只以为有人撒酒疯，及至现场，一群仆骨部的蕃兵正团团围住营门前的拴马桩。拨开人群挤进去，方见一个矮小的汉子两手反剪被捆在木桩上，一身官袍已被扯得七零八落，披头散发狼狈不堪。

　　来路上浑释之大致解释说，仆固怀恩嫌赏赐太少，疑心支度副使王思礼做了手脚，又听说有人看见王思礼以十万钱贿赂敕使，篡改赏格，大头都给了汉兵，到蕃军这里只剩下一点残羹。流言蜚语经过重重翻译转述，转瞬挑拨出滔天的怒火。万幸王思礼精明，面对拿他泄愤的蕃兵打不还手骂不还口，亦不作一个字的辩白，只千方百计给浑释之递眼色。

　　此刻见救兵终于到场，王思礼终于有了几分底气，努力蹭着木桩想站起来。

　　"大丈夫说话，一块块砖瓦落地。我只问你，一缗钱六斤半，十万钱，一百缗，我一个人两只手，如何搬得动六百斤铜钱？中间谁经手，谁见证，你们有本事，叫出名字来，我王思礼今天就教你们一片片剐了吃，死而无憾！"

　　李光弼初时还有几分疑惑，听到这里，见对方被问得张口结舌，便明白贿赂敕使多半是谣传。当下拔出佩剑砍开绳索，对仆固怀恩道："王郎中官在朝籍，就犯了弥天大罪，自有国家法度，怎可私刑侵凌。"

仆固怀恩冷哼："法度要是有用，我们还在这里闹什么?! 自我们投靠过来，受了汉人多少腌臜气，哪个国家哪个法度给我们做过主? "

王思礼嗤笑一声："老子又不是汉人。你精细些，回头教人把这话学给郭将军、王大夫，你拿什么脸见长官! "

仆固怀恩恨不得一脚将那矮子踢到黄河里去。然而此时虽然怒火冲天，脑子还是转得过来，并不曾上他的套。只转脸逼视李光弼："我且问你李虞候，他要是果真私吞了赏赐，你敢不敢查? 查出来敢不敢杀? 你只说能，还是不能。"

话音未落，王思礼早指着鼻子骂起仆骨氏八代。李光弼脸上波澜不惊，一眼瞪得王思礼噤了口，一面将手中佩剑横到众人面前："你们都认得这把剑。谁来念念，上面写的什么字? "

稍有头脸的将领都认出了剑柄上的绿松石，知道这是朔方节度使代代相传的履霜剑，亦都知道刃上有一行鸟爬般的篆字。如今节度使入朝，竟将这剑交到都虞候手里，似在情理之中，也出于意料之外。霎时间现场气氛就变了。蕃部中老成的首领纷纷交头接耳，其余人就算不晓得首尾，也都被这虞候的严厉神色震住了几分，一步一步不动声色地缩去角落里。

王思礼自忖这正是他出头的时机，然而十个字里认不到一半，哪敢开口。僵持了半晌，最后是浑释之背后一个半大孩子不声不响钻出来，对着剑锋脆生生念道："上至天，下至泉，将军裁之。"

"思礼，这一批钱帛都从你手里过，你来说，究竟有没有蕃汉不均? 如有，是谁定的赏格? "

说话间李光弼将剑横在上马石上。王思礼原本理直气壮，到这时却忽然有几分怯场，不自觉地压低了声调："赏格是朝廷敕旨，三省六部宣奉行，文书现在军府里，任凭验看。我便有十个脑袋难道敢矫诏不成? 只这蕃汉不均，又不是什么新鲜事，东起平卢西至龟兹，天下十镇莫不如此，我又奈何得了谁? 况且他们这几部蕃军，一路回来经州过府，没少驱人牛马，一桩桩都有百姓状词对证。里外算下来，只怕比汉军还多落些油水……”

话说到这地步，莫说仆固怀恩，在场蕃将一个个都沉不住气了。李光弼当即截断他："账不是这么算。上面赏赐不公，下面纵兵劫掠，谁也没比谁有理。"

这当口上，一个令卒送来了赏功敕牒。李光弼做了许多年文吏，一眼扫过去就看穿了关窍：朝旨以钱赏汉军，绢帛赏蕃军，名义上是方便边境上以货易货。然而钱帛兑换的比率仍是开元年间旧例。如今货轻钱重，蕃军便吃了暗亏。

李光弼心里暗叹一声，卷起文书："此事情状甚明：朝廷颁赏有失公允，王郎中却不曾徇私，就有天大的怨恨也不该窘辱他。今日谁动了手的，一人二十军杖，有劳仆固将军亲自监刑。抢了百姓的财物，限三日内归还，违者军法处置。至于赏赐，我自去和王大夫商量，必定给大家一个交代。"

仆固怀恩扭过脸去无声冷笑。王思礼也忍不住一撇嘴："朝廷哪肯开这个例。你何必为难王大夫……"

"王大夫做不了主，我便去找兵部评理。兵部做不了主，就去找宰相。宰相做不了主，我就上奏天子。"李光弼俯身拈起纹饰华丽的古剑，"今日在场的子弟都是证人，我若说到做不到，只如此桩。"

手起剑落，拴马桩被齐头斩断一尺。李光弼轻轻收起剑，分开人群独自离场。

4

事情当然没有李光弼想的那么容易。王忠嗣第一个来信劝他：你已尽心了。剩下的我来处理，绝不教人为难你。

他当然不肯就此放手，然而寄往长安的所有争辩和求告都如泥牛入海。那是李光弼平生第一次撞上帝国官僚机器的铜墙铁壁，亦是第一次对主将心生不满。这种焦躁感如面对一个影子般的敌人，砍不伤，杀不死，却也终生无法摆脱。有那么一个刹那他认真地设想起自己在将士面前兑现诺言自裁谢罪的场面，随即又轻蔑地笑自己：死得这般张致，却又能改变什么呢？

最终是郭子仪在华州听到消息，亲往长安上下关节，借助父辈的关系网终于见了李林甫一面。告说仆骨部内附不久，这次出征不但立下汗马功劳，所过州县秋毫无犯，宜额外加赏以彰朝廷教化之恩。如此这般总算要来一笔钱，弥缝出一个皆大欢喜的收梢。

随后郭子仪服阙归镇，特意把李光弼请到东受降城，当着蕃浑诸部宣告：圣朝铁打的律令，本无回旋余地，你们多得这几十贯钱，都是李虞候千方百计争取来的。

随即又大手一挥说，因打了胜仗，天恩浩荡，这番因剽掠百姓论罪的都将功折过，一切不问。

行列里欢声雷动。李光弼眉头一拧，心里滚过一阵燥热，却被郭子仪携着手牢牢按住。两人面上兄友弟恭，袍袖里一双手龙争虎斗，绞得指节都发出不祥的响声。好容易众人散了，郭子仪终于松了力气。李光弼将手拔出来，干瞪着对方说不出话，白热化的静默中越发连呼吸都乱了。

郭子仪眼见那人手上满是勒痕，一时间也慌了神，却好歹没敢再上手去摸。只低头赔笑道："到我厅里去好不好？我有心听虞候教训，只这当营门口，给众人眼巴巴看着，我以后拿什么脸发号施令。"

李光弼也不知该气还是该笑，揉着手腕拼命把眼珠子往上翻，抵抗着想看对方的念头。三年不见，那人脸上难免添了几道细纹，却越发将眉眼描得拨云见月水落石出。他们已有七八年的交情，论理早该熟悉到不耐烦多看的地步，然而他仍旧学不会轻松自然地面对他，就好像一个人再怎么努力也学不会直视太阳。

"你也太会说话了。这本事哪里能学？"

"这两年在家哄娃娃，自然大有长进。你还年轻，再多几个小郎君小娘子，磨也磨出来了。"

李光弼只觉这一句话里每个字都不对劲，然而丝毫不想讨论这个话题，只得含糊一笑混过去。须臾到了衙门里，两人一同吃了午饭，撤下杯盘换上茶汤，郭子仪才重新提起方才的话头："你做事斩钉截铁，见不得我和稀泥。可这事……你也知道，铁勒诸部本系羁縻，一言不合，拔起营帐就跑了。怎么可能同府兵健儿一般约束。"

"我自小在朔方长大，亲见过六州胡作乱。你讲的道理，我自明白。只不过事有不平，要我闭着眼睛装看不见，我做不到罢了。"

郭子仪深知那人在他面前吃硬不吃软，遂微微抬高了声调："那你可知道，当年蕃浑诸部给突厥人打仗，连军粮都不拿，全凭沿途打家劫舍。你读了一肚子兵书，哪家先贤带过这样的兵？有什么办法。这就是他们一向的法度。我们到这里少不得入乡随俗。有心教化也得一代一代慢慢来。朝廷这样行赏，一者是暗惩他们剽掠的毛病，不欲汉军学他们；再者，真给蕃汉一碗水端平，你以为他们就真没话说？只会得陇望蜀，越发难制。"

"国朝不把他们当自家人，他们就永远不把自己当成大唐人。"李光弼仍觉得郭子仪每句话都不对劲，却也提不出什么建设性意见。——若在过去他自有一大篇治军宏论，然而经过这回，深知自己眼高手低，能做的实在有限。沉默半晌，只忿忿道："你高兴拿百姓财帛去羁縻他们，那是你的事。我没本事为他们求来公平，你也不必替我虚邀这份人情。"

"我知道你不稀罕这个。可你将来是要做节度使的。怀恩同释之部下的骄兵劲卒，我得让他们安心为你效死。——你也不必担心欠我什么，这本是我自己情愿。"郭子仪见他神色微动，忙添上后面一句，谁知弄巧成拙。李光弼被某种情绪迎面撞上来，瞠目结舌望向他，却几乎什么也看不到。他根本不敢细品自己的心思，几乎是自卫般地烦躁起来："我连这一丁点小事都调停不开，做什么节度使。不瞒将军，我和思礼正打算随王大夫调任河西。"

话一出口他自己都愣了。最不该伤人的场合里脱口而出的却是最伤人的一句话。他这是在做什么？

而这一切又是如此自然和流畅，就好像他为这一刻的逃避拒绝已经演练过千百次。

然而郭子仪只落后了半个刹那的功夫，没等话头掉到地上就稳稳捞了回来："是。突厥打完了，到河西去打吐蕃。挺好。可见王大夫器重你们。你从小就在这里长大，出去四处看看，挺好。凉州一向军容严整，没有这些蕃兵的麻烦，也……"他用力吸进一口气，缓缓吐出来，"挺好。"

李光弼抬眼和他对视，只见那人嘴唇微微动了动，又动了动，做好做歹凑出一个微笑的形状："我实在一点都不知道。一点准备都没有。对不起……刚才本该摆酒庆贺你高迁。"

而李光弼自己也说不清那时那地他在期待什么。那样用力地望着对方，究竟有没有从那双看不够的眼睛里读到某个答案。他不知道也不敢知道。他只知道他们已经没有时间了。

他连一句得体的告辞都挤不出来，梦游一般无声地转身离去。踏过门槛的时候听见背后叫了一声："光弼。"

他不得不扶着廊柱才站住脚。他再清楚不过，那是郭子仪第一次公然直呼他的名字。

只这三五步的工夫，那人似已从方才刹那的失态中回过神来，眼中仍是暖玉生烟的融融笑意："光弼，答应我一件事好不好。你一人在外，凡事知进知退，不要像在这里时任性吃亏。"

“我做不到的事，没法答应。”

那人似早就料到他的反应，丝毫没有恼。只又朝他靠近了半步：“那你……几时，我是说，假如有那么一天，四处看够了，还回来，好不好。”

他终于回过头去，专注地看了他最后一眼。

“郭将军，我也有句话要劝你。自古兵不在众，以治为胜。将军视部曲如爱子，然爱而不能令，乱而不能治，这就好比把娃娃惯坏了。在定远军市马那回，幸而只是遇上风雪。万一遇上的是敌寇，你想没想过，你带出来的兵能不能去救你？”

一口气说罢，趁对方沉思犹豫的间隙转身快步离去。

5

河西幕中王忠嗣与麾下论兵，聊起朔方旧事，以闲话的语气循循善诱："程不识行伍整肃，刁斗森严，士吏畏慎，虏不敢犯。李广行军无部伍，就水草善处各取便利，士卒乐为其死。二人治军之道迥异，却并称名将，相得益彰……"

李光弼眼都不眨地就对号入座了："某不敢攀附古人。只是李将军几曾纵容部下剽掠？"

在场众人并没有领会机锋，只莫名其妙地看着王忠嗣拿拳头捶着书案，笑得坐不住："我竟忘了，你家正经是李将军之裔。引喻失义，得罪了。李广数奇，你们不要像他才好。"

李光弼抢白了主将，这会又有点不好意思，满屋里左看右看，忽然盯住一面空白的墙："我记得那里一向挂着朔方军的剑……"

王忠嗣侧头看了一眼，笑道："忘了告诉你。我已交出朔方、河东节印，往后就只领河陇两镇了。"

主将的理由，能说的不能说的，他都猜到八九分。于是只微微一点头，什么都没有问。在那之后他每次到节度使正厅中都忍不住扫一眼那面空白的墙。他不知道那把剑的去向也并不想了解。他只是莫名感到他和世界之间唯一的联系就这样断了。

王忠嗣在河西也只待了一年多，即因忤旨去职，远贬汉东。李光弼仍留在赤水军。天宝八载唐廷调集四镇重兵共克石堡城，李光弼在鄯州见到了从朔方前来支援的仆固怀恩和浑释之。

当年那个用脆生生的嗓音读篆字的孩子已经全副披挂跟着父亲来出兵。接风宴上见了李光弼，一时间不太敢认，只拿一双圆溜溜的蓝眼睛上下窥看。

李光弼被他看得忍俊不禁，对浑释之埋怨道："正长身体的时候，穿这么重的甲，看累着孩子。”

浑释之笑着摇手。仆固怀恩在一旁已经不耐烦起来："可了不得。饶是这么压着，还活猴儿似的。”

浑瑊这时候认出了李光弼的声音，径直走到他跟前："你是朔方来的吗？”

李光弼微微躬身平视着他："是。那时候你还小，不记得我了。”

"你是李光弼。”

浑释之喝道："怎么跟长辈说话呢？”

李光弼挥手止住他，仍笑盈盈对孩子道："是。”

"你认识郭子仪吗？”

李光弼立刻有了不太好的预感。然而那孩子还没等他开口便已从表情里读到答案，咧嘴一笑："郭丈说，好生想你，让我问你几时回去。他给你留了好吃的。”

少年清亮的嗓音穿透力极强，又故意抬高声调，一句话惹出哄堂大笑。仆固怀恩扔过去一个"我早说什么来着"的眼神。浑释之平日里对儿子极严厉，这时候也只顾笑，象征性地在孩子背后拍两下，倒好像是奖励。李光弼养虎为患自作自受，被众人打趣得脸都白了，只恨不能教这孩子捎一个巴掌回去。

河西节度使安思顺在远处听见，惊诧道："郭子仪是什么人？公然来抢我的兵马使？”

王思礼耸耸肩："你老人家未必有胜算。这两个冤家在灵武一桌吃饭，从头到尾不说一句话，李将军光顾着看人，硬是拿筷子吃了半碗粥，还以为是干饭。”

"那他当初为什么来凉州？”

"冤家嘛。一到正经事上就合不来。"王思礼忽然觉得自己说太多了，索性抛下安思顺，长驱驰援几欲逃席的李光弼，朝朔方军将们问道，"郭将军怎么没来？他还欠我一贯钱。”

浑释之说，郭子仪正忙着在西受降城之外更筑新城，置天德军。在场众将一听，稍懂行的都知道这还是当年王忠嗣斥地备边的庞大战略的一部分。然而城未筑完，王忠嗣已经成了一个无人敢提的名字。到这地步，席面上气氛一下子就变了。李光弼因祸得福，总算从这一场隔空调戏中脱了身。

几个月后四镇联军攻克石堡城，再次在鄯州军营里大摆庆功宴。浑瑊在人群里钻来钻去，寻了大半个晚上，却无论如何找不到李光弼的踪影。

浑释之微微听到点传闻，尚不敢全信，只敷衍儿子："他不喜欢喝酒。"

经此一役，少年已经在各军中认了几十个叔伯。登时一路问到哥舒翰那里，方知赤水军根本没来赴宴，下了前线就连夜赶回凉州了。

少年迷惑地一歪头："有什么急事吗？"

哥舒翰已吃到半醉，却没有一点刚打了胜仗的喜气，瞪起一双长满血丝的眼睛："就你多话！"

浑瑊已觉出三分不对劲，溜下去默默察言观色，纳闷了半晌，总算在僻静角落里见到一个熟人："晟哥，你们今天都怎么了？"

李晟一抬头，浑瑊才发现他的眼睛也和哥舒翰一样红得吓人，忙将他面前的酒杯挪开："天！你不能再喝了。"

李晟抓住少年的双肩，勉强支撑自己颤抖的身体："王大夫死了。"

"王……王忠嗣？……你也认识他？"

"废话！"李晟霍地站起身，将桌边一叠杯盘稀里哗啦扫到地上。瓷器破碎的声音激得人愈加烦躁，李晟正要寻找下一批受害者，却忽然被对面的少年拦腰抱住："哥，别这样。你心里难受，哭一会儿好不好。"

话音未落，李晟已经泪如雨下。

"一万三千人……我营里的兄弟折了一半……

"他说，那些人都和我们一样是血肉之躯，为人子，为人夫，为人父。他们不是簿册上一行名字。

"他说，亡国可以复存，死者不能复生。他们把性命交到我手里，我得对得起他们的信任。

"他说，妻子失了良人，孩子失了父亲，那是住进皇宫里、琼阁玉殿龙肝凤髓也赎不回的痛苦。

"阿进，那是王大夫亲自交到我手里的兵啊……"

浑瑊小他九岁，个子才到他胸口，却像护雏的动物一样将他揽在怀里，轻抚他的后背，一遍又一遍说，哥，这不是你的错。

那时王思礼已调任陇右押衙。李光弼回到河西，再没有一个能叙旧的朋友。踏着残月策马出城一路向北，不知跑了几个更次，回过神来时四面皆是一望无际的茫茫戈壁。星光匝地，长风在荒野中辗转寻觅，徒劳地呼唤着无人辨认的名字。他在马几乎力竭的时候停下来，倒在沙丘上摸出酒囊。迟疑片刻，干笑一声，最终将酒尽数倾在地上。

第二年安思顺移镇朔方，试探地问他要不要一起搬过去："你现在是节度副使，到那边还是副使。有我在，绝不教你吃亏。"

李光弼心里好笑，却只正色道："那边蕃汉杂处，宿将如云，凭空塞进去一个副使，如何服众。"

安思顺大手一挥："我去了未必服众，你可不一样。我都知道。"

李光弼努力不去思量他都知道些什么，无头无绪地想了一夜，第二天正式对主将说，可以。

6

　　郭子仪的部将都为他不平得抓心挠肺。长官经营朔方十多年，蕃浑诸酋谁见了他不得下马喊一声"阿父"。这回李献忠叛逃，朔方军洗牌，大家满以为郭子仪熬也熬出来了。谁知人算不如天算，李林甫凭空调来一个安思顺，安思顺又凭空搬来一个李光弼。莫说登坛受钺，郭子仪硬是连节度副使前面的"同"字都没摘掉。

　　太黑暗了。

　　郭子仪本人情绪极其稳定："我一没打突厥二没打吐蕃，拿什么和他比。你们不要咸吃萝卜淡操心。"

　　好在李光弼回来之后官拜单于都护，两人分驻东西受降城，井水不犯河水。但这局面很快又被打破。郭子仪的六弟郭幼贤来朔方从军，被亲哥送去李光弼麾下历练。那几年里天德军将卒眼看着主将溺爱不明，一年不知要往振武跑多少次，全不把建功立业放在心上，也只好各自暗道晦气罢了。

　　这一次郭子仪刚到振武军，见了弟弟，一眼便看出他心里有事。

　　"你要告密。"郭子仪下马来，心里已经转了七八个念头。幼贤脾气执拗，在军中常和主将磕磕碰碰。他为这个吃了家人多少抱怨："一个嫡亲兄弟，就不能爱惜一点放在身边？"

　　每到这种时候郭子仪只笑而不语。而那个寡言的青年从头到尾就一句话："我只跟着李将军。"

　　此刻郭幼贤皱眉道："他严嘱我不许告诉你。但我觉得这事……"

　　"那你还是憋着。我自己去问。"

　　"来不及了……他把监军关起来，中午要问斩。"

　　郭子仪眼前一黑，一句不太体面的叹词脱口而出。两人一路赶往校场，幼贤说这位监军从关中带来一批健儿，以补充因李献忠叛逃而被削弱的兵力。新官上任照例索贿。李光弼面对各种明示暗示始终装聋作哑。

一天天耗下去，眼看过了官牒上的期限，中使仍没有交付兵卒的意思，李光弼当即将其捉拿下狱，按"稽违程限延误军机"的罪名判了个斩字。

郭子仪听得满心焦躁："百来贯钱就打发掉的事，你这个副将是干什么吃的！"

幼贤缄默了三步路的工夫，赶上来沉声道："我不知道该怎样才好。真杀起监军，我也很怕。但要对他奴颜卑膝有求必应，我做不到。"

郭子仪又扔了个不太体面的叹词，平生第一次后悔自己所托非人。说话间已到校场门口，郭子仪朝弟弟一挥手："你就别跟着了。"

判官正在宣读文书。郭子仪没有声张，径直走到刑场中央，以身挡在犯人前面。

"我来得不是时候。"

李光弼眉也不曾皱一下："徇私情挠军务者，斩。"

郭子仪仰望着高台上的主将，扬声道："我千里迢迢赶来，正有一肚子的私情要和你徇。怕你面皮薄，乞借一步说话。要杀要剐都由你。"

在场将校倒没人敢笑，只有命悬一线的监军撑不住笑弯了腰。李光弼明知他故意胡闹，却也不由自主涨红了脸，半晌才勉强清了清嗓子："就在这里说。"

郭子仪借着方才的一点轻松气氛道："军令如山，本不容置喙。只如今太平时节，幸未延误战机，或有通融余地。"

"如今不是太平时节。"李光弼冷冷道，"安禄山刚吞并了李献忠的同罗部，我们同他的兵力此消彼长。他几时动手，大同军打到这里只要三天。如今振武军兵额连一半都不满，增兵操练一日也耽搁不得。"

郭子仪闻言暗惊，还没想好怎么岔开这要命的话头，只听监军喝道："安仆射是朝廷重臣，你满口里说的是什么！"

那中使也是乖觉的人，到这地步知道自己一条小命捡回来了，声调登时壮了起来。

李光弼看也不看他一眼，只继续和郭子仪说："况且，平日里军政废弛，烽烟一起就能如臂使指，世上有这等便宜事么？"

"光弼。你自己部曲随你专杀。可这是朝廷敕使！你要学古人，司马穰苴也只敢杀车夫。你要学今例，就连王大夫在时也不曾拿履霜剑杀过一个人。"

"你一个武状元，不知道穰苴杀了庄贾么？至于王大夫，你不该提他。我何德何能去和他比。"

"李光弼！你听着，你和王大夫自然不能比。王大夫以身殉道，我替他惋惜。但若是眼看你在这事上吃一星半点的亏，我这辈子都不能原谅自己！"

李光弼原本紧紧盯着他，此言一出，飞快地移开了视线。片时沉默后，以只有他们两人能听见的音量道了声"心领了"，随即朝监斩官掷下令牌。

中官见话不是头，无师自通地躲到了郭子仪背后。郭子仪倒顾不得他，只定定望着高台上不怒自威的侧影，深深叹口气："光弼。看着我。"

李光弼转过脸去，在那双温柔又深沉的眸子里读到了绝望。

"我要说的话很伤人，可我没办法了。光弼，你杀了这个监军，再来一个就会好么？制度如此，你以为这样就能开悟圣知革除积弊？王大夫把自己的命都赔进去，徒教国家自坏长城，乱臣贼子弹冠相庆，试问他又改变了什么？而你这样做……落进国史里连个水花都没有，根本就是凭空犯傻！王大夫在天有灵，但凡肯为社稷太平着想，一定希望你不要学他。"

郭子仪说罢，也不敢再看对方，扯起监军的衣袖一路护送离了场。当天也不敢在振武停留，又一路送到灵武去向安思顺汇报。安思顺听说原委，揉着头皮哀号："你们兄弟两个，看不住一个李光弼……你说，这位贵人我怎么打发？"

"眼下轮不到担心这个。李将军的性子……不给他一个交待，只怕又赌气要走。"

"他还能走哪里去？"

郭子仪撇撇嘴："你在范阳那位令弟，给他下聘书挖墙角的事，打量你还合在缸里呢。"

7

安思顺确实为挽留帐中爱将尽了最大的努力。然而李光弼的职位已经是兵马使节度副使知留后，甚至早就袭了蓟国公的爵位，实在赏无可赏擢无可擢。安思顺冥思苦想了一夜，第二天清早一咬牙，郑重其事地拜倒在小女儿的石榴裙下："六娘啊，你就当为国尽孝了……他生得精神，倒不显年纪。你见他一次就知道阿爷绝不坑你……"

郭子仪在九原听说这事，不免眼前一黑，第三次抛出一串非常不体面的叹词。

情知无力回天，他还是打点行装准备再去振武见上一面，不料李光弼倒主动来找他辞行。

灵武城外的黄河刚从高山深峡里出来，尚带着冰峰雪崖的峻急冷冽。到了九原一带，地势舒缓，水网蜿蜒，便只如飘落在草原间一条柔美的帔帛。暮霭微沉，霞光满天，万道金辉奏着细密的乐声，也给帔帛绣上华艳的纹饰。闪烁迷离的波光从河里溅出来，晕染上水鸟的白色飞羽，牧草蓬松的穗实，马耳朵上细密的绒毛。

他们并肩看过许多黄昏，见过太阳落在山脊后，雪原上，沙丘间，狼烟里。多年后穿越战乱离别和千般苦难回望这段时光，郭子仪恍然醒悟，是这场秋日河畔过于美好的落日折尽了他们一生的宁静温暖。

他偷眼望着斜阳里那人雕塑般的侧影，几次忍不住想说点什么。而李光弼心有灵犀地轻轻攥住他的手，无声示意：不要。

一直等到最后一缕晚霞都暗淡失色，他才终于打破沉默："你回长安去？"

李光弼点点头。

"住在哪里？"

"敦义坊。"

　　郭子仪稍微愣了一下。李光弼忙解释道："安化门进去两三坊，西南角上，很偏。"

　　"我想起来了。"他一边点起篝火准备晚饭，一边朝对方笑了一下，"挺好。但愿那地方不贵，再过两年我也买得起。"

　　李光弼接过他递来的胡饼和羊肉，却独不接他的话茬。吃过饭，月亮刚爬上天德军新城的女墙。这片草原曾是利镞穿骨惊沙入面的古战场，至今常见暴雨淘洗出浅土里的枯骨。白天日暖风轻一切如常，到了夜里却好像每一点星光都是亡魂的窥伺。

　　李光弼眼睛盯着毕剥跳跃的火焰，缓缓道："你那天提起王大夫。我正想和你说一说他。"

　　"好。我也一直想听。"

　　"你知道的，我父亲一直反对我从军。他说，打仗是最龌龊的行当。他实在没有别的本事才走这条路。一开始我不懂。后来想想，他大约是带着唐军杀过许多契丹人，拿同胞的血换勋阶，事后心里过不去这个坎。

　　"我一度信着古人的话，攻其国，爱其民，攻之可也。杀人安人，杀之可也。然而时不时就有寡妇背着娃娃哭上门来，你知道那种事……后来我刚认识你的时候，一回家，正赶上积石军送来家兄的棺椁，痛哭的人终于轮到我自己的母亲。而他只是死于一场毫无必要的寻衅耀兵。总之我……之后好几年再没动过从军的念头。

　　"直到后来见到王大夫。

　　"那是我第一次知道，是有这样古书里也不曾写过的良将，在他手下，没有人会枉做了一将功成万骨枯的那根骨。

　　"是他让我相信，为将者并不是拿别人的性命换自己的富贵功名，恰恰相反，是拿自己的血肉去守千万人的平安团圆。

　　"那时候我相信，只要跟着他……"

　　他徒然张了张嘴，却怎么也说不下去，只得另起一句："所以你能想象，后来他……死在这种事上……我眼睁睁看着……"

　　他几次另起开头都没能说出一个完整的句子。胸腔里梗得生疼，不自觉地拿手揪紧了袍服前襟。

郭子仪将交椅挪近他，掰开他冰冷的手指合在自己宽暖的手心里："我明白你要说的。赵国配不上廉颇李牧。若说上回你离开朔方还有几分年轻气盛，这次……我想挽留，却已经找不到什么立场。"

那人向来在闲谈间对朝政三缄其口。说到这个份上已经是难得了。

他忽然反手攥紧了郭子仪的手腕，抬眼定定望回去："我真想知道，你怎么就能待得下去。"

李光弼再一次被自己下意识脱口而出的话吓住了。慌忙将手抽回来，慌忙躲开对方的视线，慌忙解释道："对不起……我不是……我没有指摘你的意思。正相反……这里换了别人，只会更糟……"

郭子仪莞尔一笑，平静地打断他："光弼，我也想给你讲一讲王大夫。"

眼看他微露惊讶的神色，那人带着一丝孩子气的得意朝他眨眨眼。

"算起来，我做王大夫部将的时间比你还要久。你去凉州之后，安禄山在河东筑雄武城，假意邀他助役，想赚朔方兵马。我跟着他出去虚晃一枪，回来上奏说范阳军去迟了，就这样混了过去。就是那次，到了无人时他和我感叹说，古人云'国虽大，好战必亡；天下虽安，忘战必危'，然而古人大约也料不到，能有哪个国既好战又忘战，兼此两患，也是一桩大奇。他和你说过这个么？"

李光弼摇头，心中暗惊，一时失语。自哥舒翰取石堡城之后，天子喜功，边将好战。安禄山征契丹，六万人全军覆没；鲜于仲通征南诏，其死二十万人。几年间事五强寇，亡百万人，而府兵悉罢，内无一卒。朔方虽一隅暂安，大家眼看这外强中干之势，谁不暗中捏着一把汗。

而这一切，王忠嗣早在七年前已洞若观火。

看透又怎样。前日校场上郭子仪那句"试问他又改变了什么"如滚油泼上心头，却又不得不承认：现实如此。

郭子仪重新握住他的手，拿体温熨着他满腔的块垒："可他又说，他倒不担心什么，因为河西有你，朔方有我。——我想，他当着我的面总得夸我点什么。但他提起你，不为别的，是真的对你寄予厚望。"

李光弼无端烦躁起来："怪我任性，辜负了他。当年家父不赞成我从军，也是看透了我的脾气。这些年不自量力，空给你添了许多麻烦。"

"你没有。我和你说这些，正是想为那天校场上的浑话给你道歉。你是我见过最像他的人。你和他有一样的忧虑，一样的不平。你进也好，退也好，一步一步都好像是踩着他的脚印。王大夫果然在天有灵……只会感叹他没有看错你。"

李光弼苦笑："不要这样比。他是有所不为，我只是做不到……"

"光弼。"郭子仪忽然截断了这个话题，另辟蹊径问道，"你后来从河西回来，是因为王大夫不在了吗？"

"不全是。因为我想……"他猛地停了一下，"因为我想家了。"

郭子仪似乎丝毫没有注意到他的掩饰，只以一种天真愉悦的神情看着他，温润的瞳仁里映着欢快的火光："那么，你下次想家的时候，还回来，好不好？"

细小的火焰转瞬间就烧到他身上。他慌忙站起来，无措地踌躇了片时，却被那专注的凝视拴着绊着，怎么也挪不开脚步。最终他缓缓绕到那人背后，在不被看见的地方极轻又极坚定地将手放在宽厚的肩膀上。

"你需要的时候，我一定回来。"

8

天宝十四载十一月，河东范阳节度使安禄山发所部兵及同罗、室韦、契丹凡十五万众，灼然南下诣两京、清君侧。是时海内承平日久，百姓累世不识兵戈。猝见兵兴，远近震骇。河北诸郡皆为安禄山统内，叛军过处，望风瓦解。从起兵到攻破东都，只用了不到两个月。

东受降城副使郭幼贤率先察觉大同军异动，上奏反状，是时天子犹以为是藩镇不和相互挑拨，竟不肯信。而郭子仪听到消息，一面派人火速去灵武取安思顺将令，一面集结天德军整装待发。几天后长安传来加急文书，方知天子终于相信安禄山定反，第一条举措却是将安思顺内召，以安北都护郭子仪代为朔方节度使。

郭子仪顾不得庆贺升官进爵，甚至顾不得为前长官担忧，兵符一到手就立刻调集全军主力赴振武待命。——振武军位于朔方与河东镇交界，一夜之间已是直面敌境的前线。

隆冬天气，静静地下着雪。郭子仪带着队伍到达黄河渡口时天色已经暗下来。没有什么风。柔软的雪花也如大唐百姓一般不识兵戈之苦，犹在苍茫天地间闲庭信步，悠然落在结冰的河面上，转眼就画出一道白练横亘于灰色的原野。

渡河的时候浑瑊忽然指着对岸一匹黑马惊呼："那不是李将军？"

郭子仪心跳都梗住了，下意识笑道："不可能。"

从长安过来，两千里路，那人难道能比皇帝的羽檄还要快？

更何况如今诸道勤王之师毕集关中，若论临危受命建功立业，只怕跟着高仙芝、哥舒翰，哪怕是和李光进一起加入禁军，都比返回朔方更有盼头。

甚至一刹那间闪过一个尴尬的念头：他手里这个捡来的节度使，本该是李光弼的。

然而他真真切切看见黑马旁边一个黑衣玄甲的身影，以冷静坚定的注视扫开他们之间纷乱的雪片和所有疑问顾虑，牵着他渐行渐近。那人正要行军礼时乍被他一把拉进怀中，胸甲撞在一起锵然作响。

他微微侧过头去，从李光弼鬓边拂落一层薄霜："刚才远远看见，吓了一跳，还以为你长了白头发。"

众人面前，李光弼不得不推开他，笑道："我来晚了。你军中还缺兵马使么？虞候，押衙，先锋，什将，都使得。"

"你回来，就什么都不缺了。"

天宝十四载末，大同军使高秀岩寇振武军，朔方节度使郭子仪击败之，乘胜拔静边军。大同兵马使薛忠义寇静边军，郭子仪使左兵马使李光弼、右兵马使高浚、左武锋使仆固怀恩、右武锋使浑释之等逆击，大破之，坑其骑七千。进围云中，使别将公孙琼岩将二千骑击马邑，拔之，开东陉关。

至德元载二月，以李光弼为河东、河北节度使，将蕃、汉步骑万馀人、太原弩手三千人出井陉，一举收复常山。四月，郭子仪引兵继至，拔九门，收赵郡。史思明屡战屡败，自常山退至博陵。五月，郭、李自恒阳进围博陵。叛军更无斗志，只得坚守不出。

官军远出，又逢大雨，围博陵十余日，粮草渐渐不济。李光弼自城下回营，见郭子仪正与粮料使筹划馈运，粮料使虽不敢明言，话里话外却处处旁敲侧击：该退军了。

郭子仪佯装听不到弦外之音，始终不应。李光弼在一旁听了半晌，却道："侍御言之有理。我们粮草辎重都在恒阳，现在正该撤回去，以免缺衣少食动摇军心。"

郭子仪到底心有不甘："史思明如今困守危城，孤掌难鸣，正是剿灭的大好时机。这一退，给了他们调兵增援的机会……"

"那更好。省了我们转战之劳。"李光弼神色如常，没在众人面前多话。郭子仪也立刻心有灵犀地撇开这个话头。到晚间只剩两人在中军帐里，卫兵都换上心腹，李光弼方继续谋议："按兵法，入人之地深，背城邑多者，为重地。凡居重地，士卒轻勇，转轮不通，则掠以继食。……"

　　郭子仪乐了："这还了得。兵法教你剽掠，快把书烧了罢。"

　　李光弼气得跺脚："不是这个意思！你听完：'若欲还出，切实戒备，深沟高垒，示敌且久。乃令轻车衔枚而行，尘埃气扬，以牛马为饵。敌人若出，鸣鼓随之，阴伏吾士，与之中期。内外相应，其败可知。'——史思明骄横好胜，未必甘心坐视我们全身而退。只要诱他出城，设伏围歼都不在话下。若有贼军来援，正好一网打尽。"

　　对方一手托着下巴，满脸虚心向学的认真神情："让我翻译一下看看对不对：我们收兵回恒阳，一路上故意行伍不整，史思明若出追兵，我们就边退边战，胜少败多，诱敌深入。等到了恒阳，即深沟高垒以逸待劳。白天鸣鼓耀兵，夜里偷营放火。等他们耗干了斗志，再四面设伏，合围聚歼。——是这个意思么？"

　　李光弼笑道："你这翻译也未免过于夹带私货。兵法是死的，你的计策是活的，如何能比。就照你说的来撤军。等到了恒阳，城东有一座嘉山，贼军必在傍山处设营，以利樵采。昔秦赵争山，先居者胜。我们先在山上设伏，出一队饵兵假作取粮，引诱贼兵围山而攻。再趁夜出两支奇兵绕过山头南北合围。到天明时山上山下击鼓齐攻，必能克胜。"

　　"跟着你打仗真是长见识啊。"郭子仪眨着眼睛发出真诚的赞叹，"秦赵争山这典故，是哪一年的事？争的是哪个山？能再多教一点么？"

　　李光弼被他问住了，咬着嘴唇半晌也没挣出一句话来。他这才想起来武举也是要金殿问策的。那人当年自嘲"考那劳什子背了好多书"，却原来都在这里等着他。

　　至德元载五月，郭子仪、李光弼自博陵还军，史思明收散卒数万踵其后。子仪选骁骑更挑战，三日，至行唐，贼疲，乃退。子仪乘之，又败之于沙河。蔡希德至洛阳，安禄山复使将步骑二万人北就思明，又使牛廷玠发范阳等郡兵万馀人助思明，合五万馀人。官军至恒阳，思明随至，子仪深沟高垒以待之；贼来则守，去则追之，昼则耀兵，夜斫其营，贼不得休息。数日，子仪、光弼议曰："贼倦矣，可以出战。"壬午，战于嘉山，大破之，斩首四万级，捕虏千馀人。思明坠马，露髻跣足步走，至暮，杖折枪归营，奔于博陵。

9

嘉山大捷之后，官军复围博陵，军声大振。河北十馀郡皆杀贼守将而降。渔阳路再绝，贼往来者皆轻骑窃过，多为官军所获，将士家在渔阳者无不摇心。

这是安禄山起兵以来遭遇最严重的一场挫败。登基不久的大燕皇帝怒召宰相高尚、严庄诟之曰："汝数年教我反，以为万全。今守潼关，数月不能进，北路已绝，诸军四合，吾所有者止汴、郑数州而已，万全何在？汝自今勿来见我！"

博陵城下官军营中，诸郡义军往来联络的文书雪片般落在河北节度使李光弼案头。两军主师处理公务直到深夜，李光弼怕错过急报，不令熄灯，就着交椅的扶手支颐打盹。困得狠了，一头向前栽下去，正撞进郭子仪臂弯里。那人也不知站在他面前等了多久。

"你怎么还不去睡。"李光弼几乎恼羞成怒，骤觉气氛不太对，急忙道，"我们轮流休息。你先睡一会，明早好替我。"

"我有话想和你说。等天一亮又人来人往的。"郭子仪似乎丝毫没有注意到他的失态，如常的平和态度里似乎还多了几分严肃。

他揉着前额，心脏突突地跳："说。"

"光弼，你想过没有，这一仗若是胜了，贼军精锐几近覆灭。下一步，我们北上直捣范阳，河陇军出关收复东都，这场战乱大概就可以结束了。"

他犹带着八分困意，一时抓不住那人言外的机锋："这样……不好吗？"

郭子仪叹口气："当然是好事。只不过……我不敢妄测圣意，只是凭空觉得……你如今是河北节度使，真等到河北平定的那一天，可就未必了。"

他稍稍怔了一下，勉强反应过来："你是说，等仗打完了，圣人会收我的兵权？"

郭子仪做了个悄声的手势："但愿只是我胡思乱想。若以我的私心，你这半年累出一身病，正该闲居静养些日子。但我知道你是不甘心的。"

"我两年前就辞过官了，有什么甘不甘心的。"李光弼努力做出一个自嘲的笑，"可是，边镇积弊已久，就算安禄山史思明都死了，也还远没到太平的时候……"

郭子仪苦笑："他们死了，朔方就是下一个幽燕。——我这个年纪，回长安到敦义坊买个院子，做几年立仗马似的金吾将军，一辈子挺圆满。我只不放心你。"

李光弼听见敦义坊三个字，一个激灵全醒了。他甚至不记得什么时候讲过自己在京城的住址，却被对方这样珍重地筹划进余生里。那人像哄孩子一样千回百转温言软语，无非是想再劝他一次：听话。活着。不要任性。

一阵潮热般的静默。他想说点什么可是嗓子像锈住了一般，几番梗着脖颈都不能发出一点正常的声响。郭子仪也在对面坐下，倾身靠近，声调低到他不得不盯住对方的嘴唇才能听清楚："这世上，难免会遇到比反贼更可恨的人，也会有比打败仗更痛心的事。认识你这么多年我从未劝你妥协，这是第一次。因为我还有很多，很多事想和你一起。"

情绪不受控制地涌上来，声音干涩直到喑哑。郭子仪迟疑了半刻，蓦地握住对方的左手，捧到面前久久凝视掌心的纹路，最后低下头将嘴唇若即若离地贴上去："光弼……答应我。"

李光弼已经不是用耳朵，而是全凭手心里细微的触感"听见"这几个字的。

他慌乱地站起来，交椅被撞倒在地上。恍惚间伸手去扶，又险些碰翻灯台。一阵手忙脚乱。帐外响起卫兵转身挪步的声音。

"我答应。你、你快去睡。天都要亮了。"他不得不强迫自己深呼吸，以免这场面跌进不可收拾的深渊里。

郭子仪放开他的手，用一种孩子气的惊喜笑容看着他："你说过，做不到的事你不会答应。那么，这件事你一定会做到：无论将来发生什么，你好好地回来。我等着你。"

天亮之后他们迎来了失魂落魄的信使，报说潼关失守，长安陷落，天子西狩。郭子仪立刻下令封锁消息，将在外攻城的队伍都撤回来严守营垒。然而已经晚了。当天夜里大小将领们川流不息来打探，两主帅却只回以一句冷冰冰的"按兵不动，谣言诡语者斩"。

煎熬了数天，终于等到了自灵武遣来的中官，宣令朔方、河东军收兵入井陉，驰赴灵武翊戴新君。

而这，在场所有人都心照不宣地明白，意味着数月来河北十七郡军民以血肉换来的光复局面即将付之东流。

很久没有人说话。盛暑的热浪似带着震耳欲聋的轰鸣，四面八方风雨不透地碾过来。郭子仪顾不得旁人的眼光，只如抓住救命稻草一般攥着李光弼冰冷的左手，拇指轻抚着掌心，无声地一次一次重复他曾以吻印在那片皮肤上的盟誓。

光弼。答应我。

中使将敕书递到他们面前。郭子仪举起双手恭敬接过，跪下行礼："臣遵旨。"

在他放手的一刹那李光弼一声不响地转身离开了中军帐。

至德元载六月，郭子仪、李光弼围博陵，属潼关失守，官军解围而南。史思明踵其后，光弼击却之，与郭子仪皆引兵入井陉，留常山太守王俌将景城、河间团练兵守常山。

七月，史思明、蔡希德将兵万人南攻九门。

　　八月，史思明再攻九门，克之，所杀数千人。

　　九月壬子，史思明围赵郡，丙辰拔之；又围常山，旬日城陷，杀数千人。

　　十月，史思明陷河间、景城，又使其将康殁野波将先锋攻平原。太守颜真卿知力不敌，弃郡渡河南走。思明即以平原兵攻清河、博平，皆陷之。复引兵围乌承恩于信都，承恩以城降。

　　贼攻饶阳，弥年不能下。及诸郡皆陷，思明并力围之，外救俱绝，太守李系窘迫，赴火死，城遂陷。

　　禄山初以卒三千人授思明，使定河北，至是，河北皆下之。贼每破一城，城中人衣服、财贿、妇人皆为所掠。男子壮者使之负担，羸病老幼皆以刀槊戏杀之。

　　是年八月，郭子仪、李光弼率步骑五万自河北至灵武。时朝廷初立，兵众寡弱，虽得牧马，军容缺然。及子仪、光弼全师赴行在，军声遂振。诏以郭子仪为兵部尚书、朔方节度使，留关中图复两京；以李光弼为户部尚书、河东节度使，以团练卒五千出镇太原。

　　"多忙也得睡足觉。饭冷了让他们给你热。不要喝生水。不要吃陈粮。吴起杀妻弃母，学他做什么。你脾胃虚寒，得吃全军最好的。"郭子仪在送行的路上絮絮叨叨说个没完。并不是真有那么多可叮嘱的琐事，更知道那人的脾气，再怎么苦口婆心多半都是马耳东风。——他只是必须强迫自己滔滔不绝，以免被恐慌和绝望追上来生吞活剥。

　　他们都知道这一次分别与以往任何一次都不同。

　　出了城门，李光弼勒住马，忽然问他："你说有很多事想和我一起，都是什么事？"

　　他的语气平静而闲适，好像只是随口问一句天气。

　　郭子仪凝神想了一下："秋天去苑里猎鹿。冬天去终南山上踏雪。围炉坐在一起守岁。四月初八到慈恩寺里看人拜佛。你不拜，就看看那热闹，让烟火气暖着，也好。还想看你弹琴，然后听你笑话我不懂琴。

换上窄袖小巾溜进西市里看人吞刀子，吐火，演傀儡戏。——我是这么个粗人。——你看过傀儡戏吗？”

李光弼笑道："品官入市要罚俸的。"

"这是门学问。"郭子仪已经送到了不能再送的地方，相互一揖马鞭便要分道，"等回去时，慢慢教给你。"

10

这一别就是两年。那是整个唐帝国最艰难的一段时期。关中战场上朔方军北击同罗，东收河中，于潼关、清渠几番惨败之后，不得不借兵于回纥，经过香积寺、陕州两场血战终于收复两京。安庆绪率残部逃至邺城。官军亦元气大伤，修整数月方得继续进讨河北。

而李光弼麾下精兵悉赴朔方，以老弱团练兵不满万人之数固守太原，抵挡住史思明、蔡希德十万大军的数轮围剿。至乾元元年八月，郭子仪与李光弼相继入朝，同日册授中书令、侍中。朝堂上匆匆一会，第二天即各赴行营。十月，敕河东军出崞口，诸道九节度共围相州，指望一举殄灭残寇。

是时史思明降而复叛，自引兵南下，夺取了刚刚被官军收复的魏州，与相州成犄角之势以制官军。史思明坐拥魏州殷实的粮草辎重和叛军中最精锐的幽燕铁骑，却只按兵观望。李光弼率部到达前线后，第一件事便是求见观军容使鱼朝恩，建言："思明得魏州而按兵不进，此欲使我懈惰，而以精锐掩我不备。请与朔方军同逼魏城，求与之战。彼惩嘉山之败，必不敢轻出。得旷日引久，则邺城必拔。庆绪已死，彼则无辞以用其众也。"

鱼朝恩听他指点战局，频频颔首，却始终不发一言。等他说完，又冷场了许久，忽然似笑非笑道："李侍中，你这么火急火燎的，是不是只等打完了，好和令公在长安做邻居，结儿女亲家？"

李光弼难以置信地看着他。私下里的玩笑话被外人直截了当地揭穿，一霎时的惊怒之后更多的是迷惑：这是在干什么？

他和鱼朝恩素无嫌隙。那人大约只是以这种恶劣的方式敲打唐军中威信最高的两位将领：你们被监视了。

"大敌当前，请军容议军。"

鱼朝恩见对方指尖都在抖，笑意转深："你只带了五千团练兵，就要来搬朔方的十万精骑。——老奴可都未必请得动这尊佛爷。"

"郭令公七月里就上奏朝廷，以为'贼之精锐，撮在相、魏、卫之州，贼用仰魏而给'，以克魏州为当务之急。他不会不赞成我。"

鱼朝恩刷地站起身，一抹儿敛去了假笑："他当然事事赞成你。你们一对儿赫赫扬扬，只手遮天，大唐上下还把谁放在眼里……"

"军容。"李光弼平静地截住对方突如其来的怒气，一手卷起案上舆图，"我们跋扈难制，将来国有常刑，劳动挂心。只是军容之尊又在九节度之上，末将窃为军容忧。"

事后郭子仪听说他如此这般抢白中贵人，少不得又派心腹来连哄带劝说教一番。李光弼盯着判官那张滔滔不绝的嘴，却只漫无边际地想着这些体己话需要几个时辰传到鱼朝恩耳朵里。然而他且轮不到为这种事焦虑。诸道军围攻安庆绪数月，因无统帅，进退不一，上下离心。相州城外穿堑三重，引漳水灌城。安庆绪麾下将士欲降者皆为积水所阻，不得出城。转过年去，史思明见官军师老兵疲，馈运不支，便屡次出兵袭扰粮道，至夜又在官军营垒附近击鼓喧哗。诸军昼则乏食，夜则屡惊。李光弼眼看他们曾在嘉山用过的战术如今被史思明学得惟妙惟肖，也只约束得自己麾下，面对行营六十万大军人思自溃，只有跌足叹恨的份。

乾元二年三月，史思明引大军直抵相州城下，官军与之克日决战。是日官军步骑六十万阵于安阳河北，思明自将精兵五万敌之，诸军望之，以为游军，未介意。思明直前奋击，李光弼、王思礼、许叔冀、鲁炅先与之战，杀伤相半；鲁炅中流矢。郭子仪承其后，未及布阵，大风忽起，吹沙拔木，天地昼晦，咫尺不相辨。两军大惊，官军溃而南，贼溃而北，弃甲仗辎重委积于路。子仪以朔方军断河阳桥保东京。战马万匹，惟存三千，甲仗十万，遗弃殆尽。东京士民惊骇，散奔山谷，留守崔圆、河南尹苏震等官吏南奔襄、邓，诸节度各溃归本镇。士卒所过剽掠，吏不能止，旬日方定。惟李光弼、王思礼整勒部伍，全军以归。

溃军之后，朝廷责帅。鱼朝恩急于推卸责任，屡谮郭子仪于上前。

至七月，天子召子仪还京师，以李光弼代为朔方节度使、兵马副元帅。朔方军中士卒涕泣，遮中使请留子仪。子仪绐之曰："我饯中使，未行也。"因跃马而去。

李光弼带着五百骑兵驰赴东都，路过上党时与接替他掌管河东军的王思礼交割兵符账目。王思礼屏退了闲人，对李光弼道："你教我的那叫什么韬来着，说，奖赏要挑喂牛洗马的小卒来赏，杀人则要拣位高权重的，才能震住大家。"

"将以诛大为威，以赏小为明。杀一人而三军震者，杀之；赏一人而万人悦者，赏之。——你说的是这个？"

"就是这个意思。光弼，以我们的交情，我不跟你兜圈子。前日郭令公入朝，军中哭成一片，你应该也听说了。你把朔方军当成娘家一般，孰不知朔方将士眼里只有令公一人。你空手过去，势同夺军，没有几个人头落地怕是摆不平。我在朔方时就见识过仆固怀恩，这回一路跟着他们收两京更是开了眼，他带的那些蕃兵骄横不法，连广平王都不放在眼里。你不知道他在相州趁乱砍了我的偏将，还扬言说是阵亡……"

李光弼听出了他的意思，忙截住话头："恕我不能替你报仇。我军中严律令，重刑杀，那也是对事不对人。总不能一来就专盯着他找茬。"

"那不是你兵法里说的么，杀人要拣大的杀。不然你想想，你杀一个比他低的，他急了眼，你这五百个兵够吃么？"

李光弼无从反驳，但也着实不想继续讨论这个话题，遂沉下脸来一摊账簿："我预备在河阳守两年，第一年两万兵，第二年要添到五万，长驱北上收复范阳。至少一半粮草要从你这里走。馈运不济是掉脑袋的事，你好生算计着，到时候别怪我拣大的杀。"

王思礼知他脾气，也只得耸肩作罢。李光弼只在上党歇了一夜，第二天侵晨起来便继续上路了。

11

　　他们到达洛阳城外官军营地时已经是深夜。李光弼一刻也不耽搁，连夜把僚佐们叫起来传令交接。到次日天亮时，各营门口都张贴了崭新的赏罚令式。壁垒旌旗虽如故，号令一出，精彩皆变。

　　是时史思明已杀安庆绪，自立为大燕皇帝，自幽州整顿兵马来寇东都。李光弼赴任之后马不停蹄地前往黄河沿岸诸行营布防。至汜水关，檄召朔方军左厢。左兵马使张用济素为郭子仪所重，对李光弼代掌朔方军一向心怀不满，甚至一度策划以精锐突入洛阳驱逐新帅。李光弼早有风闻，一直隐而不发。至此，于汜水关等了一天，张用济到入夜时分才姗姗来迟，麾下犹屯河阳，不肯交出一兵一卒。李光弼责其失期悖命，当场数其罪而斩之。

　　次日，李光弼复召朔方军蕃浑诸部。节度副使仆固怀恩如期前来。见面行礼，李光弼坦坦荡荡望进仆固怀恩眼睛里，仆固怀恩也昂然看回去，不带一丝多余的情绪，就好像对昨天这里发生的处决一无所知。

　　李光弼也不和他多话，立刻拿出牒文交代军务。仆固怀恩素来寡言。往往他说十句，对方才勉强应上一声。但李光弼察言观色，知道那人都听进去了，便也不多计较。

　　正说到"洛阳无险可守，不如空其城退保河阳"，营门外喧哗乍起，夹杂着兵戈锐响，眨眼间闹到中军帐前。李光弼对此倒也丝毫不觉惊讶，和仆固怀恩对视一眼便踏出门去。

　　此时河东军诸将都在河阳城外抢修壕堑，李光弼身边只有几十个亲兵，哪里当得住数百悍卒一拥而上。只见一小队蕃兵左突右奔，踹翻了几座营帐遍寻不到人，正焦躁间，忽见一个黑衣黑甲的将军不知从哪里出来，无声无息站到他们面前，只一眼便看得众人止住脚步。乱卒中多数人从未见过李光弼，却在见到这个人的一瞬间便认定他正是主帅。

　　"若是为张用济死得不明，我可以派人去给你们读一遍营门口的十七禁五十四斩：屡召不至，愆期失律，慢军者斩。——若是来闹事，听好了，我只杀你们中间第一个过来的。自己好生商量着。"

李光弼将手轻轻按在佩刀的刀柄上，并未拔刀出鞘。蕃兵们显然被他震住了片刻，相互看来看去，谁也不敢先动。然而对峙得久了，后面的人渐渐推搡过来，最终有人骂了句什么，揪着身边数人一拥而上。

说时迟那时快。眼看刀锋已到主帅面前，忽见一条长枪擦着李光弼身侧飞过去，将为首的卒子当胸扎了个对穿。众人在惊呼中退下几步，只见仆固怀恩面色铁青地站在李光弼背后，冷冷扫了一眼倒地挣扎的伤者，手里已经又拈了一条枪。

"他是天子册命的朔方节度使。你们这是在造反。"

这是仆固怀恩见到李光弼之后说的第一句话。

李光弼回头看他时，难免微露讶异。然而仆固怀恩仍旧面沉如水，不曾多看他一眼。二人在静默中并肩而立，一时间只听见那个倒霉卒子痛苦呻吟的声音。

仆固怀恩听得不耐烦，几步上来掣出腰间佩剑，照着伤者的脖颈补上一刀。濒死的喘鸣戛然而止，在场众卒也顿时噤若寒蝉。

仆固怀恩将剑举到高处，新血顺着手腕流下来，一滴一滴落进干热的黄土地："你们可认得这把剑？"

众卒次第点头。李光弼这时也认出了履霜剑，心头一凛，惊得说不出话。仆固怀恩骤将沾血的剑收回鞘里，连鞘解下来，当众将履霜剑按进李光弼手中，又一根一根扳着他的手指攥住剑身。

"令公常云，见此剑如见其人。如今他将此剑留给李侍中。想想令公平日里如何待你们。他刚一走，你们就当着他的面造反！"

窃窃私语如燥热的风卷过人群。乱卒中间稍微大胆点的，一点一点挪到外围，眼错不见便偷偷溜掉了。最后剩下几十个离现场最近的，走也不是留也不是，在烈日下面不住地发抖。

李光弼朝亲卫递个眼色，即有人上来将地上的尸体抬去收殓。然后将履霜剑挂上腰带，又向仆固怀恩做了个"请"的手势，返回帐中继续议军。

　　仆固怀恩自始至终没有多看他一眼，亦没有再多说一句话。直到交代完军务，李光弼送他出门时才好像刚刚想起来似的，简短地道了声谢。

　　仆固怀恩干笑一声："你不用谢我。我只是看在……"

　　"大夫自然是看在国法军律、社稷苍生的份上。"李光弼干脆地截住他的话，言毕，拱手告辞。

12

虽然在黄河沿岸进行了严密的布防，李光弼对溃败之后的官军实力还是心里有数。史思明南下的路线一如三年前安禄山起兵时。而他会不会做了第二个封常清……封常清在安西时也是用兵如神的。

乾元二年九月，史思明分四道进军河南。汴州刺史许叔冀许诺守城十五日，却在初次交锋不利之后即率众降敌。叛军遂得渡河，连下汴、濮、滑、郑，进逼东都洛阳。李光弼果断放弃无险可守的洛阳城，命吏民至陕州避乱，而将部曲辎重全数调至河阳，北靠泽潞，据河阳三城固守。

启程时已是暮色四合。史思明前锋骤至城下。李光弼命仆固怀恩领朔方军沿石桥迁入河阳城，自己以太原带来的五百亲兵殿之。那天他罕见地换上一身银甲白袍，被火把簇拥在中间，分外显眼。叛军追到桥头，望见河堤上一座土丘火光通明，早有探子认出是唐军副元帅亲自断后。史思明踌躇观望了半晌，部下都在太原被打怕了，竟无人敢去捋虎须，就这样眼睁睁看着官军在自己眼皮底下全身而退。

河阳之战打了一年多。起初朝叛兵力悬殊，朔方军昼夜血战，仅能婴城固守。然而随着史思明麾下大将董秦、田神功、高晖、李日越相继来降，胜负的天平渐渐开始松动。至上元元年末，官军终于攻拔怀州，擒贼将安太清，降之。捷报西传入关，在太久没有听到过好消息的长安城中激起兴奋的涟漪。随即一道道催促进兵的诏书络绎飞往前线。李光弼几番置之不理之后，便见到了口衔天宪前来督战的鱼朝恩。

中贵人下马来，先给李光弼递了个枕头大的盒子。一打开，药香扑面，一服一服扎得工工整整，一张纸上写满了煎服指南，又怕他不耐烦看，在每张包装纸上还标着极简的几个字提示。李光弼面无表情地翻了翻，努力克制着情绪，却仍在看到郭子仪熟悉的笔迹时飞红了脸。鱼朝恩在一旁悠悠看着，倒也没一句废话。李光弼合上匣子，暗忖这位太岁大约也同这一包一包药料一样，早被郭子仪打点了个滴水不漏。

他好歹定下神来，正待开口寒暄，忽见新收的河北降将安太清急匆匆闯来，也顾不得忌讳，张口就告状说仆固怀恩的儿子仆固玚抢了他的妻子。

当着鱼朝恩的面，李光弼起初颇有几分嫌他没眼色。然而见那汉子急得满头汗，不住地念叨："拙荆脾气坏。太尉有所不知……她性子实在……不管不顾闹起来，我实在是怕……"李光弼恍然想起什么风言风语，说安太清的妻子是个绝色胡姬，本来被史思明质押在相州，听闻安太清归降，半夜里偷了匹无鞍马一路飞奔到怀州来寻他。——这样一个烈性女子，也难怪丈夫如此牵肠挂肚。

他本待留下僚佐招待中使，鱼朝恩却不依不饶地一路跟着他。李光弼没心思多与他周旋，点起一小队卫兵驰赴仆骨部营垒。

仆固玚同他的父亲一般生得人高马大，五官又掺入几分母系的俏丽，仗着这副本钱，从小到大几曾在姑娘面前吃过亏。李光弼虽爱重他阵前骁勇，却没有丝毫假以辞色的意思，见面就搬出"逼淫妇女，奸军者斩"的法条，命他即刻放人。

青年不敢和李光弼对视，只朝安太清比了个挑衅的手势："是男人就来真刀真枪地干，告状算什么本事！"

安太清目眦欲裂，却被两个卫兵牢牢制住，一步也挪不得。正僵持着，背后响起一个低沉的声音："一个贼淫妇，也值得这样大动干戈。"

李光弼下意识地皱了眉，转过头去与仆固怀恩怒目相视，却一眼捎见鱼朝恩，捏紧佩剑的手又不动声色地放开。

"大夫说得是。父子俱有大功于国，难道为一个妇人落人耻笑。令郎年轻糊涂，大夫劝劝他。"

话音未落，只听仆固玚帐内一片人仰马翻的混乱，随即响起一个女子用三种语言轮番叫骂的尖锐声音。帐外本有一圈蕃卒围着，这时候都随着仆固玚的一个手势拔刀出鞘，挤挤挨挨堵住帐门。李光弼忍到了头，最后扫了仆固怀恩一眼，见那人仍旧没有丝毫让步的意思，当即沉声道："放箭。"

谁也没有想到主帅这么快就动手。仆固玚还没从震惊中回过神来，已被擦脸而过的锋镝撕开一道血口子。蕃卒们也不甘人后，挺刀注矢就要还击。千钧一发的当口上鱼朝恩大喝一声："住手！反了！"

一阵突如其来的静默。两边都收了手。只见帐门口已有七八人倒地不起。李光弼示意卫兵退下，一直按着安太清的人也终于放开他。新降的将领不顾一切冲进帐中，不一时抱出来一个小娘子，松了绑，夫妇俩朝李光弼和鱼朝恩道声谢，上马绝尘而去。

李光弼也随即率部离场。远远听见仆固怀恩在背后咬牙切齿："为一个贼淫妇，杀死七个官卒。贼将的命是人命，官军的命是狗命！"

应该是说给鱼朝恩听的。他心如止水地想着，没有回头。

他深知郭子仪为了让怀恩听命于他，在背后做了多少努力。而这一切都随着射向仆固玚的乱箭一去不回头。只是，袖手旁观部将目无法纪欺男霸女，他做不到。

上元二年，观军容使鱼朝恩奏："洛中将士皆燕人，久戍思归，上下离心，急击之，可破也。"上敕李光弼进取东京。光弼奏称："贼锋尚锐，未可轻进。"仆固怀恩附朝恩，亦言东都可取。于是中使相继，督光弼使出师，光弼不得已，使李抱玉守河阳，与怀恩将兵攻洛阳。

决战前夜李光弼将浑释之父子召入帐中，冷静地交待起退保河中的路线。浑瑊到底年轻，哪里沉得住气："还没打就先煞自家士气，不似太尉为人。"

"胜可知而不可为。"李光弼原本心无波澜，话一出口，蓦地想到这也许是自己最后一次和少年谈论兵法了，剩下几句说教未到嘴边，终被冬夜里呼啸奔突的冷风卷散。

浑释之按住儿子肩膀："兵书里从来只讲如何取胜。可世上哪有那么多不败之地。好生和太尉学罢。"

二月戊寅，官军与史思明战于邙山。光弼命依山而阵，怀恩阵于平原，光弼曰："依险则可以进，可以退；若平原，战而不利则尽矣。"命移于险，怀恩复止之。史思明据高原，乘其阵未定，进兵薄之。复佯败，委物伪遁。怀恩军争剽获，伏兵发，官军大溃，死者数千人，军资器械尽弃之。光弼、怀恩渡河走保闻喜，鱼朝恩奔还陕州，抱玉亦弃河阳走。河阳、怀州皆没于贼。

13

邙山战败后，李光弼领朔方军退守河中府。至五月，奉诏入朝。以李国贞代为朔方行营节度使。

禁军将领李光进带着妻儿到敦义坊拜见长兄，一开门，满院荒草汹涌而出。光进一拍脑门，索性教人去牵了小马来，当院子里给孩子们跑着玩："你们常问大伯在朔方军，朔方军什么样，喏，那里大草原就是这个样。"

李光弼生生被逗笑了。见过礼，到内室里坐下喝茶。光进闻见扑面的药气，笑道："你很听话。"

"少吃一顿药，恨不得天子都要下诏来问。"李光弼压不住语气里的不耐烦，"一屋子的探子还嫌不够，连我嫡亲兄弟都买通了来监视我。"

李光进"嘶"地吸口气，连连递眼色止住他，讪讪道："我们可不是一伙的。"

宅里往来的侍儿多为御赐，李光弼却完全没心思探究都是些什么人的眼线。横竖他除去朝会，平日里就只闭门独居。回朝半个多月，李光进一家还是第一批访客。

但他至少知道李光进是郭子仪的眼线。光进自兵兴时就在禁军中领兵，随着郭子仪战武功、收两京，如今又同在朝中早晚照面，早已是通家之好。

正如当年郭子仪将弟弟送到他军中时的算盘一样：真有什么瓦罐不离井上破的万一，他们信任对方远超过信任自己。

他入京后也见过郭子仪几面，有时在朝堂上，有时在华筵间，然而始终不曾有片刻的独处，寒暄之余甚至没有过一句交谈。兵戈未息，天子却已深谋远虑地筹划起战后的太平之策，接连派出亲信文吏接管朔方军和河东军。一千双眼睛盯着朝中这两位兵败丧权的失意将军。两人对这点都心知肚明。

　　他们所有能做的只是隔着人群远远看上一眼。如他们过去的千百次无言相望一样。春风俯瞰田野，海潮仰视星空，绿洲遥望绿洲，烽燧映照烽燧。从相识的第一天他们就曾这样对视，相互看过泪和笑，梦和醒，荣耀和落寞，也在锦绣华年一去不返的今日互相看着白发和旧伤痕，深深藏进眼里只示与彼此的思虑与疼惜，不甘与不舍，告白与誓言。

　　兄弟俩正相对发讪，光进的小儿子一头撞进屋里，朝母亲吧嗒吧嗒眨着大眼睛："娘，你说好了今天不打我。"

　　光进横眉："又惹了什么祸？"

　　孩子只扭股糖似的黏着母亲。一个仆妇进来说，孩子们闹着要骑射，因想着四邻都是闲地，便拿小弓小弩给他们玩了一会。十几支箭射到墙外，却不曾想被邻家奴子一一拾了送上门来。

　　光进奇道："哥，除了你，谁肯住这荒僻地界？你的新邻居敢是个鬼罢。"

　　夫人瞋他一眼："说的可成人话。——阿伯，孩子们太淘气，一来就惹祸，我们还是回去罢。"

　　光进也见李光弼正襟危坐久了，时常背过手去轻捶腰背，在至亲面前也不再掩饰倦怠的病容，遂道："哥，正经话其实就一句，说完就走：你这次回来，好生歇几年，别再逞强了。"

　　"他巴巴地派了你来，就为说这个？"

　　光进正色道："你猜错了。是阿娘派我来劝你的。他……也奇怪，竟没提过这茬。"

　　李光弼愣了。半晌没说话。等回过神来，光进一家已经收拾停当准备出门。一路无言，直到车轿发轫，他忽然朝马上的光进道："我走之后，阿娘就托给你了。她自来脾气如此，但她心里是疼你的。"

　　光进什么也来不及问，已被马驮着走远了。

　　上元二年六月，史朝义乘邙山之胜，纵兵南下袭扰河南诸郡，江淮震恐。是时田神功平刘展后逗留于扬府；尚衡、殷仲卿相攻于兖郓；来瑱旅拒于襄阳；朝廷患之。七月，李光弼拜太尉兼侍中，充河南副元帅，出镇临淮。

那时他的腰痛已经重到骑不得马。然而宋州正被史朝义大军围困，军情不等人。出发是在一个清晨。因他孤身赴任，一切仪式从简。走出府门，见有几个中使奉旨送行。李光弼与他们简短说了两句，便要登车。

十字街尽头另一户人家门口，始终有几个孩童在玩耍。李光弼偶然瞥见，忽地想起坊里来了个新邻居，一念至此，不由得朝那边多看了几眼。这一看便真如见了鬼，整个人如遭雷击般僵住了。

有人闲坐在那家门口，手里拿个逗孩子的风车，正远远望向他。逆着清晨的阳光，看不清脸上是悲是喜，只依稀辨出那人两鬓斑白，小巾窄袖，如坊市里一个静候亲人回家的寻常百姓。

中使正躬身传达着天子的致辞。李光弼忽然撇下众人，神情恍惚地朝那户人家靠近几步，然后越走越快，直到一路小跑。那人也站起身来迎向他。一片讶异的目光里，两人面对面没有一句话，只紧紧相拥在一起。

"别哭。别哭……"郭子仪用力抚过他消瘦的肩背，一面强作笑颜，一面已是泪如雨下，"你不管到哪里，一向马到成功。我只在这等你回来。"

他旁若无人地将脸埋进对方肩窝里，泪水转瞬湿透了衣襟。

"我能活到八十岁，九十岁，一百岁。只要你回来。……光弼。好好回来。我等着你。"

14

李光弼出镇临淮后不久，河中府发生军乱。刚就任不久的朔方节度使李国贞因为治军严厉激起部将不满，全家被杀；河东节度使邓景山、北庭节度使荔非元礼也相继死于兵乱。叛乱尚未平息，作为平叛主力的西北诸道军接连内讧，一时间谣言四起，军心动摇。朝廷势不获已，遂用郭子仪为朔方、河中、北庭行营节度使，进封汾阳郡王，出镇绛州。

郭子仪到河中后迅速处决了军乱的罪魁祸首。河东、北庭军也随之安定下来。就在此时，长安城中风云激变，天子与太上皇几乎同时晏驾。新君践祚六日，即召郭子仪入朝为山陵使。

这一回郭子仪是真的灰了心。赵王李係在储位决斗中事败身死，连累他的副元帅李光弼横遭猜忌。而他是同广平王一路打过来的啊。东西十年，前后百战；溅血沾衣，饮冰伤骨。饶是这样的交情，广平王新登九五，第一件事便是解他的兵权！

再度回到长安时，旧日部曲已经没有人再愿意追随这个眼看就到悬车之年的老人。所有人见到他时都是满脸的恭维神色，满口的吉利话，就连他自己也笑着应承：他这一辈子，就只剩下安享晚年了。

假如是在太平时节，倒没什么好遗憾的。

广德元年，在朔方、河南、河东诸道及回纥援军的通力围剿之下，史朝义传首京师，河北诸郡各立藩镇，长达八年的战乱潦草收场。其间西北诸道精兵悉入勤王，吐蕃乘虚陷河陇。此年十月更乘着秋高马肥一路入寇关中，迅雷不及掩耳地兵临长安城下。

皇帝急授郭子仪关内副元帅，东逃至陕州，召诸道军勤王。然而是时鱼朝恩、程元振等中官用事，正殚精竭虑地替新君翦除平叛功臣。诸将眼睁睁看着来瑱伏诛、李怀让自尽，各怀忧惧。诏下四十余日，竟无只轮入关中。

　　郭子仪闲废已久，部曲离散。临危受命之际，车驾已然绝尘而去。城中乱作一团，士民纷纷入山避难，仓促之间只招募到二十余骑。长子郭曜又急又怕，惴惴地攥紧他的缰绳："这怎么行。阿爷，我们也先避一避罢。"

　　"什么话。都去避难，谁来御敌。"

　　"那也轮不到……阿爷，朝廷平日里如何待你……"

　　"闭嘴！"他一鞭抽在郭曜手背上，"都什么时候了！"

　　眼见一道鞭痕肿起来，做父亲的到底心疼。也不再多说，沉吟片刻道："我去商州收六军散卒。你去坊州请白孝德出兵。他若拿不定主意，你只去求段秀实。——快去罢，我这里不用你操心。"

　　郭子仪至商州，得武关防兵及六军散卒四千人，招辑亡逸。子仪乃泣谕将士以共雪国耻，取长安，皆感激受约束。

　　蕃犯京城，得故邠王守礼子李承宏，立帝号，假署百官。子仪遣六军兵马使张知节、乌崇福、羽林军使长孙全绪等将兵万人为前锋，营于韩公堆，昼则击鼓张旗帜，夜则多燃火，以疑吐蕃。又阴结长安少年豪侠以为内应，一日，齐击鼓于硃雀街，蕃军惶骇而去。

　　子仪以大军续进，至浐西。射生将王甫自署为京兆尹，聚兵二千人，扰乱京城，子仪召抚杀之。白孝德与邠宁节度使张蕴琦将兵屯畿县，子仪召之入城，京畿遂安。

　　十二月丁亥，车驾发陕州。甲午，上至长安，郭子仪帅城中百官及诸军迎于浐水东，伏地待罪。上劳之曰："用卿不早，故及于此。"乃赐铁券，图形凌烟阁。

　　赏功之际，天子又屏退闲人，和颜悦色对郭子仪道："这次李光弼拥兵河南，来不及入关勤王，朕自不怨他，却也难保他会不会自疑。你一向与他相熟，不如替朕写封信，劝他入朝，好生享几年的清福。"

　　他深深垂下头，以免被窥见骤变的脸色。"臣……"最初的一个音节过后，上下牙顶在一起若有千钧重，重复过千百遍的遵旨二字怎么也杀不出重围。

漫长而窒息的沉默过后，他将腰躬得更低一些："我做不到。"

天子平生第一次从这个纯臣口中听到这样的话，惊得忘掉了怒气，只尴尬地干笑一声："你怕什么？你以为是萧何召韩信？"

"臣死罪！"老人跪在御座前将头磕得砰砰响，锐痛如利刃削掉一切无用的情绪，一转念间用尽了毕生的政治智慧，"临淮太尉平生，只守公义，不徇私情。陛下一定要他回来，乞召以春秋之义。"

天子脸上阴晴不定，半晌无话，只挥手让内侍将老人搀走。

广德二年初，仆固怀恩不为朝廷所用，顿军汾州谋取太原，屡次与河东节度使辛云京相攻。郭子仪再次临危受命为河中观察使，出镇绛州。临行朝觐，说完了例行公事的客套话，天子再次屏退左右，一段意味深长的留白之后，心照不宣地接上了几个月前的话头："李光弼新除东都留守，拒不赴任，自还徐州去了。"

所谓除东都留守，即是解除兵权，手无寸铁任人宰割。郭子仪闲居数年，太知道那是怎样的滋味了。

他曾对战后的太平晚景怀有多少憧憬。事到如今，却只希望李光弼永远不要践行当年的承诺。

更何况他深知，那人选择这条不归之路，无他，只因为黑色的终点已经近在眼前。

"江淮民变蜂起，梁崇义、李忠臣各擅重兵，暗挟异志。徐州当漕运咽喉，非太尉不足镇。陛下三思。"

天子又是一声干笑："他病成那样了，你倒不想让他回来？"

"太尉以马革裹尸为毕生之志……"

"行了。你们俩！"天子挥手打断他，烦躁地捏了一遍自己的指节，"他难道一辈子拥兵不朝？你就没为他想过长远之计吗？"

"太尉用兵，谋定后战，算无遗策；为人亦如是。老臣之愚，不足为之计。"

　　话说到这般地步，天子心中无端生出恐惧。他一直知道这位长者常年戴着一张恭谨的面具，只从未有机会窥见其背后是这样一副坚甲与利刃，拼命庇护的又是那样一个人。中兴功臣里已有两人与他离心离德。最后剩下的就算明知是假面，他已没有了撕却的资本。

　　"大臣此去河中讨贼，我记得李光弼的家眷还在那里，兵荒马乱的，烦你去接她们回来。"
　　他没敢再犹豫，木然抛下了那一句千呼万唤始出来的，臣遵旨。

15

　　早在河阳之战期间李光弼便已将寡母搬到朔方军驻守的河中府。后来他交出兵符，孤身入朝，又出镇临淮，却始终没有搬家。

　　朔方军是他惟一信任的家。

　　李夫人年过七旬，精神矍铄，一双凤目锐利如刀，见了郭子仪劈头就问："仆固怀恩的老母是怎么死的？"

　　仆固怀恩阻兵汾州，正在与河东节度使辛云京对峙。两个月前天子派中使将其母辇迎入京，谁知老人家刚去几天便撒手人寰。这当口上再来接李光弼的母亲，如何能不令人生疑。

　　郭子仪躬身俯首，努力将视线压到比老太太低一些的地方："人食五谷。死生有命。太夫人明鉴。"

　　老人冷笑，却也不再为难他，将众人迎进门落座，不咸不淡地叙了两句家常。不一时河中府送来整套席面招待中使。郭子仪坐在李夫人身边把酒布菜，循循如小子弟。老太太虽满心不自在，却也通情达理，知道郭子仪贵为一品，此刻也不过同自己儿子一般，只是他人手中一枚棋子。趁着席间热闹，悄悄对郭子仪道："你去不去他房里看看。"

　　郭子仪闻言暗窘，偷眼瞟着李夫人，见她一脸"你们那档子事"的微讽神色，便也不多话，点点头，跟着一个侍儿悄然离席。

　　李光弼只在河中住过三个月，其间也很少回私邸。不过郭子仪深知那人作风，三个月也好，三十年也好，他的住处看上去都一个样，清净到"家徒四壁"的地步。此时只见房间空置两年，依旧衾枕俨然，几案上纤尘不染，分明是随时等着主人回来的样子。郭子仪想着老太太显然已经知道徐州事体，却仍抱着这样的殷殷期待，不免心头酸痛，当即湿了眼眶。

　　床尾有一口衣箱，是房中唯一一件不能一眼望穿的陈设。郭子仪隐隐察觉李夫人的意图，毫不客气地打开箱子。只见零星几件黑色衣服和日用杂物之外，还收着那把镶金嵌宝的履霜剑。

虽是意料之中，郭子仪拾起剑来，还是觉得又冷又重，怎么也拿不稳。

剑也是会老的。那一刻他心生奇怪的感慨。镂金错银的纹路里积满征尘，沉滞的血色爬进绿松石的裂隙。拔剑出鞘，却依旧是裁冰剪雪的一痕清光。

正出神间，房门一动，李夫人独自进来。郭子仪条件反射地弹起来，一通手忙脚乱将满床杂物收进箱子里。盖子落得急，砸了手，痛得他直吸气。老太太见他狼狈的样子，撇撇嘴翻了个白眼。

郭子仪揉着手背，也自哭笑不得：都什么时候了，他竟还在为这种事不好意思。

李夫人却不和他提这茬，一开口仍旧是单刀直入："徐州有什么消息？"

郭子仪唯唯诺诺了半晌，只含糊道："这回送去的医博士，都说是神针。他也说……比去年时好些。"

李夫人又一撇嘴："他的病不能好了。我做娘的，这点事且不用颠倒问你。"

他别开脸，只顾垂着头揉手背，也不知用了多大力气，并不严重的一道压痕生生被搓成触目惊心的红肿狼藉。

他当然知道老人问的是什么。消息有的是，只没有一句能说给她。

李夫人看他的神色已经明白了大半，沉默半晌，不再追问，另起话头道："我活够岁数了。回去就算立刻死了也是寿终正寝。只他两个孩子，一年到头见他的次数一只手都数得过来。他就做出什么事来……都算我管教无方。娃娃们懂什么……只不要……"

"太夫人！"郭子仪听得心惊肉跳，咚的一声跪在老人面前，"子仪拿百口性命对天起誓：无论发生什么，但凡我还有一口气，绝不教任何人动你们一根手指头。若有虚言，全家老小死无完尸！"

如此毒誓，却不曾唤起李夫人脸上一丝波澜。老太太漫不经心地瞥了一眼刚刚被他合上的衣箱，只微微叹了口气："他也是这样说的。"

郭子仪又是一惊，心脏被什么东西攥得生疼，动了动嘴却说不出话，只用乞求的目光仰视老人。

"他说，只要令公在，我们到哪里都是安全的。"

"阿娘……"他忽然沉下嗓音，唐突地唤着那个于他几乎是陌路的老妇人，"光弼是忠臣孝子。你将来不管听到什么……无论什么，都不是他的错。"

广德二年七月，李光弼病重于徐州。弥留之际嘱以出身朔方军的都虞候论惟贞领留后，取所馀绢布分遗部将。遂薨。年五十七。部将即以其布为光弼行丧，号哭相闻。

八月，李光弼部将护其丧柩还京师。郭子仪自河中入朝。

老人迎到棺木前面的时候是笑着的。他将手和脸贴上冰冷的黑漆，说，回来了。回来就好。

十一月，李光弼葬于京兆三原。郭子仪复入朝，率百官送葬于延平门外。

16

大历年间，内乱既平，暂无边患，朔方节度使郭子仪岁末入朝，在新落成的敦义坊别墅里大宴百官。

董庭兰是被李光进生拉硬拽到郭府的。他年轻时久居河陇，后来由房琯结识李光进，颇喜此人大方和气，不似武臣跋扈，渐渐熟络起来。——却与朔方军素无渊源。

然而琴师名声之盛，天下谁人不识。一到席间便有人认出他来，当场要听他弹琴。董庭兰朝李光进撇撇嘴，低声发起牢骚："大雪天里。弹也不上这里来弹。"

李光进笑道："这里怎么了。你在凉州时，不就给我哥弹过么？"

"那是因为他爱听啊。"董庭兰翻检了一下陈年往事的回忆，"他倒也……从来没评论过什么。但，听琴人是不是真的听进去了，我一眼就能看出来。"

"他小时候学过。"李光进随口道。然后任对方如何追问，也只故弄玄虚地笑而不语，不由分说将琴囊塞进他怀里。

董庭兰微有些恼，只顾一杯一杯地灌酒："他家就在隔壁。我宁肯去空院子里弹。"

李光进索性将琴取出来，硬按在琴师膝头："你在这里弹，他才能听见。"

董庭兰怏怏地拨了一把空弦，满座宾客闻声，当即住了喧哗谈笑，齐刷刷朝这里看过来。

琴师拿白眼扫了扫人群，没有看到主人的身影。想来还在中贵人席间周旋。

起调沉而缓。拍子散漫，旋律清朗，却无宛转媚人之姿，亦无甚奇险炫技的华彩。起初满座屏息，听着听着，渐渐有人开始继续刚才被打断的谈话。到了三弄之后，琴声已压不住席间喧闹。琴师骤然张开五指，一把按住尚在轻振的琴弦，也不知弹完没有，就那样戛然而止。

抬眼时，李光进不知哪里去了。董庭兰弹得一肚子气，正要收琴走人，忽听见背后有人问："这是什么曲子？"

他回头，只见郭子仪不知几时坐在他身后，朝他斜了斜酒杯："我不懂。只是觉得……好像听过。"

琴师虽然没好气，却当不住主人和蔼殷勤，耐着性子道："《碣石调·幽兰》。"

"讲的什么？"

"兰为王者香。今乃独茂，与众草为伍，譬如贤者不逢时……"

老人极隐蔽地叹息一声，道："弹点别的。"

这一个叹息被琴师看进眼里，态度起了微妙的变化。

"何如《鹿鸣操》？"

"讲的什么？"

"小人在位，周道凌迟……"

"弹点别的。"

"何如《龟山操》？"

"讲的什么？"

"季氏专政，犹龟山蔽鲁也。"琴师锐利的目光穿过濛濛飞雪，投向高堂深处鱼朝恩的座席。

主人的神色纹风不动。

"弹点别的。"

"何如《履霜操》？"琴师不待对方再问，直接解释道，"此乃孝子之辞。自伤无罪而见逐……"

一声哽咽般的叹息。

"弹点别的。"

琴师盯了他片刻，不肯让步。冷风驱散了微醺的眩晕，只剩下腔子里的灼烧感。他与李光弼不过一面之缘。然而先民制酒与琴，本就是为浇块垒，鸣不平。让他在这里纵酒狂欢歌舞升平，他做不到。

老人垂下头，手里无意识地摩挲着金杯上的绿松石，良久道："我懂你的心意。不过……你听说过么，他在徐州病重的时候，将吏问后事，你可知他怎样说？"

谁也不曾提那个名字，却都心照不宣。董庭兰默然摇头。

"他说，吾淹军中，不得就养，为不孝子，尚何言哉。"

老人显然一直在暗中观察他，在他刚要开口的时候果断地截住："他自始至终不曾为自己辩白。我想，他不需要。他也不需要别人替他这样做。"

"为什么不？"

"一者问心无愧。二者……不值得。"

琴师顿了一拍，微微扯动一边的嘴角："何如《白驹操》，失朋友之作也……"

"弹这个罢。"

董庭兰冷笑。假如主人稍微有点耐心，听他讲完，大约就不会允许他弹下去了。

白驹操者，失朋友之所作也。其友贤居任也。衰乱之世，君无道，不可匡辅，依违成风，谏不见受。国士咏而思之，援琴而长歌。

满堂朱紫依旧沉浸在欢宴气氛中。董庭兰却不再计较有没有人听，只冷冷地弹给庭中渐深的积雪。一曲终了，余音散尽，再回头时早不见了主人的身影。

郭令公不入琴，马镇西不入茶，田承嗣不入朝。——琴师水到渠成地想起这句刻薄的调侃，再次冷笑一声，扛起琴囊扬长而去。

天色向晚，雪落愈急。郭子仪沿着无人的深巷踽踽独行，将平整的新雪和自家院内的繁华喧闹一一踩在脚下。人老了，血气枯竭，冷天里腿脚都失去了知觉，一如三十年前他被暴风雪困在贺兰山麓的那个冬夜。冰冷僵硬的死亡气息沁入骨髓，老人心里却只是踏实而欣喜，一如那天夜里他在最绝望的时刻，看到天边亮起星星点点的火光。

邻家门户紧闭，铺首上悄然滋生着细小的铜花。院里一株华山松日久无人修剪，侧枝渐渐逸出墙外，被积雪压到了触手可及的低处。

老人看了一会，缓缓抬手伸向低垂的松枝。眼看就要触到时，一阵疾风卷过，树上积雪簌簌地落了老人满身。油绿的松枝骤然弹回去，却是可望而不可及了。

履霜

同治元年，关中回寇蜂起，屠戮之惨，甚于粤寇。是时，督师大臣胜保由豫入陕，其随员洪观察贞谦过华阴，曾呼一整容匠，问以汾阳王后人如何？其人怃然曰："我即郭姓，汾阳王后裔也。从前合族有十余家，皆零落不振，无读书者。今遇此大变，存者无几矣。乡人以惨遭荼毒，无所泄愤，则群哗曰：'始引回人入中国者，是汾阳王之咎也。'乃相率往掘王墓。其中羌无所有，惟得古剑一柄，亦已幽黯朽折矣。今虽稍加修葺，竟无力能复旧观。"感唏不已。洪观察为余述之如此。

——薛福成《庸庵笔记》

沙暴

那是他们在塞北域外也不曾见过的狂风和沙尘，却在决战当日降临中原腹地的相州。城头的瓦片如羽毛般飏上半空，葱茏草木被连根拔起，执旗的小校不敢撒手，竟被连人带旗卷进浊浪滔天的滏水中。王思礼正与叛军交锋，见势不妙便果断收兵。正待整军撤离，左右忽报失了押衙。

"还不快去找！"一开口便灌了满嘴风沙。王思礼身先士卒，当下调转马头奔往前线。

昏天黑地找了一路，被风吹得抬不起头，及至听见蹄音时，一队骠军已近在眼前。众将士皆是一身冷汗。幸而半幅黑旗迎面扑过来，原来是朔方军。

王思礼长出一口气，令旗一指，率先策马赶过去会师。孰料刚到一箭之地，乍被沙土迷了眼。好容易揉开，仆固怀恩已经到了跟前，居高临下睥视着他。

"你见到郭令公了吗？李侍中呢？鲁炅？李抱玉？季广琛？他们的人呢？你见着了吗？"

仆固怀恩对他连珠箭般的发问无动于衷，亦不为肆虐的风沙所动，好整以暇地将佩刀上血迹擦在蓬松的马鬃上。

"我看见你的押衙了。"

"吴将军在哪里？"王思礼一勒缰绳，只等他指个方向便好去找。

仆固怀恩的刀尖挑起一个被马蹄踏扁的兜鍪。

"阵殁。"

精明如王思礼，一刹那间脑子转了一百二十道弯，当场失声叫道："你杀了他?!"

刀尖又是一挑，兜鍪劈空飞过来，险将王思礼砸落马。

"你杀了吴将军！就因为他前天说，'蕃将安肯尽节于国家'?!"王思礼比仆固怀恩小两圈，却也毫无惧色，冲过去揪住衣甲质问，"仆固怀恩，你眼里还有没有王法?!"

仆固怀恩嗤笑一声，反手照着颈间横劈过去，竟下了杀手。

刀被斜刺里冲上来的副将格住了。辛云京与仆固怀恩白刃相向，两眼冒火，一字一顿："大敌当前，自相残杀，朝廷饶得了你，令公放不过你。"

仆固怀恩"呸"的一声朝对面吐了口带沙的痰。眼见王思礼已然脱身，便也悻悻收了兵器。一声呼哨，带着部曲飞驰而去。

王思礼必定会向郭子仪告状。这个念头只如狂风里一片柳叶般飞快地扫过去，不曾在他心头划出一丝波澜。他们有远比这更糟糕的事需要担心。围困相州时所有人都以为安庆绪已经穷途末路，结束战乱指日可待。然而这一场风沙竟吹散了九节度六十万大军。无论汉人典籍还是部族传说里，这样的惨败都可谓前无古人。

郭子仪深夜召他入帐时，仆固怀恩首先注意到的是主帅案上的履霜剑，然后注意到的是帐中只有他们两人。浑释之竟然没有受召。

心跳蓦地踏空了一级，随即便在"不可能"与"为什么不可能"之间辗转雀跃：履霜剑是朔方节度使身份的标志。剑柄上那一排古色古香的绿松石，他当年在使府正厅里偷偷摸过何止千百次。

掌心已在憧憬鎏金的纹路，深邃的褐瞳里照旧不生波澜："朝命未下。不至于。"

郭子仪敷衍地一笑，手里收拾着满桌凌乱的公文："仗打成这样，我做副元帅的，抵命尚嫌轻。"

"潼关就吃了临阵换帅的亏。到这里还不长记性？"

"怀恩。"郭子仪抬头打断他，"我不是找你来妄议朝政的。——你只说，到我麾下十多年，我待仆骨部父老如何？"

他心里微微一咯噔，抱住手臂拧紧了眉："有话直说。"

郭子仪郑重看进他眼里，站起身，端起剑横在两人中间："我自忖一向待你不薄。这回我家老小百口性命只系在你一人身上，这份人情，敢不敢借来一用？"

心沉到了井底。"你什么意思？"

"我回去解职谢罪，朝廷另任朔方节度使，大约还兼副元帅。不管这个人是谁，不管军中有多大的争端，只要你压住场面，蕃浑诸部顺命，自然三军无虞。——不然，且不念家国忠义，不问战事危急，只这一个教唆谋乱的罪名便能夷我三族……"

他扯动嘴角，吐沙子一般迸出三个字："李光弼。"

郭子仪脸上八风不动，只将剑捧到离他更近的地方："这把剑，有劳将军亲手交给他。"

是不是早该预见到有今天？兵兴之初，朝廷诏朔方军分兵出河北，郭子仪麾下宿将如云，却偏偏将两道节印交到李光弼手里。

他认识李光弼甚至比郭子仪还要久。天宝年间一同打突厥，打吐蕃，那人如何治军如何上阵，他一样一样都看在眼里。换了别人他尚可肆意抛一个鄙夷的眼神，到了这个名字面前，只剩下满腔不甘的灼痛。

他沉默了多久，郭子仪就将剑端了多久。从军数十年，他第一次知道主将眼里也能有如许的强硬。转瞬即逝的一丝退却即被对方牢牢攫住："平乱之后，我们必定让贤，朔方军早晚是你的。我若言而无信，身死阵前，家口屠戮。——怀恩，你也对我起誓。说你国难当前大局为重，无论发生什么事，绝不违抗李侍中军令。若违此誓……"

仆固怀恩忽然伸手，嗖的一声拔出剑。霜锋照眼，褐瞳里乍起一场沙暴。话音未落剑已落，两人之间的帅案当头被劈作两段。

他将剑收回眼前。只见剑柄镶金嵌宝华贵无比，内行人却一眼看出锋刃材质平庸。这一剑砍下去已卷了刃，巨大的力量甚至微微压弯了剑身，哪里还禁得住厮杀。

他从主将手里夺过剑鞘，嗖的一声收了剑。

"就这。"

业火

李光弼也不过如此。四年后仆固怀恩带着回纥骑兵收复东都时，路过曾昼夜血战的河阳三城，终于有机会将这一粒硌在牙缝里的沙吐进黄河里。李光弼固守河阳两年，部将有一个算一个，人人都在战阵中央回望城堞时见过提刀守在归路上的虞候。那又怎样。那人纵有天大的本事，熬干了一生的心血，收复河南河北的首功最终只在他一人身上。

打下东都时，官军以为河南州郡久为贼境，所过之处肆行剽劫。回纥军入城更如入无人之境，烧杀奸淫甚于叛军。洛阳百姓不胜其虐，涌入圣善寺、白马寺避祸。回纥可汗闻之大怒，下令纵火焚庙，死伤万计。

牟羽可汗在高坡上驻了马，闲看浮屠净土在烈焰中化为人间地狱。北风送来焚烧骨肉的焦臭气味。他稍稍掩鼻，下马来向左右侍从要巾帕。

一个侍卫跪在他脚边，恭恭敬敬捧起用温水打湿的绢帕，却将面孔深深埋在胸前。可汗见那后生乖觉，不由得多看了两眼："你是哪帐里的？"

青年扬起脸，一双湛蓝的眼睛里乍掀起骇人的阴火，以雷不及掩耳之势拔出靴中短刀，飞扑过去揪住可汗发辫，赶在众人惊呼之前已将利刃抵上咽喉："让他们灭火。现在。"

可汗也是见过风浪的人，刹那惊魂之后勉强镇定下来，朝部下挤眉弄眼，拿蕃语递了几句暗号。

青年冷笑一声："少耍花招。"一句话用汉语胡语和突厥语说了三遍。"火几时灭，我几时放手。今夜拔营滚出洛阳。一路上不许再动大唐一棵草。不然你们连人带马一根毛都别想回去。听明白了吗？"

可汗怒极反笑："你到底是什么人？有这等本事，怎不拿去对付逆贼？"

青年一咬嘴唇，可汗颈间一道血迹蜿蜒而下。侍卫们急成了热锅上的蚂蚁，满弓注矢瞄了又瞄，只无一人敢动手。

千钧一发之际，一队骑兵风风火火冲上土丘，两个朔方军将领一路拨开人墙抢进垓心。可汗见了救兵，忙喊道："怀恩，这都是怎么回事?!"

青年再次冷笑："子不教，父之过。仆固大夫，你做岳父的，把我们朔方军的十七禁五十四斩给令婿念一遍。"

仆固怀恩不睬他们，只朝身后嗤笑一声："听见没，子不教父之过。释之，你崽子出息了。"

浑释之无言看着儿子，半晌，沉声道："阿进大了。一人做事一人当，我管不了他。"

"阿进?"牟羽可汗眉头一挑，顶着利刃朝青年转头过去："你就是浑瑊? 叶护当日满口阿进长，阿进短，念叨的原来是你。"

青年乍听见叶护二字，惊得瞳孔都散了。刹那失神，即被一拥而上的回纥卫兵按倒在地。可汗摸了摸脖子上的伤口，杀心顿起，抽刀便剁。却还是迟了半步，铮的一声砍在另一人的肩甲上。

仆固怀恩挡在青年身前，面沉如水："朔方军的人，归我教训。"

浑瑊挨鞭子时，甚至没有一丝条件反射的瑟缩，只梗着脖子笑出一对尖尖的虎牙："不如换我阿爷来，倒比你下手狠些。"

鞭梢重重抽上青年英挺的脸庞。横贯鼻梁一道血痕，离眼睛不满半寸。

"这里没有阿爷阿郎。你做朔方军将，目无法纪，无事生非，伺候你的是军纪! 国法!"

"郭令公李太尉在时，朔方军不拿百姓一只鸡! 而你，你竟纵容他们虐杀无辜。你不配! 仆固怀恩，朔方军没你这个节度使! "

鞭子下得又快又狠，却怎么也抽不断浑瑊的滔滔不绝。到最后仆固怀恩被他聒噪得心烦意乱，将鞭子朝那人嘴里一塞，转身离场。

说者无心听者有意。青年一叠声的"你不配"字字戳中他心底暗疮：

他凭自己双手抢到了朔方军符节，却始终不曾拿到那把历任节度使代代相传的古剑。

入朝受封时他曾亲自造访郭子仪私邸，当面质问剑的下落。老人野服萧散，抱着小孙女在池塘边看鱼："李太尉没给你？"

"没。"

"太尉事繁，兴许忘了。你不如亲自去问他。"

你们故意的。长久以来的预感在那一刻得到印证。池塘里的锦鲤都听见他捏碎指节的声响，悄然摆尾避入树影中。

邙山之战，他急于求成，违令覆军，致李光弼引咎解职。履霜剑若真在李光弼手里，大约会被主人一步到位送进他心脏中央。

"你答应过我。"一门之内四十余人死王事。他理直气壮地索要自己的特权，"你还起过誓！"

郭子仪将幼童塞给仆妇，挥手示意他们退下。待闲人去远了，方转过来面对昔日部将、如今的继任者："我答应你朔方军早晚是你的，我做到了。你答应我听命于李太尉，背后又做了什么，你自己清楚。腾格里如何惩罚言而无信的人，你掂量着。"

他抢上半步。老人也毫无惧色地迎上来，近在咫尺与他对峙。居高临下的目光既是不容违抗的威压，又是让人不忍拒绝的殷切："你如今是大唐的中流砥柱。职责之重，不在身外之物。疾风知劲草，板荡识诚臣。怀恩，这是太宗皇帝的诗。我教过你。还记得什么意思么？"

"问我干什么。"他哂道，"当今天子记得这个么？"

凌汛

　　广德二年初，长安来的使者给他带来一条意料之中的消息——郭子仪重掌帅印出镇河中；还有一件出乎意料的礼物——履霜剑。十年间浴血奋战疮痍遍身不曾换得的殊荣，最终在他"反状已明"的时候姗姗来迟。

　　仆固怀恩打量着使者那张丑陋的脸："令公有什么话说？"

　　"令公遣我来做掌书记，替你给朝廷上书。"

　　"还有呢？"

　　"我爷爷是上皇名相，父亲死节殉难……"

　　"我没问你。"

　　"我叫卢杞。"年轻人面对他的怒火无动于衷，"事到如今，太保该问问自己还有什么话说。"

　　史朝义授首之后，河北诸镇一度请降于辛云京和李抱玉。然而此时仆固怀恩建言以河北降将自领其地，与疲于战事的唐廷一拍即合。河陇军眼看到手的利益翻成竹篮打水，纷纷状告仆固怀恩内结河朔，外诱回纥，早晚又是一个安史。朔方军与河陇军这一对朝廷籍以平叛的柱石，直斗得鸡飞狗跳你死我活，连皇帝被吐蕃赶出京城都无暇顾及。

　　此时仆固怀恩以朔方军屯汾、沁诸州，围困太原，屡次与河东节度使辛云京兵戈相向，剑拔弩张的奏表雪片般飞往长安。郭子仪出镇河中，显然是替天子来收朔方军的兵权。仆固怀恩将古剑拔出来又收回去，收回去又拔出来，掌心被金饰硌出了深深的凹痕，却无论如何也猜不透郭子仪在这个节骨眼上送剑来，图什么？

　　履霜，坚冰至。他从至少五任朔方节度使口中听过这句汉人经典。却从未试图穿透凛冽的文字本身去窥探背后的微言大义。

"履霜坚冰，阴始凝也。驯致其道，至坚冰也。踩上一片霜，就该知道冰天雪地近在眼前。"掌书记撑起浮肿的眼睑，皮笑肉不笑地窥望他，"太保再收两京，中兴首功，朝廷却不肯为你杀一个辛云京。区区辛云京何足挂齿，只是这里面透出来的意思，望太保善师古人，见微知著。"

他完全没听进去卢杞的苦口婆心，只是沉浸在自己的思绪里，直到一个年轻人风风火火闯进帐中："我找阿爷说话。都出去。"

他手里正无意识地抽剑出鞘，被这声响一惊，两道血痕浮上掌心。慌忙攥拳，却还是被年轻人撞见，略带惊讶地挑起眉："履霜剑？"

帐中只剩下他们父子二人。他却背过身，避开儿子的目光："令公的意思……他是在说，他还愿意相信我。"

哪怕是最后一次。

仆固场当即听出那一丝无处可避的彷徨流连，冷笑道："一把破剑就买了你。郭子仪揉搓我们，比捏一团酥油还容易。"

他勃然大怒："闭嘴！你懂个屁！"

他像仆固场这个年纪的时候，父亲盛年早世，家中羊马和牧场被狼群般的亲属围猎殆尽。他带着母亲和年幼的弟妹逃出生天，在茫茫沙碛间跋涉了十余日，看到地平线上的定远城时一度以为是惑人的屬景。

最后一匹马也倒下了。再晚一天甚至半天，他将和最小的妹妹一样化为沙中枯骨。

骑射杀戮是他惟一擅长的本领。当兵吃粮，他很快就在定远军中崭露头角。那年冬季的严寒格外酷烈，一场接一场的白灾催动着游牧民族一次又一次的入侵。求贤若渴的定远城使将他从行伍间唤入府衙："你能领多少兵？五百？一千？"

他的唇边挑起苦涩的冷笑："阿爷在时，帐下三千蕃骑都听我的鸣镝行事。"

郭子仪当天就将千余新兵交到他手中："都是年轻力壮的好男儿，只是出身不一。有突厥降户，九姓铁勒，两蕃，杂胡，也有汉人。我是听说你谙熟蕃情……"

"不是乌合之众，也轮不到我。"他并非不知感激，只是天性如此，不吐不快。而郭子仪毫不介意他的生硬态度，愉快地拍拍他的肩膀："你一定行。我信你。"

一个月后这支队伍已如他弦上的箭，闭着眼睛也能瞄准该去的方向。他们被派去伏击突厥敌军，整装待发之际他迷惑地望向主将："你不去？"

"不确定他们会从哪边来。你守北路，我守南路。"郭子仪再次愉快地拍拍他的肩，"要是怕我躲懒，可以派个亲信监视我。"

"不是！"他极罕见地涨红了脸。他的祖辈在突厥做叶护，父辈投唐军做击讨使，任凭怎样骁勇善战也从未有过独当一面的机会。无他，九姓铁勒辗转流离于胡汉之间，素以朝秦暮楚、见利忘义而著称。上至天，下至泉，没有任何一方势力愿意给他们哪怕最低限度的信任。

"就我一个人领兵？你不派人……"一双鹰目扫视部曲，已经开始揣度谁是主将安插的眼线。

郭子仪直截了当地戳穿了他的忐忑和戒备："怀恩，我信任你。"

那次他们大获全胜，缴获的战利品压弯了马背。有蕃兵咕哝了一声"够用半辈子的，别回去了……"话没说完便被一刀劈断了喉咙。

血在他的刀尖上凝成黑色的霜花。"带回去的东西都是大唐的。私吞一根羊毛，视他为例。"

凯旋途中渡过封冻的黄河，他听见坚冰开裂的低沉轰鸣。彼时他尚未听说什么"见微知著"的汉人智慧，然而那声音里清晰无误的讯息仿佛在出生之前已经写进血脉里：河要开，天要变暖，春天要来了。

后来他在军中站住脚，夺回祖产，重新成为仆骨部的首领。他要感激长官的事远不止这一件。然而那句"我信任你"好似春天里第一朵顶着残雪绽开的马莲花，让身后所有的姹紫嫣红都黯然失色。

他继承了一切先祖传下的智慧和信条，从不惮于以残忍和背叛换取利益，以此为傲，曾无惭意。然而世上假如还有一个人，一件事，是他所不能背叛的，那便是郭子仪的信任。

剑鞘上繁复的金饰排成古奥的图案，似一副面具，似一只细长秀美的眼，似一个心无城府的愉快笑颜。

怀恩，我信你。

他疲惫地起身："三郎。明天拔营。我们回河中，见令公。"

仆固玚瞪大了眼睛："你疯了！你这是把刀交给别人来砍你！"

"朔方军不是我的私产。"——这哪里是他说出来的话。仆固怀恩干笑一声，另起话头，"我们阖族报国，男捐躯，女和亲，朝廷难道就一点不念……"

"阿爷！自古兔死狗烹，功高不赏。你只看看来瑱、李光弼！"年轻人的目光重新扫过履霜剑，脸上浮起恶毒的笑意，"阿爷，你好痴。郭子仪收买人心的小把戏，把你哄得连心肝都捧给他。——李光弼一样拥兵不臣，他怎么不去收伏他？他做不到。他在乎李光弼的命！——阿爷，郭子仪在乎你的命吗？"

话音未落，剑锋已抵上年轻人心口。幽深的眼瞳被怒火烧出炽炭的色泽："要不是因为你欺男霸女，管不住自己的裤腰带，这把剑早就该在我手里了，哪里还要令公插手！你在瀛州中了史朝义的伏兵，要不是李光弼发兵接应，又哪里还有今天。给我滚。再让我听见你刚才的话……"

仆固玚断然踏上前去。剑尖之下绽开浓稠的血色。

"大哥被杀的时候我就知道有今天。你能为郭子仪杀一个儿子，早晚就要为他自灭九族。可不正是汉人说的，履霜坚冰至。"年轻人以谑笑的神气扯开衣襟，朝着他高高扬起下颌，"阿爷，杀了我。"

冷光乍起。剑锋滑过那张与他肖似的脸庞，然后重重跌进尘土中。

"滚！！！"

仆固玚摸了摸横贯鼻梁的血痕，转身离场之前忽笑道："我是来找你说正事的：浑瑊个兔崽子，听说郭子仪挂帅，带着左厢一万人马，跑了。"

雪崩

"往年同罗背叛，河曲骚然。臣不顾老母，征兵讨叛，使得河曲清泰，贼徒奔亡。是臣不忠于国，其罪一也。

"臣男玢尝被同罗虏将，旋即弃逆归顺，却来投臣，臣斩之以令士众。是臣不忠于国，其罪二也。

"臣有二女，俱聘远蕃，为国和亲，合纵讨难，致使贼徒殄灭。寰宇清平。是臣不忠于国，其罪三也。

"臣及男场，不顾危亡，身先行阵，父子效命，志宁邦家。是臣不忠于国，其罪四也。

"陛下委臣副元帅之权，令臣指麾河北。悉安反侧，州县既定，赋税以时。是臣不忠于国，其罪五也。

"臣叶和回纥，戡定凶徒，天下削平，蕃夷归国，万姓安宁，干戈止息。是臣不忠于国，其罪六也。

"伍子胥存吴，卒浮尸于江上；大夫种霸越，终赐剑于稽山。臣既负六罪，诚合万诛，唯当吞恨九泉，衔冤千古，复何诉哉！复何诉哉！"

卢杞生着一张倒胃口的脸，念起骈文来倒是金声玉振，铿锵有致。这一段罪己书自诩神来之笔，读来难免面露得色，专等着幕主拍案叫绝。

仆固怀恩始终抱着胳膊，只板起脸问："令公和李光弼写过这种肉麻玩意吗？"

"他们不写，致有今日，困于宵小不能自明。太保，须知朝廷对朔方军的顾虑不是一天两天了。他们履霜在前，到你这里已是冰冻三尺。不下猛药，如何能打动圣人的心？"他生怕蕃将领会不到字里行间微言大义，耐心讲了一遍伍子胥如何死，文种如何死，又补充道，"这里面还暗藏一个典故：自数其罪的笔法，仿的是秦相李斯狱中上书。李斯你知道么？履霜剑上那行字，那叫小篆，就是他发明的。"

　　他努力克制着拔剑的冲动："李斯又是怎么死的？"

　　"腰斩。弃市。夷三族。"卢杞面不改色，"秦灭六国，李斯功高，却遭宦官谗毁，正与太保同病相怜。如今诸道奏表入京，都先交鱼朝恩、程元振过目。这种话不可明说，唯有这么借古喻今，圣上自然心领神会。"

　　他嗤笑一声："你做个芝麻大的掌书记，肠子就多转三百道弯。将来要是做了宰相，必定市恩希宠，祸国殃民，天下人都被你算计了去。——你说的见微知著，敢就是这个意思？"

　　卢杞端了半日的笑脸，到这里终于绷不下去。仆固怀恩却不等他搭腔，话锋一转："姓卢的，你将来打算怎么死？"

　　掌书记将笔一掷，毫不掩饰地翻个大大的白眼："丈夫生不五鼎食，死即五鼎烹。我怎么死，轮不到你操心。"

　　披肝沥胆洋洋数千言，也不过是诸道节镇每日飞往京城奏表中的一片薄雪，转眼就湮灭在白茫茫大地上。中使照旧络绎往来，在仆固怀恩与辛云京之间不痛不痒地调停。郭子仪屯驻河中按兵不动，并未像卢杞所料的那样檄召旧部。然而单这一个名字便足以让朔方军自乱阵脚。几乎每天都有将士私逃出去投奔河中，直到仆固玚军前手刃大将阿跌良臣，才终于镇住局面。

　　而那段时间仆固怀恩昼夜烂醉如泥，缩在中军帐中不问世事。他早就从往来使者的辞色间察觉出种种异样。然而任他怎样威逼利诱，从无一人肯吐口。直到三天前，郭子仪派心腹家丁捎来几个月里的第一条口信：他的母亲病逝于长安，已经择吉下葬。

　　就算他现在把自己装进囚车回朝伏法，也换不来至亲的最后一面了。

　　老人临终说，我儿不忠不孝，将来不要和我埋一起。——这句话，郭子仪当然不曾转告他。

　　可他都知道。即便在酩酊大醉中他也明晃晃看见老母提着马刀劈头朝他砍过来："吾为国杀此贼，取其心以谢军中！"

　　她力气多大，身子骨多硬朗啊。八年平叛，戎马倥偬，老母抖擞精神领着全家妇孺辗转迁徙，不曾被战乱伤过一指头。而如今海晏河清，被圣朝天子接回京城"安享晚年"，刚去了不到一月，人就没了！

在母亲的刀光之后他又看见四十六个血污遍身的游魂夹道朝他走过来。

长子将死不瞑目的头颅掷在他脚下："这是你的开府仪同三司。"

侄儿将长刀穿透的心脏塞进他手里："这是你的尚书左仆射。"

叔父拔下眼眶里的乱箭："这是你的大宁郡王。"

侍妾从青紫色的颈间解下女儿的一缕长发："这是你的太保、中书令。"

那是他曾答应过他们的，功名马上取，富贵险中求。

在队伍末尾，尚有第四十七个影子站在路中间，迎面等着他。

"太保。太保！太保醒醒！"卫兵哪敢进门，只从帐门口探进半个脑袋告诉他：右厢军夤夜溃散，将士欲往河中投郭子仪。仆固玚阻拦不得，已死于乱刀之下。

卢杞听说兵变的消息，半夜里一骨碌爬起来，抓东抓西，颠三倒四就往马厩跑。可惜晚了一步。到营门口被蕃兵拿枪挡回来："太保有令，明日整军还灵武。私逃者死。"

"我一个措大，肩不能挑手不能提……"他从袖里摸了只银杯，还没递出去便被身后飞来的马鞭抽掉在地上。

仆固怀恩一甩鞭梢，朝卫兵做了个"绑起来"的手势。

"留着你。写祭文。"

回到灵武城下时，仍是三十年前那一个燥热的傍晚。血色的残阳、紧闭的城门、穿过沙海跟跄而至的旅人。一切都不曾改变。

朔方留后浑释之在城头久久望着他。三十年前他从族人的屠刀下一路逃命到定远，浑释之就曾这样打量他，为他打开城门，向他表露久旱甘霖般的纯真善意。眉眼弯弯的温暖笑容，眼里清浅的戒备和怜悯，一切都恍如昨日，分毫无差。

"时间过得多快。"相逢处，他朝浑释之阴恻恻地一笑，"上次你给我开门时，我们还是两条光棍。如今你儿子在令公膝下尽孝，我的儿子都已死绝了。"

浑释之暗数着蕃汉兵马一队队入城，只心不在焉地应了一句："好好安顿下来。儿孙早晚还会有。"

他朝地上吐了口带血的痰，组织不起一句还击的狠话。跃动的火光剪出那人忧心忡忡的侧影。只消一场离别，霜色已爬上鬓角。

他从未指望自己与浑释之还能如在郭子仪麾下时那样，左膀右臂，默契无间。然而第二天他去留后厅中赴宴，进门之前先被要求脱剑搜身，心里还是涌上苦涩的愤怒。

"才几天不见，你就打不过我了？"

浑释之不理会他的嘲讽，举起酒杯直奔主题："此时归朝，为时未晚。"

归朝二字在他心里已激不起一丝波澜。他只报以轻蔑的冷笑："我们时间不多了。何必浪费在这种废话上。"

浑释之叹口气："我也知你不如意。实在想走，我不拦你。帐中奴仆仍是你的，另送你三百只羊。"

他直接将手里的酒泼了那人一脸："贞观年间仆骨氏入唐，置金微都督，帐下已有数千人马。我父子血战半生，就值三百只羊?！"

"朔方军不是你的私产。名在军籍的，不许你带走一人一卒。"

"朔方军不是我的，难道是你的？"

浑释之泰然拭去脸上残酒："新下朝旨，令公重掌朔方军，先锋眼看就到灵武。你手里的节钺已是废铜烂铁了。"

话音落处，两人几乎同时掷下酒杯。外间廊下一阵混乱的锐响。须臾只见浑释之的外甥拎着几个浑部侍卫的头颅踏进来，却将履霜剑扔给仆固怀恩："太保，当断则断。"

浑释之乍被亲人出卖，还未从巨大的震惊中回过神来，胸口已被利刃洞穿。剑锋直钉进身后的廊柱里，入木三分。

"知道我为什么杀你？"

浑释之双手攥紧利刃，几番试图拔剑，却终因剧痛和失血暂时放手，抬头朝他粲然一笑："因为，我但凡还有一口气，就会和阿进一样，背叛你。"

他像被烫到一般松开了剑柄，溅满鲜血的手掐住了对方的咽喉。

"你知道谁杀了仆固场吗？不是焦晖，也不是张惟岳。你听到的所有姓名都不过是汉人事后窃功。只有我知道第一个动手的，是和他从小一处打一处玩的舍利葛旃。然后是阿跌家的狗杂种们。从头到尾，都是我们的人。释之。当年我杀王思礼的押衙，就因为他说'铁勒都是养不熟的狗'，就因为，那时候我就料到这句话早晚要落在我身上！"

浑释之面不改色，每一个字都伴随着口中涌出的血，沉稳的声调却不曾有一丝颤抖："你太迟钝了。开元九年突厥降户作乱，张燕公出马平叛，创建朔方镇，你我父辈都是在那个时候从河东搬来的。杀胡，杀突厥，杀铁勒，建功立业，致有今日。朔方军建节有多久，九姓铁勒自相残杀就有多久。怀恩，你才知道么？"

父辈马蹄下的一痕霜色，终在辉煌的盛世和惨烈的战乱之后积成摧山撼地的雪崩，埋葬了他们无限渺小的一生。

回光返照的最后一线意识里，濒死之人忽然爆发出恐怖的力量。履霜剑本就是古物，华而不实，被浑释之双手尽力一扳，竟在他胸前折断了。

焚风

　　回纥骑兵黑压压地从每一个角落里浮出地平线。而被他们围在中央的老人从容摘下兜鍪，解除枪甲，将马背上的兵器一件一件扔到脚下。

　　儿子和部将都被他麾退到一箭地之外。跟在郭子仪身边的除了一个通蕃语的粮料使，只剩下李光进一人。

　　李光进免胄下马，上前去握住老人微冷的手："仆固怀恩会来么？"

　　郭子仪沉默片刻，只轻抚对方的手背："别怕。"

　　"令公见了他，打算怎样？"

　　又一阵沉默后，郭子仪用一种自语般的神色道："我可以容忍怀恩的一切，唯独不能原谅他杀害释之。朔方军木秀于林，风刀霜剑，再禁不住手足相残了。"

　　他的声音沉厚而温暖，又蕴含着一种不容置疑的坚决，被风吹进回纥阵中，霎时激起喊喊喳喳的惊呼。

　　"是令公！"

　　"令公还活着！"

　　"果吾父也！"

　　回纥游骑已近在咫尺。郭子仪忽朝李光进笑道："我年轻时，许多人说我好看。不成想真有一天要凭脸退敌。"

　　那天郭子仪与回纥大将、酋长等把酒叙旧，歃血盟誓，却始终绝口不提仆固怀恩。直到仪式将要结束时，一个衣衫褴褛的汉人忽从回纥军中跑出来，被焚烧祭品的滚滚浓烟呛得上气不接下气："令公……令公！你带我回去！"

　　李光进被这蓬头鬼吓得不轻。郭子仪倒是反应奇快，当场认出了那人的嗓音："卢杞？"

　　回纥酋长不客气地将那人揪到身后："这是可汗岳父的家奴。我们做不得主。"

卢杞仰天大笑："你们还不知道吗？仆固怀恩死了。"

李怀光带兵收复鸣沙县时，仆固怀恩的葬礼已经结束。巨大的火堆燃了三天三夜，散落一地焦臭的灰。

土地都被火烤热了，反过来炙着空气，隆冬季节里热得人站不住脚。

可他还是不甘心，在簌簌飘落的黑色烟尘间来回穿梭，寻寻觅觅。最后终于功夫不负有心人，在棺椁的余烬里瞥见一道冷光。心头一凛，手先于意识伸出去，拂去刃上污秽，断茬之下赫然可见"将军裁之"四个篆字。

握住剑柄的瞬间，李怀光的手掌被余温未散的金属烫出了一串燎泡。

在那之后的十多年里几乎无人知道履霜剑的下落。朔方节度使亦早已不再需要这种身外之物来佐证自己的权威。就连李怀光本人也是直到郭子仪离开朔方军的那一天，才第一次见到断剑的另一半。

弯折的剑身已微带锈迹。"上至天下至泉"六个字上血污狼藉，几乎无法辨认。

当的一声，剑柄那一半被他掷在帅案上。精心擦拭过的金饰仍熠熠生辉，绿松石却早已在烈火中碎为齑粉。断口处狰狞扭曲，再也不可能拼回原初的模样。

"伸手。"郭子仪对他和浑瑊说。

他的掌心里，烫伤的瘢痕仍历历在目。及至此刻他恍然大悟：浑瑊手心里两道深及筋骨的割伤，是从廊柱上拔取断剑时留下的纪念。

"我像你们这个年纪的时候，和临淮太尉同在朔方，就是左右兵马使。后来我领朔方军，怀恩和释之做我的兵马使。千难万险平定逆胡，大半是他们两人的功劳。"老人一一抚过他们的旧伤，将两人的手掌合在一起，"这些年你们做兵马使，就是我的左膀右臂。现在我走了，朔方军散了，你们各做了节度使，今后的事非我能料。但我希望你们还能把朔方军放在心里。——我要你们对这把剑起誓：无论发生什么事，朔方军的人绝不自相残杀。"

浑瑊的蓝眼睛里已经盈满了泪水，手指微微翕动想要握住对方。而李怀光骤然抽回手，嗤笑一声："那要是他反了呢？天子命我讨贼，我去还是不去？"

浑瑊直跺脚："你！就不能说句人话！"

郭子仪也当场愕然：这个人……刻薄的言语和轻慢的神态，与仆固怀恩竟如一个模子里刻出的一般。他不敢多想，只尴尬地一笑："阿进怎么会。你这个脾气，往后也该收敛些。"

盟誓的事不了了之。郭子仪收了残剑，黯然离任。

建中二年郭子仪病逝于长安。天子下诏陪葬建陵，赐谥曰忠武。仍令所司备礼册命，赙绢三千匹、布三千端、米麦三千石。凶丧所须，并令官给。及葬，上御安福门临哭送之，百僚陪位陨泣。旧令一品坟高丈八，而诏特加十尺。全德始终，哀荣极备。

在老人的要求下，履霜剑残片被殓入棺中。其后改朝易代，弹指千年，高大的封土堆夷为平地，墓中珍宝亦为盗墓者洗劫一空。唯有这两段毫无价值的断剑无人问津，始终静静躺在泉壤之下陪伴主人的枯骨。

此是后话。

建中四年，河北淮西军镇作乱。赴前线平叛的泾原军在长安城外哗变，驱逐天子另立草君。皇帝连夜逃至奉天，又被叛军围困，狼狈万分。这一场席卷整个北方的战乱持续了近两年。浑瑊一路护卫天子，死守奉天，以功加中书令，成为定难功臣。李怀光千里奔袭解奉天之围，进位太尉，赐铁券；却因卢杞进谗而横生嫌隙，最终不用朝命，叛归河中。

天子还驾长安后，大宴功臣以示荣宠。席间将浑瑊唤到御座前，一旁内侍捧上一柄镶金嵌宝的剑。

"朕听说，玄宗皇帝尝赐张说一口古剑，名唤履霜，后来成了朔方节度使代代相传的佩剑。又听说那把剑后来被仆固怀恩带去回纥，从此下落不明。今日爱卿就任朔方副元帅，此礼断不可缺。朕让匠人照着旧样重新造了一把，你看看，可还使得？"

浑瑊恭敬地接过剑，心里五味杂陈，不知是喜是悲。抽剑出鞘，仍是熟悉的那行篆字：上至天，下至泉，将军裁之。

天子也见了刻字，笑道："你马上要去讨伐李怀光，这行字正应景：河中之事，一以委卿。"

仿佛是无限长久的沉默之后，浑瑊俯首叩拜："臣……领旨谢恩。"

李怀光既无吐蕃、回纥外援，坐困愁城，很快就抵不住诸道军围剿，兵败自尽。末路之际纵火烧毁衙署。浑瑊率军入城时，火势已经无法控制。

北方春季的风不期而至，卷着火舌一路摧枯拉朽，烈焰转瞬吞噬了整个子城。他知道李怀光的子女都被困在火中，最大的也还没有成年。然而风太大，火势过于凶险。作为统帅，他没有立场下令救火。

天宝之乱后，朔方军屯驻邠、蒲。这里的一草一木，于他都熟稔如肤发。那是李光弼校旗的高台，那是郭子仪视事的厅室，那是他曾在梦里无数次从中汲取温暖与安宁的家，现在只剩下猎猎火海憧憧黑影，如被轮回抛弃的鬼魂遭受着无穷尽的炼狱酷刑。

燥热的狂风一阵阵扑过来，炙得人睁不开眼。不时有带火的木屑落在身上。卫兵无数次恳求他尽快撤离。浑瑊等到了不能再等的最后一刻，转身离开之前骤从腰间解下御赐佩剑，看也不看一眼，用力掷进烈焰中央。

画骨

公少而秀异，及长而瑰耸。长七尺二寸，须发眉宇风姿若神。人望之岩嵩若华山，终日不厌。时亦谓华山降神以辅唐中兴。

——《汾阳家传》

周昉到河中府拜见郭子仪，只偷眼打量了短短一霎，当即失去了兴趣。这个老人拥有一长串他甚至不会句读的堂皇官衔，却长着一张索然无味的脸。

怎么讲，倒不是说不好看。事实上正相反，那是他从未见过的，即便到了迟暮年纪也仍旧风姿端严的美男子。每一丝皱纹的线条都无可挑剔。然而那不是他喜欢看的脸。

他常去西市里看人，蹲在坊门口一看就是一天。他尤其爱看那些奇形怪状的胡人，番僧，昆仑奴，假使有人长着过于粗大的颧骨，凶神恶煞的眉毛，纹路崎岖的嘴角，他就忍不住跟着看上好几坊的路，只恨不能将那颗脑袋掐下来揣回家去彻夜端详。

而郭子仪的脸……分明是长了一张华岳庙神的粉本。他画他简直不用对着活人起稿，闭着眼睛都能勾个八九不离十。

过于端正好看，便失去了趣味。小时候他家在燉煌，常从学堂偷跑出去，溜进佛寺里看画匠们描金刚，描力士，描伎乐天，描水月观自在菩萨。曹衣出水吴带当风，每一笔都圆熟流利无懈可击。他坐在冰凉的地上，两手捧着脑袋看得出了神。而那匠人从高高的木架上爬下来，朝他疲惫地一笑，说，小郎君是贵人相，将来不要学我们。

周昉面露真诚的惊讶："为什么？你画得多好呀。"

老画匠摇头。只是画工罢了。你记着，精美无缺的作品从无署名。你要画出专属于自己的，独一无二的瑕疵。

周昉前来河中，是奉天子之命为朔方军诸功臣传写真像，以备图形凌烟阁。第一天他画郭子仪。老人十分敬业地穿了全套官服，束上御赐通天犀带，抱着笏板正襟危坐大半个时辰。然而这一套仪式并没有什么特别的功效。画到最后，周昉和郭子仪都打起盹来。有人忽然闯进厅中，吵醒了心猿意马的画师。周昉猛地惊醒，手一抖，炭条在画上划出一道粗长的黑迹，正穿过那张周正端严的脸。

老人也醒了，微怔了一下，礼节性地向画师询问：完了？要不要我看一遍？

周昉没说话。刚刚闯进来的李怀光厉声道："你行不行？把脸都涂坏了。"

"那个可以修的。"他面不改色地解释这不是成品，将来还要透稿，一面拿细绢去擦。可惜炭迹过于粗重，一通下来将脸都抹黑了。到这地步，画师难免心里惴惴，生怕秀才遇到兵。然而那位粗枝大叶的将军多看了一眼画稿，登时闭口无言。

像。太像了。

一旁的浑瑊始终安静不语，这时候凑上来细细看一回，又细细端详一遍主将，怯怯道："形容是不能更像了。但我听说……肖像贵能摄神……"

周昉心里咯噔一声，瞌睡一下子就醒了。这个年轻人看上去客气得过分，一双蓝眼睛却毒得吓人，一针见血地戳中这幅画的致命伤。

可他没法当着老人的面给他解释：他那一管鼠须笔惯能勾魂刻骨。此画无神，那是……那是郭子仪的问题。

第二天他画浑释之。换了浑瑊坐在对面，向画师道："人都说我像阿爷年轻时，只他眼睛是黑色，你记着。"

年轻人起初僵着一脸温厚可亲的微笑，不到一刻钟就忍不住求饶："惭愧，我笑不动了。"

周昉怜悯地扫他一眼，说，将军不用一直笑的。况且……凌烟阁图形，也不能笑。

浑瑊面露惋惜的神色："阿爷笑的时候眼睛是弯的，特别好看。"
"那他有没有什么时候特别难看？"

"啊?!"

周昉专注地看了一眼年轻人惊愕的表情，不动声色地在眉心和颔角增删几笔。

浑瑊还是认真回答他："是邙山之战的时候，蕃浑部贪图钱帛，中了贼军的诱敌之计。阿爷喊破了喉咙，叫大家不要抢，不要去追，没有一个人听他的。就那次，阿爷亲手砍了十来个亲随，都是跟了他半辈子的叔伯……脸色像死人一样……可是，一点用也没有。我们还是败了。——那之后李太尉去了徐州，阿爷回灵武领留后。我就……再没见过他们。"

周昉听完，似乎并没有什么触动，只敷衍地应了一声，然后乍停下笔："那我应该见过令尊。"

"是么？"浑瑊几乎坐不住，又不好意思乱动，只得伸长了脖子好离画师更近一点。

"广德二年吐蕃陷凉州，我逃到灵武时只剩下半口气，幸得长官收留，治好了我的伤。那人听说我是河西衙内，特意见我，说，他有个儿子和我年纪相仿，跟着仆固怀恩拥兵玩寇，不忠不孝，很不成器。"

浑瑊起初听得入神，眼角都泛起水光，及至最后一句，陡然如坠万丈深渊。惊悸痛苦和难以名状的悲愤转瞬间吞噬了那张平日里温柔可亲的脸。他霍地站起身冲到画师面前，伸出一只手似要去抓对方的领口，用尽全身力气才忍住，最终只痉挛地攥紧他左边的衣袖："你……你诓我……你一定在诓我！"

画师面不改色地盯着那人像狂怒的掠食动物一样扑到自己身边，左臂几乎被捏断，右手里的炭笔却仍旧沙沙响个不停。令人窒息的片时静默过后，他轻柔地放下笔，朝青年咧嘴一笑。

"好了。"

下一个刹那浑瑊看见画架上的作品，终于反应过来。一摔手，还没来得及笑，眼泪刷地一下涌了上来。

"你果然诓我……你……你坏死了！"

第三天郭子仪把浑瑊支出去校旗，然后叫来一群仆骨部老兵，围着看周昉画仆固怀恩。

众蕃卒头一遭做这种任务，一个说胡子要俊，一个说鼻梁要高，再一人说左边额角上有伤疤，当场有人纠正说伤疤在右边，七嘴八舌夹着突厥语嚷成一团。周昉不急不恼，就静静坐在案前听。郭子仪被吵得脑仁疼，清清嗓子，问，郎中从哪里画起？

周昉说，眼睛。

郭子仪踌躇一下，说，我见人家都是最后点睛。

周昉说，也行。那么你们给讲一下，仆固太保像什么？

众人愕然：什么像什么。

周昉的眼睛向上翻了一下，好像在思考怎么给他们解释，然后一拍脑门，从行囊里抽出一卷小像，挂出来，问众人，你们看这是谁？

老朔方军们异口同声：王忠嗣。

郭子仪另辟蹊径问道："他也上凌烟阁？"

周昉黯然摇头："没。这是以前给我大哥画的。就给你们演示一下，譬如王尚书，我画他的时候，心里想的是一只苍鹰。"

郭子仪装作思考了一下，说，哦。

"它在天上飞的时候，连翅膀都不用扇一下，但是你知道，吐蕃人看见就要趴在地上跪拜。"

郭子仪想说，啊?! 好在人老了反应慢，及时刹住了。

他又看了那张小像一眼，心里却陡生奇怪的念头，好像自己忽然变成一只鼠兔或者一只安禄山，正在画中人的俯瞰之下瑟瑟发抖。

他恍然，说，噢……

周昉见蕃卒们犹一脸迷惑，又掏出一卷画像挂起来。参加过两京之役的将卒们立刻认这个瘦小的汉子：王思礼。

"我画他的时候，心里想的是一支算筹。"

噢！众人恍然大悟。明白了，怪不得他这眼神，好像我还欠他一贯钱。

对话期间周昉手里一直没闲。起初他笔下刚出现某个五官的轮廓，便有人指手画脚，这里不对，那里不好。画师海纳百川地接受一切外行的，无礼的，相互矛盾的评论，画了改改了画，改过来又改回去，始终没有流露过任何一丝不耐烦。天色渐渐暗下去，他笔下一个硬汉的身影渐渐显山露水，而室内的嘈杂喧闹也终于平息下去，似乎已经没有一个人可以再挑出哪怕一丝的毛病。

郭子仪问，要点灯吗？周昉左手拿手背按着白绫纸，右手悬停在眼睛的位置上，问大家，你们想好了吗？

一个老卒说，狼。他像狼。

暮色笼罩的角落里有人窃窃私语。周昉搜罗了一下自己有限的突厥语词汇，大致辨认出他们在说那头鄂尔浑草原上幽灵般的苍眼狼王。

一个少年梗着脖子说，阿伯像那匹红鬃烈马，比沙暴还快，只一沾鞍鞯就要踢人，照着胸口一踢一个窟窿。

女人将少年揪坐下来，照着头顶不轻不重拍了一巴掌。女人哑着嗓子说，他像河阳浮桥，用着时千军万马横冲直撞，用不着时照着索子一刀砍下去。就……

老卒慌忙打断她：这是长安来的郎中。你胡嗙什么。

周昉听他们一一说完，面无表情地转向凝神沉默的郭子仪。

"他像……在黑夜里爬山……"老人语法混乱，然而喋喋不休，"只上不下，知进不知退，怎样的峭壁都毫无惧色。若是有人挡在他前面，看都不看一眼，只管揪着脚脖子将人扔下去。到天明时，满以为一览众山小，四下里一望，却只见每一面都是万丈悬崖。"

周昉把眼珠子从左边转到右边，右边转到左边，他并没有画完仆固怀恩的眼睛，却对大家说，好了。

第四天郭子仪以为完事了，设宴答谢画师。

主将身后挂着三幅图形的草稿。往来人等都凑过去看，一个个赞叹不已。却不料酒过三巡，仆骨部和浑部的后生们一言不合翻了脸，三五个人在画架下面扭打起来。

郭子仪揉着太阳穴，无力地唤了声，怀光。

　　只见一个面色阴鸷的男人缓缓站起身，缓缓走过去，一声不响地踩住了最先动手的那个人的脖子。

　　"丢人现眼。都给我滚出去。等画画的走了再发落你们。"

　　男人一把拉开房门，凌厉的朔风卷着飞雪呼啸而入，在座宾主各自打了个寒噤。

　　周昉吃到一半忽然举着筷子出了神，电光石火地一闪念，抓来一片擦手的麻布，摸出炭条，冷不防盯住了李怀光的眼睛。

　　"可巧……还要画一个李光弼。谁来给我讲讲他？"

　　浑瑊先奇道："令尊不是河西押衙么？你没见过李太尉？"

　　"你说天宝年间……我才十几岁。"周昉微微一耸肩，"况且，我见没见过他，并不重要。"

　　李怀光一拧眉头，挡在主将前面："那也该去找他家人。他早不是朔方军的人了……"

　　"他就到下辈子也是朔方军的人。"郭子仪打断他，随即转向周昉，犹豫了一下，"你……随意画罢。我看着。"

　　闲杂人等宴罢退去，周昉拿案上杯盘草草压住画布，照旧用左手手背按着。室内一灯如豆，微微蜷曲的手指在白麻上投下一道道狭长的影子。他就在这些浓重的阴影之间慢条斯理地画李光弼的脸。郭子仪屡次问他要不要多点几盏灯，他都说，不要。

　　时间过去了很久，笔下只有几组支离破碎的线条。而老人的眼神失焦于窗纸之外某个看不见的地方，始终没有说话。

　　周昉觉得他可能需要一些帮助，于是轻声问，你……梦见过他吗？

　　老人努力看着他，惶恐地说，你想听吗？

　　周昉心里涌起一种奇怪的感觉。他品味了一下，好像是……怜悯。

　　"我梦见给他梳头，梳到哪里，哪里的头发就全变成白色。——他的头发一直很好，白的很少。我从来没有见过他两鬓飞霜的样子。

　　"我梦见他的脸被砍了一刀。我给他缝。缝不起来。全是血。什么都看不见。鼻子眼睛都被血淹没了。还是得缝……每一针下去都像喷泉一样流血……

"梦见握着他的手，从指尖开始，一点一点变成枯骨。我慌忙往上摸过去，一节节的指头，一寸寸的手掌，然后是手腕，小臂，都变成骨头。我想摸摸他的身子，就算明知道这样会杀死他……可是摸不到。就只剩下手，没完没了的手，没完没了的骨头……

"对不起。我知道这对你毫无用处。"老人将自己的脸埋进枯枝般的双手中间，声调绝望如找不到家的孩子，"怎么办……我……忘记了他的样貌。一丁点，一丝一毫，都想不起来了……"

在他独白期间周昉一直专注地凝视他，注意力却似乎只集中在老人的脸上，丝毫不关心他所描述的那个亡灵。当老人无措地抬起满是泪痕的脸，画师恍然大悟般惊呼了一声，噢……

周昉噌地站起身，从架上取回郭子仪像的画稿，不由分说按在案上开始大删大改。是在那一个瞬间他终于穿透老人脸上完满无缺的面具，得以窥见一个衰败、疲惫、遍体鳞伤支离破碎的灵魂。

油灯燃尽的时候他伸展了一下僵硬酸痛的肩颈，在骤然降临的黑暗中审视自己的杰作，愉快地说，好了。

老人仍未回到他们的世界里，自始至终没有任何反应。直到周昉起身收摊，摸到桌上几乎还一片空白的李光弼像，不免稍微有点尴尬地挠了挠自己的耳朵。

"令公……"他试图做最后一次努力，"你觉得，他像什么？"

郭子仪没有看他，却突然被飞雪敲打窗棂的声音惊醒，神经质地抬手撕下一大片窗纸。廊下的灯光裹着夜雪倾进室内。一片雪花飘落在白绫纸上，缓缓融化成细密微小的水珠，缓缓渗进纤维的纹路里，濡湿了画中人苍老的脸颊。

周昉辞别河中府时婉拒了主人准备的丰厚礼品，说自己力气小，提不动那许多钱帛。

郭子仪大手一挥，说，这值什么，我再送你一个仆从。

"不不不不行。我力气小，万一他在路上打我……"

画师费了好一番头痛才终于推掉这份好意。李怀光在旁边冷眼拈掇了半日，嗤笑道，这郎君细皮嫩肉的，哪像是军府里长大的人。听说你父兄都从军，一个弟弟十七岁就捐躯国难。你可好，画一辈子的胖女人？

周昉委屈地抿紧了嘴唇，却没有辩解一个字，摸了摸行囊里的王忠嗣画像，爬上马背独自启程。

第二年郭子仪入朝，正赶上凌烟阁修葺一新，添置了一批中兴功臣的像赞。于是这一年的朝觐典礼在延英召对和三殿赐宴之外又增加了功臣登麟阁的新项目。

凤翔节度使李抱玉扶着郭子仪登上高阁，两人一路瞻仰，一路品评。在有些地方他们会长时间停留，分享一些共同的烽烟记忆；在另一些肖像的下面就只心照不宣地谈论一下画工，就好像他们真懂似的。还有一些人像的前面，两人都不说话，连眼神也不碰一下，微微一躬身就算过去了。

他们很快找到了李抱玉的肖像。看上去比本人年轻许多。不只是光洁的额头和脸颊，更因为有那样一种动物般天真出尘的神态。李抱玉满心得意地向郭子仪说，你们都说韩干画人物不如周昉，可你看，周昉对着我画了好几天，怎么都画不好，气得快哭了。找来韩干才救了场。

郭子仪装作很懂的样子点点头："画马自然还是韩干更内行。"

再往前又看到了浑释之和仆固怀恩，不知有意还是无意，两幅画正挂了个面对面。郭子仪早见过草稿，只赞叹勾描皴染巧夺天工。李抱玉一见之下却难免惊异地掩住嘴。

分明是拥笏垂鱼的衣装，正襟危坐的姿势，本该四平八稳庄重肃穆。而画中人四目相对，却是一派剑拔弩张。仆固怀恩峥嵘的眉宇间洋溢着不可一世的骄矜傲岸，紧绷的唇角又悄然勾出令人胆寒的杀意。浑释之昂然望向对方，眼里燃着背叛与被背叛的愤怒，辜负与被辜负的痛苦，又在惨烈的生命终章里迸出灼人眼目的强悍不屈。

国史里再怎么用尽曲笔，单这两幅画就足以让浑释之殉国的真相昭然若揭。

李抱玉直看得胸口憋闷，躲到窗边去透气，方觉后背满是冷汗，贴身单衣都湿透了。

郭子仪没有说一个字，只在他背后发出低不可闻的叹息。

再往前走，又见一对相向布置的画像，这回李抱玉连掩都掩不住，大张着嘴望向郭子仪，无声质问：这也行……？

郭子仪隔着宽袍大袖攥紧了他的手腕，死命将他要发出的声音捏回去。行的。他也用眼神回答，鱼朝恩和程元振都是中兴功臣，如何上不得凌烟阁。

李抱玉一个深呼吸，拔腿继续往前走。到了郭子仪的画像前面他们终于松了口气，不用再打眉毛官司。李抱玉看了画又看了人，笑道，令公这样好看，我只道画都画不出来。谁知不但能画，竟还……他歪头思索了一下措辞，说，竟比真人更有神。

画中人有神像一般无懈可击的面容，和神像一般端正工整的眉眼。李抱玉起初只觉"有神"却难以言明是怎样的神，端详许久也看不透，却在视线移开的那一瞬猛然省悟：画中人的眼里，流淌着一种他从未见过的，柔韧绵长永不枯竭的悲伤。

再往前就只剩雍王太子了。李抱玉却退回几步，咦了一声，指着郭子仪下首那幅画问，这是谁？

郭子仪看傻子一样瞪着他，说，李太尉呀。

临淮太尉？李抱玉一字一顿，难以置信。然而读了题款，算了算排名，好像也确实再没别的解释。他努力看着肖像的脸，似有某个角度依稀照见眼中森然凛然的一痕刀光，然而五官轮廓实在连一丝影子都没有。

"令公……"李抱玉的人生都被颠覆了，"恕我直言，这实在，一点也不像。"

人老了，记性变坏总是难免。他只是痛心于……老人大概是被画师骗了。

郭子仪全不介意，一抬下巴指了指他身后的方向，说，像不像又有什么要紧。我觉得这样挺好。

李抱玉照着他指的方向一回头，只见鱼朝恩和程元振一左一右，道貌岸然，好一对国家柱石。他恍然大悟，噢……

把李光弼的真容跟这两位挂一起……他想了想，觉得，不堪设想。

二十年后周昉再次造访河中府，为奉天定难功臣浑瑊传写凌烟阁图形。

画师仍是一副喜怒不形于色的温吞脾气，见到主人时却笑得像孩子一样开心："真好啊，你一点也没变。"

"你也是。"浑瑊忍俊不禁，"所以你可以拿我阿爷的画稿来充数了吗？"

周昉仔细打量他的眼睛，看了很久，说，你们不一样。我想画你……想家的样子。

他在河中停留了很久，并不急于动笔，却忙里偷闲画仕女，画孩童，画笙歌聒耳的夜宴。画中人漫不经心地逗弄狮子狗，或是闲倚在凭几上饮酒；妇人不端不正地抱着琵琶，男人在和不端不正抱着琵琶的妇人调笑。浑瑊每日公务结束，便到客馆里看他绷绢，勾线，分染，皴擦，用细如蚊睫的笔触耐心点亮金步摇上嬉戏的光影。他知道那人画的是他们再也回不去的燉煌和凉州，开元和天宝，童稚和少年。他也曾在画师的怂恿下亲自尝试，可是太难了。他能开成石的弓，却拿不稳一支几无重量的衣纹笔，面对自己涂抹的糟污狼藉笑得满地打滚。

"我家世居陇西，兄弟三个都是十五岁从军。轮到我时，正赶上哥舒翰去打石堡城。大哥带着我。石头从山崖上滚下来，乒乒乓乓砸着兜鍪……大哥把我按倒，拿身体护在我上面。

"我拿回家一纸策勋的制书，还有大哥的横刀。

"我力气太小了。千方百计，拼死拼活，也没能把大哥背回家。

"那之后，我一碰到兵器就发抖。……被人笑话得多了，也就习惯了。

"后来我父亲做了河西节度使。至德二载凉州兵乱，父亲把我和三弟藏在酒窖里。等了两天，上面脚步声停了，我们费了好大力气才把酒窖的盖子推起来。

"父亲的尸体压在上面。他被砍了三十多刀。

"三弟那时候也就比横刀长一点点，硬是拿自己的手抹在刀刃上，割下来一根指头，发誓要给爷娘报仇。

"广德二年他十七岁。吐蕃打破了凉州城。三弟一张弓，一壶箭，一路射死了几十个人，直到护送我逃出去。

"他不跟我走。我见他最后一眼时，他的脖子已经中了两箭。

"他说，哥，你活着，我们就都活在你的画里。"

周昉讲这一切的时候嗓音时常颤抖，笔下的衣纹却没有一丝波折。他的全部精神都集中在绢帛细密的肌理上，毫不在意有没有人在听他的故事。他在画一幅《浑侍中宴会图》，主人的面容他从未见过，但脸上那种温暖又悲伤的神情让他感到无比亲切熟稔。直到天色暗下去，他的眼睛干涩难忍，终于描完最后一条发纹，抬头向浑瑊笑道，好了。

浑瑊一直安静地坐在对面，两手捧着脑袋目不转睛地看他画画。在画中那场盛大的宴会上所有宾客都长着陌生的脸，然而他毫不费力地认出了这一世里他爱过又失去的每一个亲人。

周昉起身的时候浑瑊用力抱住他，像抚慰幼童一样轻拍他的后背。画师微笑了一下，在战争降临后的许多年中第一次落下眼泪。

"我从凉州逃到灵武，只剩下半口气，幸得长官收留，治好了我的伤。那人听说我是河西衙内，特意见我，说，他有个儿子和我年纪相仿，是个顶天立地的男子汉，是他一生最大的骄傲。"

后院里的梨树铺天盖地落着雪白的花瓣。一片片拂在窗棂上，敲出绵密晶莹的，耳语般的，宛如雪夜里万物寂灭复又重生的细碎声响。

城殇

尹子奇攻围既久，城中粮尽，易子而食，析骸而爨，人心危恐，虑将有变。巡乃出其妾，对三军杀之，以飨军士。曰："诸公为国家戮力守城，一心无二，经年乏食，忠义不衰。巡不能自割肌肤，以啖将士，岂可惜此妇，坐视危迫。"将士皆泣下，不忍食，巡强令食之。乃括城中妇人，既尽，以男夫老小继之，所食人口二三万，人心终不离变。

——《旧唐书·张巡传》

上篇

肉只是粗粗煮熟而已。没有放血，没有清洗，没有任何调味。似乎在厨子看来这是他所有能尽的，最后一点对食物表示尊重的努力。

人的脂肪是醒目的黄色。虽然只剩下极薄的一层。

他碗里的大约是一段肋骨。

那年刘昌十九岁，是队伍里最年轻力壮的一个，膀子里有榨不完的力气。因此活到了最后之后。

张巡的碗里只有象征性的一小段。从他面前路过时他尽量快地扫了一眼，并没有打算细究，却仍旧辨认出是手指。

所有人都端着碗不动。最能言善辩的主将在这时候也再说不出一个字，只默然捞起食物囫囵吞下去。努力咽了几次。然后一一看过麾下将卒。

那是在城头上督战的目光。

没有人能反抗那样的逼视。太阳落山。暑气蒸腾。校场上静得反常。整座城里都已找不到一只鸟，一只蝉，一只蟋蟀。只剩下咀嚼筋肉的声音，分外突兀。

眼看就要轮到他了。然而他左手边那个年轻人忽然站起身来，反手将碗照着地上摔了个粉碎。

"今天吃女人，明天吃娃娃，后天吃老弱。再往后，轮到谁？"

刘昌也霍地站起身，恨不得上手扇那人两巴掌。然而四目相对，他一瞬间就怂了。

"四郎……别添乱。"

年轻人看也不看他一眼，一双眼睛只钉在几步开外的张巡身上。暮色四合，已经看不太清楚主将的脸。可他莫名感到那人似乎浮现出如释重负的表情，就好像一直在等人发难，压抑了一晚上的情绪才好有个出口。

"刘四郎。"张巡精准地叫出了年轻人的姓名，"不要只盯着死者。我们吃人，是为了活下去。"

年轻人的嘴唇微微动了一下。张巡似乎已经隔着夜色读出了他的问题，抢先道："活下去是为了守住睢阳。守住睢阳，是为了牵制贼军，屏障江淮。"

是重复过无数次的说教。却仍旧像第一次说起时那样慷慨激昂，斩钉截铁。

"国家有难，两京陷贼。东南半壁江山能不能保全，就看我们还能再撑多久了。"

张巡朝他们走近来。刘昌不由自主地蹲坐下去，以免和主将视线相交。然而身边那个年轻人的背影仍如恼人的暑热一般纹风不动。

"睢阳这般重要，为什么没有人来施以援手？江淮靠我们，皇帝靠我们，大唐十道千万人家都靠着我们这几百个皮包骨头的兵，为什么就没有一个人来帮我们?！"

"四郎……"刘昌揪着年轻人的衣角，声调已近乎哀求。

他没有注意到许远是几时过来的。慈祥的长者已经瘦成了一道淡薄的影子，脚步没有一点声响。

"朔方军在打安守忠，河东军在打史思明，家家都有难念的经。"许远温和耐心的声调仍如太平时节劝课农桑，"我们先靠自己，再指望救援。"

四郎毫不买账："南有谯郡，东有彭城，再东有临淮。一个州出上一把米，这里何至于易子而食！见死不救，猪狗不如的人，我们凭什么替他们卖命！"

张巡很轻地笑了一下："你知道得真多。——那么，来给大家讲讲，临淮再东是哪里？谯郡再南又是哪里？"

年轻人张了张嘴，没有出声。

张巡的态度仍旧热诚而恳切，没有一丝讥讽或炫耀："那么我来讲，你们听着：临淮再东是东海郡，户二万，辖县四；谯郡以南是汝阴，户三万，辖县五；汝阴东边是寿春；寿春东边是庐江；庐江东边是宣城。宣城再东，有吴兴，户六万；吴郡，户七万；余杭，户八万；会稽，户十一万。会稽再东是余姚，户一万八千，辖县四；余姚城东六里即是大海。"

年轻人再次张了张嘴，仍旧没有出声。月亮升起来，清光注进眸子里，终藏不住一丝率真的神往之色。

"你刚才问为什么没有人来救睢阳，原因说深也深，说浅也浅。自去年潼关失守，上皇幸蜀，今上即位于灵武，永王陈兵于江淮。天有三日，难免教人无所适从。"

许远不安地抓住了张巡的衣袖："中丞兄……这种话，不好这样讲……"

"这有什么不能说的。如今东南诸军有的明尊今上，有的暗奉上皇，各打各的算盘。贺兰进明与许叔冀有隙，各人拥兵自保，无心他顾。——可你们须知道，世上自来有这般黑暗污秽、人心险恶，然而你们并不是在为他们守城。你们为之流血拼命的不是甘食窃位的王公将相，不是玄元皇帝庙里的木胎泥塑，不是白纸黑字轻飘飘的忠孝节义，而是你们的同胞手足，是宣城、吴兴、余姚诸郡百万户鱼米人家。他们都是和你们一样的良善男女，有和你们一样的眉毛眼睛，一样的妻儿父兄，和你们饮着一脉的水，望着同一轮月亮。他们和你们一样，值得任何人为之生，为之死，为之做鬼做煞，虽死不休！"

张巡停顿了一下，从地上拾起被四郎打翻的食物，草草抹去泥土，不容推却地按进年轻人的掌心。

"为了他们。请你活下去。"

年轻人一梗脖子，发狠般照着那块肉啃了一口。然而没嚼几下就神经质地干呕起来。咽不下又吐不出，憋得满眼是泪，忽然脱力地跌坐在地剧烈地咳嗽起来。

刘昌顿时慌了手脚，一把揽住那人的肩膀，左手顺着后背："四郎。你吸气。你……吐了它。别呛着自己……"

年轻人推开他，胡乱摇头，眼泪一发不可收拾，抱着双膝哭了个天昏地暗。

"唉你……你慢点哭……"他握着那人湿冷的手掌，心里亦是酸涩不已，侧头在肩上蹭了蹭脸。

不知过了多久，校场上的将卒都散了。月上中天，万里空明，地上却只有黑沉沉的影子。那一小块脏兮兮的肉不知滚到了什么地方。四郎勉强停下哭声，却仍旧气息急促，无力地靠在他身上。

"阿禾，我们回去。"刘昌低声说着，一面想将那人架起来。

"刘四，刘昌，跟我回府里。"张巡的声音吓了他一大跳。谁能想到长官还没走，一直在旁边看着他们。

也不知听没听到什么。刘昌狐疑了一霎，扶起年轻人跟着张巡进了府衙。

后堂里弥漫着一股奇怪的味道，似有皮革焦糊的腥臭，在饿急了的人闻起来又似乎是诱人的肉香。一个中年妇人见他们进来，只以为来了伤员，忙让到床边安置。年轻人到这时候终于哭够了，哪里肯躺下，只同他一起向妇人行个礼，赧然道："我没事。打扰了。我们这就走。"

张巡向妇人笑道："今天又琢磨出什么新奇点心，给他俩尝尝鲜。"

他这才注意到廊檐下煮着东西。灶台边散落着甲片和绳索。他恍然大悟：锅里煮的大约是从甲胄和鞍具上拆下来的皮革。

四郎连道不要。妇人面露难色，只端了碗热水过来："那个实在吃不得。你先喝水，我去后面看看。"

"不用！姑，你歇着去！"

妇人笑而不答，拍拍年轻人的肩便退下了。

那厢里张巡已经捞了一块败革出锅，尝了一口，朝他们笑道："我牙齿不行。味道倒不坏。你们吃着正好。"

刘昌和四郎再次谢绝。

"逞什么强，你刚才就是饿昏了。"张巡忽然靠近四郎，敛起笑容，目光锐利起来，"回家还要给孩子哺乳，你得先吃饱。"

一句话石破天惊。年轻人的脸刷地一下就白了。刘昌头脑里亦是空白一片，下意识地踏步上前，伸开胳膊像母鸡护雏一样拦在四郎面前："中丞！我阿姊，牛脾气，净胡闹，不是有心骗你，你不要和她计较！"

张巡顾不得回应他，仍朝年轻人道："我上次见你是正月里，那时你还叫阿禾，怀着身孕给令弟送衣服。孩子怎样了？"

阿禾死死咬着嘴唇，半晌，低低道："还活着。"

她故意将还字咬得很重，莫说张巡，一旁的刘昌也听出了弦外之音：睢阳围城大半年，鸟鼠皆尽。易子而食早不是什么禁忌话题。

张巡却连眉也没皱一下，继续问道："孩子的父亲呢？"

"不知道。"她几乎已经是咬牙切齿，"听说去了陈涛斜。"

一声叹息。

"你安心回家守着孩子。"张巡的声调软了下来，却仍旧不带一丝多余的情绪，"城中尚有万余人，一时轮不到女人上阵。"

阿禾噌地一下站起来，眉毛一竖，摆开刚才校场上唇枪舌剑的全副架势："轮不到女人上阵，就轮到我们充军粮？吃我，可以。等我战死，随你们怎么吃都行。让我回家去坐以待毙，休想！我一个人能犁三亩田。到军中不到半个月，已经射死了十几个人。就论挨饿，我也比他能忍！"

刘昌被她揭了短，恼羞成怒地跺跺脚："阿姊，中丞日理万机，哪有工夫和你胡搅蛮缠。"

张巡道："古有花木兰，国朝有昭公主，本不是什么了不得的事。然而你扮男装，既能被我看出破绽，难免也有别人看出来。暑热天气，男人堆里挤来挤去，怕有许多不便……"

阿禾哪里服气，正要整军再战，张巡身后却响起一个温软的声音："让她去。有我在，看谁敢欺负她。"

三人一齐转头，只见方才离开的中年妇人端着碗回来，先朝阿禾道："前天他们杀马，给我留了点肠子。我吃不惯，刚好给你。再不吃就白放坏了。"

鬼都知道"吃不惯"云云是撒谎。然而到了这份上，实在不好再推下去。阿禾抱着碗狼吞虎咽。妇人转向张巡，仍旧温言软语，清炯炯的双眸中却亮着不容置疑的光："我还是那句话。一样四肢五脏，一样爹生娘养。缝补、馈运、樵采、乃至上阵，样样不比男子差什么。你怎么好只把她们看成一颗颗粮食。"

"你也来。"张巡颓然坐进胡床里，一手支在扶手上揉着额头，"有人说我连枕边人都吃，阴司恶鬼见了我都要退避三舍。有人说我杀妾算什么本事，真汉子就该挖自己的心肝来飨军。这话你听着解气么？——阿姊，外人再怎么刻毒我都可以装作听不见。可你怎么能。"

刘昌在一旁看怔了。他自来只见过主将斩钉截铁坚不可摧的样子，若是有人告诉他那人的骨髓里灌的都是铜汁铁水，他完全不会有丝毫怀疑。然而此刻，奄奄将灭的一豆残灯里，那人每一丝新生的白发和皱纹里都深深刻着疲惫和绝望。

他一时间心虚得厉害，好像撞见什么不可告人的秘密，连告辞都不知怎么告，拉起阿禾沿着墙根溜了出去。

张巡之姊适陆氏，本居临淮。早在睢阳被围之前，城中积粮六万石，河南节度使李巨命睢阳分其半与济阴，太守许远争之不得。张氏听说，当街拦住王驾痛陈利害，以为睢阳首膺兵锋，不但为江淮屏障，且扼漕运要道，贼必得，我必守，注定要有一场旷日持久的血战。——粮食一颗也分不得。

这一场闹市中的唇枪舌剑当日轰动临淮城，却仍旧无果而终。济阴得粮，即举城降贼。张氏知睢阳将危，逆行西向，正好与从雍丘、宁陵转战至此的张巡会于城中，遂纫补行间，救死扶伤，军中皆以"陆家姑"呼之，对其敬若长辈。她做主的事，便连主将也奈何不得。

在她的首肯之下，阿禾得以继续女扮男装从军。她的容貌算不上秀美，长年劳作晒出紫棠脸色，做女儿时颇受亲朋讥嘲，到这地方却是天假其便。张巡对她也并不多看一眼，只当作男兵一样号令。

中秋前后，尹子奇围城愈急。张巡于城中夜鸣鼓严队，若将出击；贼闻之，达旦儆备。既明，巡乃寝兵绝鼓。贼以飞楼瞰城中，无所见，遂解甲休息。巡与将军南霁云、郎将雷万春等十馀将各将五十骑开门突出，直冲贼营，至子奇麾下，营中大乱，斩贼将五十馀人，杀士卒五千馀人。

是时刘昌追随马军兵马使南霁云，敌阵里横冲直撞，却苦于不认得尹子奇，不得擒贼擒王。只见南霁云在厮杀间隙里忽然从地上拈起数根蒿草，将掉枯叶，搭上弓，向着贼军密集处零零散散射出去。刘昌看得纳闷。又过了片刻方见叛军里传来欢喜雀跃的声响，有兵士擎着蒿箭去向主将报喜：唐军的箭用光了。

南霁云朝远处的张巡比了个振奋的手势，摸出一支透甲箭盯住尹子奇。刘昌等人也都恍然大悟，团团围着他护送到地势稍高处。须臾一箭破空呼啸而过，正中尹子奇左眼。贼军顿时大乱，不一时便现出溃退之势。

正在此刻刘昌也听到了背后睢阳城头的欢呼声。回头一望，只见困扰了他们数日的云梯飞楼都燃起大火。几个敏捷如飞燕的身影穿梭其间，一一扯掉防火的湿毡，将手里火把送到关节要害处。火借风势，虹桥般的云梯拦腰折成两段，撞在地上碎为齑粉。刘昌与众人齐喝了声彩，也难免为那几个玉石俱焚的唐军死士惋惜了一霎，然而来不及多想，战鼓又起，忙随大军掩杀追北去了。

晚间收兵，卸下沉重的铠甲，他已经累得脱了形。只瘫坐在城墙下，想着歇一会也好，等阿禾下城来一起回家。

谁知这一等竟靠在墙脚下睡着了。醒来时天已黑透，半梦半醒间忽听见身边一个温厚的声音："你是刘昌吧。我们把他带回来了。"

"谁?!"他一骨碌站起身，在凉意初降的秋夜里惊出一身冷汗，"许……太守?"

"是我。"许远又靠近他一步，反常地将一只手搭在他肩上，"你的……四郎，烧云梯时中了乱箭，跌下来……我们找到他的时候……已经……"

"死了。"他简明扼要地替父母官说了出来。

他回到家里时，小外甥如往日一般在嚎啕大哭。他始终不懂得婴儿这种动物。那么软，那么脆弱，因为营养不良，半岁大了还连头都抬不起来。两根指头就能捏断的一条小命，哭起来却有崩云裂石的爆发力。在母亲怀中吮乳时又有那般百折不回的坚定执着。

而此时他被那哭声激出了可怖的烦躁。刹那的屏息之后，骤然踏到床前抓起婴儿的一只小手，昏头昏脑地塞进口中便要撕咬。

你的母亲叫阿禾。她给你取名叫阿粟。她已经被我们吃了。

孩子朝他笑了。

万籁俱寂的夜里，婴儿无忧无虑的笑声如来自黄泉之下，九天之外。小外甥已经认得人了，知道是舅舅在逗他玩耍，细软的手指抓捏起他的嘴唇和脸颊。

他浑身的力气都散了。饥饿感也散了。钢铁般的意志也散了。三魂七魄都散了。家徒四壁的房子，荒草丛生的院落，鬼域般的睢阳城，群魔乱舞的大唐江山，一切都在他身边动摇崩溃，粉身碎骨，如被卷进一场将盘古分开的天地重新摧为混沌的末世风暴。他将孩子搂紧在胸前，瘫倒在地。头颅砰砰地撞着墙根，挣不出一滴眼泪，只从肿痛的喉间迸着不成片段的嘶吼。

阿禾，你睁眼看看他！我们没有活路了。可你得让他活下去！阿粟……阿粟，你活下去……

再次见到主将时，张巡沉默地拍拍他的后背，没有提关于阿禾的一个字，只交给他一封陆家姑的亲笔信，简短交代说："你随南将军去临淮求援。带上你的外甥。到那边会有陆家人和你接应。都已经安排好了。"

他像说话里的赵子龙一样将婴儿裹进胸甲里。孩子揪着他的衣襟睡得香甜，全然不知他们正在以三十骑的单薄力量撕开数万叛军的包围圈。然而没有人表现出哪怕一丝的怯意。在过去数月大小几百场战阵中他们早已与将领磨合出了超越生死的默契。南霁云说，你们跟紧我，都能活。他们信任这位年轻的将军，远胜于信任自己。

唐军向来缺箭。南霁云惜矢如金，必待敌军驰至百步以内才放箭，一箭一命，从无虚发。如此射死数员蕃将，那边终于认出这是射穿尹子奇一只眼睛的神臂将军，自此再无人敢逼近。

临淮军民见到他们时，一个个大张着嘴难以置信：睢阳一围就是九个月，无数次听到城陷被屠的传闻。这些浑身是血、瘦到不成人形的赢卒莫非是地府里爬上来讨阴兵的么？

数日的虚与委蛇之后，河南节度使贺兰进明终于以一场体面的宴席来招待他们。是夜风雨大作，电闪雷鸣震惊百里，丝竹管弦一次次被摧天动地的雷声冲杀得溃不成军。伎人们相顾失色，却不敢违抗主人的命令，只得荒腔走板地胡乱演奏下去。

他们一行三十人，见南霁云不肯入席，便都在下首站着，谁也不就座。没有人说话。没有人多看主人和乐伎一眼。只齐刷刷仰着被饥饿疲劳折磨到形容枯槁的脸，一条条脊梁便是无声的威压。

贺兰进明朝他们瞟了一眼，即心虚地垂下视线，把酒劝南霁云道："你们来时睢阳已经只剩下不到一千兵马，百姓也大半充了军粮，而尹子奇数万大军兵锋正盛。我这里派兵去，只怕还没赶到，睢阳就已经……"

南霁云没有接他的酒。"睢阳若陷，霁云以死谢大夫而无怨！况且睢阳与临淮皮毛相依。大夫坐视睢阳不救，怕到唇亡齿寒的时候悔之已晚。”

“睢阳与临淮之间尚隔着彭城……”贺兰进明面露难色，含糊做个手势，“将军有所不知……”

“有什么不知！”刘昌忽然在后面嚷起来，“不就是你和房琯、许叔冀那点子烂事么？我们那里丈夫吃老婆，儿子吃老子，你们且在这里……像泥坑里的猪一样你拱我，我拱你。恶心不恶心！”吼了一通，犹不解气，一把抓起身边乐伎的琵琶掼在地上，锵地砸个粉碎，“还弹！都给我滚！”

乐声戛然而止。伎人们瑟瑟地缩进屋角。南霁云朝他微微皱了下眉，示意“别胡闹”。贺兰进明倒是八风不动，挥手让乐伎们退下，又拿酒来敬刘昌：“好个壮士。南将军麾下如此悍勇，若能到河南军中效力，将来必定都是麟阁功臣。”说到一半，见南霁云面沉如水，一双拳头捏得咯咯作响，又转身去拍了拍年轻将领的胳膊，“将军忠肝义胆天日可鉴。可是，人么，总要先活下去……”

话音未落，只见南霁云猛地抓住他的手按在酒桌上，一手拔出佩刀，眼都不眨地照着小指头剁下去。贺兰进明惨叫一声，险没吓昏。哆哆嗦嗦地将右手擎到眼前，这才发现五个指头毫发无伤，血泊里的残肢乃是南霁云自己的小指。

一道闪电劈空而下，室内灯烛霎时失色。阴火般的青光照着南霁云英挺的侧影，脸上没有一丝血色。一双怒目里决堤而下的悲愤似属于阳世生人，左手上血肉模糊又直似阴间厉鬼。

“霁云出睢阳时，将士不粒食已弥月。今大夫兵不出，而广设声乐，义不忍独享，虽食，弗下咽。今主将之命不达，霁云请置一指以示信：吾破贼还，必灭贺兰，此指所以志也！”

第二天他们侵晨离开临淮。来时三十人，去时仍是三十人。彻夜雷雨将霜天洗出亮烈的蓝。层层朝霞艳如血染，一轮旭日喷薄而出。天地万物都在丰收的季节里恣意挥洒着无尽的生命力。而他们快马加鞭，风驰电掣，奔赴着近在眼前的死亡。

这次求援，临淮和彭城未出一员兵、一颗粮。周围属县也都爱莫能助，唯有张巡曾据守过的宁陵县派出三千骑。至睢阳城下，与叛军血战一整日，乘雾破之，驱贼牛数百入城。检点兵马，只剩下不到一千人。城中将吏知无救，皆恸哭。

南霁云在人群中遍寻不到主将，拦住许远连声追问出了什么事。刘昌这才发现许多将卒臂上都系着一段白麻，心中暗惊，登时便是一身冷汗。

许远告诉众人，陆家姑两天前过世了。

没有人解释死因。但所有人都心照不宣：她不肯吃任何像样的食物，是活活饿死的。

那时候析骸而炊已是军中不成文的律令。张巡不止一次强调，哪天他战死沙场，尸体也一样是众人的盘中餐："人死灯灭，在下为蝼蚁食，在上为乌鸢食。相比之下，某为忠良义士所食可谓三生有幸。"

然而此刻面对骨肉至亲的遗体，铁石心肠的主将也只颓然坐在府衙前的台阶上，将脸深深埋在双手中，肩头不住地战栗。

僵持半刻，一道裂帛之声划破窒息般的静默。刘昌撕下半片衣襟，几步上前去跪在停灵的床前，将布片盖在妇人瘦骨嶙峋的手臂上。

张巡错愕了一瞬，随即认出布片上面陆氏姑缝补过的针脚，顿时泪如雨下。

在场将吏默契地排成一队，每人都从衣服上割下一段，盖在妇人的遗体上。数百片沾血的布帛很快就堆出了一座小小的丘塚。

他们将她葬在校场旁，每天点兵时都能看到的地方。

从那天起军中便没有再吃过人。活人死人都没有。曾经他们吃人是为了活下去。而现在，没有这个必要了。

但他们仍需与饥饿鏖战。为了抚慰空空如也的肠胃他们吃一切能吃不能吃的东西。他们啃咬过树皮和麻纸，破布和毛发，咀嚼过愤慨和仇恨，悲痛和绝望，在最后的几天里他们也一口一口咽下少年的五彩幻梦，青年的雄心壮志，细小和宏大的愿望，坚实和柔软的爱，还有对这个充满苦难的世界的无尽眷恋。

城陷前夜张巡许远和最后一百来个将卒聚在城堞上。没有星月和灯火的夜晚，初冬的寒意填满他们之间无限远的距离。张巡问众人，你们当初都是为什么来从军？

有人说，家里缺钱，交不上税。有人说，富家子弟不愿从军，花钱雇他顶替。有人说，土地被贵人家吞了。有人说，在家里坐着，被抓壮丁的官吏拉走了。

一圈说完，转回到张巡那里。而他陷入了反常的，长久的沉默。

刘昌猜想，主将在问出这个问题的时候或许曾准备好一整篇慷慨悲凉的演说，关于激情、责任、家国、荣耀。然而直到最后一刻那人才恍然发觉：不是所有大唐子民都经历过所谓的盛世。

"吾受国恩，所守，正死耳。但念诸君捐躯命，膏草野，而赏不酬勋，诚以此痛心！"

那是他们平生第一次，从这个男人斩钉截铁的声线里听到了一丝悔意。

至德二载十月癸丑，贼登城，将士病，不能战。巡西向再拜曰："臣智勇俱竭，不能式遏强寇，保守孤城。臣生不报国，死当为厉鬼以杀贼！"城遂陷，巡、远俱被执。

他们列队在城下，被绳索拴成一串。所有人都已没有挣扎的力气，以至于整个过程安静和平，如同一场索然无味的祭典。凡屠城，以生致长官主将为功。贼欲降张巡，遂将其麾下三十余人面向主将排成一行。杀一个，问一遍。众将皆云"愿死"；张巡目不转睛地看着部将在自己眼前身首异处，只如看着麦穗被收割，自始至终没有流露出任何情绪。

南霁云在别将中声名最盛，终于杀到他的时候，身边已是一片尸山血海。年轻人注视着雷万春在自己触手可及的地方被行刑，注视着头颅滚落在地，不瞑目的眼睛里流出最后一滴血，又注视着不屈的尸身在死后傲然挺立，直到被疑神疑鬼的贼军乱刀砍倒。

然后他缓缓转过头去，最后一次望向主将，展露出雨后晴空般明净的笑颜。

张巡以下别将共三十六人：南霁云、雷万春、姚訚、石承平、李辞、陆元锽、朱珪、宋若虚、杨振威、耿庆礼、马日升、张惟清、廉坦、张重、孙景趋、赵连城、王森、乔绍俊、张恭默、祝忠、李嘉隐、翟良辅、孙廷皎、冯颜，此日皆死国难。十一人逸其姓名。

张巡就戮时，颜色不乱，扬扬如平生。

杀完了将领，贼军的屠刀转向了最后剩下的几百个士卒和百姓。就在此时刘昌听到一声膝盖撞地的闷响，转头只见许远摇摇欲坠地跪倒在尹子奇面前。

我跟你们走。他语无伦次地说。我做降官，做贰臣，做国耻民贼。你不要杀他们。

他说，他们吃了一辈子的苦，不曾沾过一星半点的皇恩。

他说，我做父母官，不曾让他们过上一天好日子。

你拿我怎样都可以。他瘫倒在地上，用最后一丝力气说，请你，让他们活下去。

新任河南节度使张镐闻睢阳围急，檄浙东、浙西、淮南、北海诸节度共救之，倍道亟进，比镐至，睢阳城已陷三日。

城陷后十日，许远解至偃师，闻官军收东都，遂遇害。

下篇

刘昌一直留在睢阳。五年后城中陆续迁入数千户居民。新君一纸敕诏，睢阳复名宋州。战争尚未结束，然而鸟雀、蚱蜢、老鼠、虱子，一样不少地全都回来了。

除了睢阳这个名字。

城隍庙旁边建了张巡许远的双忠祠。他在落成的那天受邀去看过一次，听了几个时辰冗长晦涩的祭文。后来人们都说此庙毫无灵验之迹。他横竖不信这个，也没再去过。又有一阵子他听说长安在为许远的"变节"争论不休。噩梦之后的不眠夜里他准备过各种版本的证词，然而最终并没有任何人来问过他。

他手下的新兵都会被他带去给校场边上的孤坟扫墓。他并没有给那些口音各异的少年人讲过陆家姑的事迹，只告诉他们那是个很厉害的鬼魂。要好生伺候。

战局反反复复，时好时坏。他听说官军一度将安庆绪围困在邺城中，一鼠千钱，从马粪里淘草籽吃。然而这熟悉的开端却引向意外的结局。九节度六十万大军溃败千里，黄河沿岸州郡复陷于敌。

那场混战中南阳去的队伍在败退时剽掠犹甚，几将东都洛阳洗劫一空。主将鲁炅竟因此惭恨自尽。刘昌听到周围人议论这桩奇闻，始终埋着头不置一词。南阳当年被围困的惨烈程度不亚于睢阳。那是挨过饿的兵。只有他明白。

因此他将小外甥阿粟从临淮接回来，又很快送出去交给姐夫的家族抚养。他怕自己养不活他。更怕附骨之疽的噩梦会从深渊里爬上来变成现实。

刀箭的伤痕在皮囊上，饥饿的伤痕在灵魂里。

相州溃败之后睢阳至彭城一带一度戒严。但随即李光弼代掌朔方军据守河阳，史思明十万大军两年间竟无尺寸之功，河南诸郡总算得了片时喘息。然而好景不长。朝廷急于求成，催促李光弼与史思明决战；官军败于邙山，李光弼入朝解职，叛军乘胜南下攻陷淮西，兵锋直指江淮运路。

宝应元年，史朝义自领大军围困宋州。城头上的烈日，渐空的仓廪，蚁聚的敌军，与五年前的场景一一重合。刘昌在城中遍寻不到刺史李岑，最后忽然一闪念，鬼使神差地闯进双忠祠，果然见到长官正跪在殿中，背影也同木胎泥塑的神像一样僵直不动。

刘昌在心底嗤了一声，面上勉强保持着冷静："粮虽然吃完了，仓里还有几千斤酿酒的陈麦。磨碎了煮成粥，至少还能再撑二十天。"

李岑背对着他点点头，又怔了片刻，恍惚地回望过来："二十天后呢？"

"江淮兵足，解围不在话下。"

李岑动了动嘴唇，没有出声。江淮固然兵足，却是各路军阀攻伐圈地的战场。将领早就换了几代，各自为政的情形却与五年前如出一辙。

刘昌似也读到了他的顾虑，上前半步又道："李太尉已经到了临淮。不出二十日，必来救我。"

李岑站了起来，满脸惊讶地打量这个连他都叫不上名字的年轻士卒："你……你认识李太尉？"

话出口时，刘昌也被自己的斩截语气惊到了。他怎么可能认识李光弼。他只是一介果毅，而那是唐帝国里阶位最高、兵权最盛的统帅啊。

他避开长官的询问，继续沉声道："城东南隅最危，我自带兵去守。前次张中丞留下的战具，我都会用。需要使君拿出来的，只是一点骨气而已。"

李岑一张惨白的脸被他呛得发紫，然而无声对峙之后并没有计较他的无礼，只犹疑问道："你……守过睢阳？"

他昂起头，面无表情地打量过高座上的一尊尊泥神。

"吃光了最后一颗粮食之后，我们又守了整整三个月。"

瘦削的身影在午后的酷暑里不住地发抖，又一段静默之后李岑忽然转身，重新面朝神主跪拜下去："下官一介儒生，不能临阵杀贼。惟……死国之志，天日共鉴。公等有灵，乞佑一城军民。"

刘昌没等他念完就不耐烦地走了。

援军在第十五天的深夜到达城下。两路骑兵无声无息地从南北两端包抄敌营。待天明时一声号角，四面旌旗蔽日鼓声撼山，一队先锋在敌阵中左右驰突，眷然向然，直如无厚入有间。莫说贼寇，就连城头上的守军也看得心惊胆寒。

城下会师之际，李岑在援军面前几乎站不住脚，扶着刘昌的肩头道："他说临淮援军二十日内必到，竟然还早了几天。宋州得全，都是这位壮士的功劳。"

对面主将长着一张黝黑的脸，面无表情如饱经风霜的石像，闻言下马朝刘昌一揖："河南兵马使郝庭玉。幸会。"

那人身边一个少年将军也跟着行礼："太尉军令如山，晚一天就只好拎着脑袋回去了。——先锋柏良器，见过将军。"

他稍稍迟疑了半拍，但仍用响亮的声音报出了自己的职名："宋州果毅刘昌。久闻朔方军威名。"

果毅是行伍末秩。而这，还是至德元载宁陵之战后，张巡千方百计为部下争来的封诰。与此同时朝中滥封官爵，奴仆厮养皆至开府特进，大将军告身仅易一醉。——这一切他全都知道。

柏良器眼中掩饰不住一丝讶异，未容开口却被郝庭玉抢先道："我们不是朔方军了。"

刘昌"哦"了一声，不知该怎么接这话茬，欲言又止。柏良器年纪虽小，一双锐利的眼睛却当场将他看穿："你是不是想见李太尉？"

两天后他在徐州见到李光弼，愣了好一会才勉强将这个名字与眼前病骨支离的憔悴侧影联系起来。

对方显然从他眼里读出了什么，却毫不在意，只放下笔，炯炯地望着他："你怎么知道我的？"

"张中丞讲过很多，讲你和郭令公在河北和太原克敌制胜。后来河阳之战，我也听说过……"他不善言辞，尤其不善恭维，说到一半觉得意思到了就停了。

"你守过睢阳？"

他无声点头。

李光弼停顿了一下。"你仍旧相信我们会去救你。"

刘昌立刻就听懂了"仍旧"两个字里的复杂意味，极罕见地犹疑了片刻。然而在那人的注视之下他抬不起任何敷衍的念头，只得照实说："我以为……你们是朔方军。"

李光弼看着他，笑了。刘昌并不了解这样的笑容在那人脸上有多么罕见，只不免为自己的无知感到尴尬。正待说什么，对方轻轻抬手止住他，突兀却又郑重地道了一声，谢谢你。

李光弼向他询问汴宋一带的防务。他们的谈话时常被来访的部将幕僚打断。然而双方似乎都意识到这可能是他们此生惟——一次对话，就这样断断续续地说，谁也不提"改日再会"的辞令。等待李光弼处理军务的空档里他无事可做，漫无目的地四下张望。新置的副元帅官署几乎是一间空屋，惟有案头几卷旧书大约是主帅私物。他生长农家，仅能自书姓名，却一眼认出签牌上写的是《汉书》。

他认得，因为那是阿禾读过的书。

那时候陆家姑每天带阿禾到私邸开小灶，少女捧着碗，眼睛却盯上了屋角的书架。妇人便拿手指着字给她娓娓地念，时常讲到深夜。

他去接阿禾回家，杵在廊檐下等得心焦。陆家姑笑道："五郎也来么？"

他缩了一下。"我不识字。"略一停顿，以他一贯存不住话的脾气，忍不住嘀咕道，"天明上阵，谁知道哪个竖着回来，哪个横着回来。——且鼓捣这没用的营生。"

那时他们已经在吃人了。军中仍有人在写诗，讲古，半夜里吹笛子。他满心里窝着难以名状的怒火，只觉这世界不可理喻地残忍。

妇人仍是一脸和蔼的笑："古人云：朝闻道，夕死可也。人生多不过百年，谁不嫌短。正因如此，才要去书里看看他时他地，小小的睢阳城外还有怎样一个世界。"

他背靠廊柱，咬住嘴唇不言语。阿禾一拽妇人的衣袖："他就是，怎么说来着，粪土之墙不可圬也。姑你别理他，接着讲，李广被几万匈奴兵围着，后来怎样了？"

阿禾专爱听这些金戈铁马、不沾些微儿女情长的故事。他私下里嘀咕说，可是女人该读的书，被姐姐好一顿教训："你懂什么！姑说了，《汉书》就是女人写的。她能写，我还不能看？"

"怎么可能……"他本能地缩起来，却终究管不住自己的嘴。

"怎么不可能！你不知道的事多了。"阿禾叽叽喳喳地给他讲，你知道大宛、鄯善、身毒国都在什么地方吗？你知道你爱吃的胡麻是张骞带回来的吗？你知道李广利去讨天马的贰师城，如今就在我们封大夫的安西都护府里吗？你知道我们的朔方军，把安禄山打得食不下咽的朔方军，那是汉武帝赐下的名字，是大将军卫青打下来的土地吗？天下大着呢，你不读书，一辈子都是井底之蛙。

她不知疲倦地讲了一整夜，早上起来时仍旧精神抖擞，将发髻挽得光光的，裤脚扎得紧紧的，又给弟弟仔仔细细系上甲胄。

刘昌从城门里跃马而出时听到城头上有人在叫他。阿禾从不在行伍间和他搭话，那天却一反常态，远远朝他挥手："你听见没？朔方军打下了长安城！"她兴奋地朝他们放声喊着，甚至顾不得掩饰令人生疑的尖锐嗓音，"五郎，你好生回来。你们都好好地回来！朔方军要来救我们了！"

那是他看她的最后一眼。

那是她留下的最后一句话。朔方军要来救我们了。

他再次见到的阿禾，已是薄棺中刳剔干净的一副白骨。

刘昌手里骤被塞进东西，惊悸中抬头，只见李光弼不知几时站到他面前。

"你也喜欢《汉书》么？喜欢就拿去罢。我没有时间读它了。"

他像被烫了手一样将那几卷书撂到案上，后退一步："我不识字。"

李光弼温和地一笑："你这么年轻，学什么都不晚。"

"不要。别给我！"他几乎像避瘟神一样躲着那物件，也不想再和仰慕已久的主帅多谈，磕磕绊绊敷衍几句便落荒而逃。

他上一次收到同样的馈赠，是在阿禾死后。

陆家姑将那几卷《汉书》送给他，说，她读过的书，你接着读下去，是对阿姊最好的纪念。

在睢阳城陷前最后几天极端的饥饿里，他将那些藤纸扯开，撕碎，煮成苦涩的纸浆，填入了空虚到将三魂七魄都反噬殆尽的肠胃。

许远给阿禾写过一方墓志。

他以为墓志这种东西都是靠文人来编的。然而长者蘸了笔，只静静等着他。

"你……你写呗。"他又念了一遍，刘四娘，小字阿禾。至德二载九月卒。他拿游移不定的目光瞟着长官：剩下的，都靠你了。

许远若有所思地说，她和别人不一样，我想听你说。你怎么说，我就怎么写。

"刘四娘，小字阿禾。"他吐了口气，望向天边微渺的一缕流云，"她喜欢这个名字。而我更希望她来生……做一棵不被人吃的野草。"

刘昌到李光弼麾下，超授左金吾卫郎将，跟着郝庭玉参与收复东都、围剿史朝义的战役，北上一路打到了瀛州。李光弼去世后王缙继任河南都统，分散临淮故将。柏良器、王棲曜等人南下江淮，郝庭玉入为神策军将，刘昌则复被遣回宋州任牙门将。

那年他二十七岁，已经是身经百战的宿将。战后的二十年里河南军政格局改了又改，他在汴宋诸郡间摸爬滚打，做到了李光弼曾做过的都虞候，宪衔则是与张巡一模一样的御史中丞。

建中四年李希烈自淮西反，数月之内攻克汝州汴州，围襄城。唐廷不断向前线增兵期间因抚恤不当，泾师哗变驱逐天子，一时间社稷倾覆，关中至两河的乱局不亚于天宝末。

而李希烈又与安史逆贼不同，他从一开始就将贪婪的目光投向富庶安定的江淮地区。力克襄城之后麾师东进，下一个志在必得的目标便是宁陵。

宁陵是宋州以西百里外一个不足千户的属县。五万敌军重围之下，一人撒上一把土就能将罗城埋掉。是时宣武军节度使刘玄佐新败于白塔，退守宋州，迎头撞上都虞候刘昌，请缨领军救援宁陵。

刘玄佐扫一眼手下垂头丧气的残兵败卒，以无奈的语气劝道："按兵法，兵倍于敌则分之，等则战之，少则守之，不若则避之。如今贼势正炽，宁陵的兵力过于悬殊，你去了也不济事。不如并力守住宋州……"

刘昌登时放下脸来："宁陵与宋州唇齿相依，正如睢阳之于临淮。你想做贺兰进明还是想做李光弼？"

刘玄佐一口老血噎在喉咙里。李光弼晚死两天就成叛臣了，你还拿他做榜样呢。——然而他毕竟知道刘昌的脾气，更兼那人久居宋州，在军中颇有威信，他也不敢公然翻脸。一番讨价还价之后，点起三千兵马将人打发走了。

刘玄佐虽不赞成他分兵，关键时刻还是在城外设疑兵，千方百计掩护他们趁乱杀进宁陵。刘昌见了宁陵守将高彦昭，皱眉道："刚才从李希烈大帐边上过，那个人，我竟好像见过。"

高彦昭耸肩："这不稀奇。他是李忠臣的族侄。"

河阳之战时李忠臣抛妻弃子，夜率五百死士从叛军营中突围降于李光弼，一时传为奇谈。刘昌后来在河南河北不止一次与他们并肩作战。

然而如今李忠臣正在长安做朱泚的忠臣孝子，李希烈青出于蓝，已经改元武成，自立为大楚皇帝了。

两人相对叹恨了一阵，刘昌忽然反应过来："他们营中有人在运土。你得深挖壕堑，防备地道。——狗娘养的，跟着朔方军打这么些年仗，忠肝义胆学不来，只学这个。"

高彦昭听见朔方军三字，脸色阴了一下，苦笑道："以后少提朔方军罢。"

"怎么了？"刘昌回忆了一下最近一次听到朔方军的消息，是几个月前泾师哗变，天子出狩奉天，急诏在河北讨伐藩镇的诸道军入关勤王。李怀光当即率朔方军卷甲奔命，赶在奉天危如悬丝的时刻兵临城下力挽狂澜。

彼时他在千里之外听到这和自己毫不相干的消息，莫名地眼眶酸涩，怎么也揉不好。

高彦昭凑近他，压低声音道："你还不知道么？朔方军反了。"

"你胡说！"他无端暴躁起来。高彦昭撇撇嘴，扔下一个"爱信不信"的眼神，忙自己的事去了。

第二天贼军四面绕城，声东击西，神出鬼没，到处寻找防备薄弱的角落作为突破口。刘昌早料着这一手，沿着城头上转了一圈又一圈，三令五申：擅离职守者斩；偶语戏谑者斩；贼军当前而回顾者，斩。

城下叛军正在卖力地朝他们吆喝，大有四面楚歌的声势：李怀光背反朝廷，天子仓皇南逃，存亡未卜。皇帝都丢了，你们给谁守城？

这样的重磅消息难免在唐军将卒中溅起阵阵骚动。然而在刘昌不眨眼地处决了几个交头接耳的戍卒之后，城头上陷入死寂，再没人敢乱看一眼，只剩下叛军不知疲倦的喧哗：朔方军都反了，你们还等什么？

副将过来询问滚木和火油的部署。刘昌简短交待了几句。此时离他三五步外一个弩手不由自主地动了动身体，用极隐蔽的动作转身偷看了一眼，然后发出惊喜的叫声："五舅！"

他也惊呆了："阿粟！你怎么在这！"

年轻人从望台上跳下来，雀跃地朝他伸开胳膊："我从襄州过来的。刚才听见你说话就猜到……"

话没说完，却被刘昌铁青的脸色吓得咬了舌头。"阿舅……"年轻人一下子反应过来自己违令，愣了一霎，扑通一声跪倒在地，"我不是故意的！阿舅，我一高兴就……我三年没见过你了。我知错了。你罚我，打我，怎样都行……"

周围无人敢回头。但他知道，百步内所有人都支着耳朵在窥伺他们。

副将不动声色地将阿粟拉到一旁，赔笑道："后生家，高兴起来犯糊涂。值甚么。给他二十棍长长记性罢。"说罢便叫来虞候，要将年轻人带走。

"且慢。"刘昌终于回过神来，每一句话之后都跟着长时间的停顿，仿佛那些音节正在像喷涌而出的鲜血一样带走他的生命力，"刚下的军令，离位者斩，语笑者斩，回顾者斩。我一个都虞候，难道教全军将士眼睁睁看着我徇私枉法。"

年轻人面如死灰，却从地上站起来，一声不响地脱下兜鍪和铠甲，独自走向城下行刑处。从刘昌身边经过的时候他用只有他们两人能听见的声音说，阿舅，把我和我娘埋在一起。

刘昌凝神搜寻着刀斧的声响，然而只听见城下叛军肆无忌惮的狂笑，叫嚣，淮洪般的声浪四面八方涌过来，低矮的城堞轰然倒塌，地面上裂开巨大的黑色深渊，无数绿眼睛的鬼怪从噩梦深处爬出来，白骨森森的手抓住他的脚踝。

"朔方军都反了，你们还守什么?！"

之后一连四十余日他没有再脱下过甲胄。裹创出阵，饮血登陴，眼里不再有一丝生人的活气。

李希烈围城愈急，以尸骸填满壕堑，钩车云梯轮番上阵。强攻数日无果，遂决汴河水灌城。霎时间方圆数十里汪洋一片，纵有援军也只得望洋兴叹。

正如当年的睢阳，宁陵如今已是河南诸侯眼中的弃子，这一点刘昌再清楚不过。但别人可以弃，任何人都可以弃，唯有他不能。

南霁云断指求助时，周边郡县里唯有宁陵施以援手。城使廉坦亲自领军驰赴睢阳，后来与张巡等人同日赴难。

那时候没有人愿意救睢阳，因为都知道此去万死无生。

廉坦和他的三千将卒自然也知道。

那是他们欠宁陵的命债。二十八年后，他来还了。

城中井水皆溢，粮食也发了霉。随着天气转暖，很快流行起瘟疫。到了四月里，尚能作战的士卒已不足千人。李希烈在积水中筑起一道埔堤直抵北门，亲到堤上坐镇，下了死命令：明日正午，必屠此城。

刘昌已经被伤病和高烧消耗到神志恍惚，却仍旧不甘心地在城头上瞄准踌躇满志的草头皇帝，咬牙切齿地瞄了又瞄。

挣扎几番后他最终放下了弓矢。以他的体力，射出去也只是白白浪费一枝宝贵的箭。

那天夜里他和最后百来个伤兵围坐在城墙上，他问大家，战争开始的时候你们都在做什么。

年轻的士卒们纷纷说，你说天宝之乱么？那时候我还没出生。

他没有听进去多少。太累了。噩梦如期而至，只不过这一次他不再抗拒，任由自己沉落下去。

自宁陵被围，樵采艰难，他已经很久没有吃过煮熟的食物。而眼前这盘肉上面蒸腾着诱人的热气，光是看一眼就觉得浑身上下每一个毛孔都舒服透了。

他吃着父亲的脸，母亲的手，长兄的肺，阿姊的肝，最后，是小外甥藕节一般柔嫩膏腴的四肢。

二十八年之后他终于将亲人们咬进齿缝，吞入肠胃，暖洋洋地和自己的肤发融为一体，从此再不分离。

他正回味着熟悉的肉香味，忽被高彦昭唤醒。那人拎着一个浑身水淋淋的少年，说："南边泗水进来的。他说他是浙西援军。"

少年一身雪练也似的白肉，满月之下亮着细鳞般的银光。他一声不响地取出发髻里的蜡丸，刘昌看见帛书上的落款，登时就呆住了。

那是他在李光弼麾下时熟知的名字。后来那支队伍南下平定袁晁之乱，就此扎根江淮，二十年间不通音问。如今……他脑中电光石火地闪过一句"李太尉必救我"……然而，怎么可能……那人已经死去二十年了。

——怎么不可能！旁人做不到，但那可是李光弼啊！

他一轱辘爬起来，教人悄悄开了南门。五百将卒如幽灵般从水中钻出来，入城之后纷纷从革囊中取出弓弩，到城头上选好位置整装待命。直到此时刘昌犹烧得昏头昏脑，不确定自己脚下的城堞筑在阳世还是阴间。

援军主将披挂整齐前来见他时，天边正泛起鱼肚白，后至的援军仍在源源不断地入城。刘昌恍惚地想，应该是真的罢。他做过何止千百个噩梦，梦里的黑夜从无尽头。

"镇海军副使王棲曜。"

"兵马使柏良器。"

他看着那两张沾染风霜却熟稔如初的面孔，困于混沌的意识如云破日出一般清明起来。

"宣武军都虞候刘昌。久违。"

太阳出来。天亮了。

叛军以数千死士操白刃登北门，前赴后继，志在必得，场景一如二十八年前的睢阳。而不同的是这一回城头上报以骤雨般的箭矢，一箭一命，皆贯人而毙。敌军相顾失色，却当不得军令，仍旧硬着头皮向上冲。

正胶着间，只见王棲曜带着一个少年挽起强弓，一箭替一箭，照着数百步外李希烈的大帐流水价射过去，眨眼功夫便将大楚皇帝的御座射成了刺猬。李希烈惊道："宣润弓弩手至矣，宁陵迨不可下。"慌忙鸣金收兵，当天夜里便拔寨宵遁。

柏良器将少年带到刘昌面前，炫耀般地拍着那人结实的后背："怎么样？王大夫手把手教出来的，算不算个万人敌？"

刘昌认出那正是昨夜第一个潜水入城的勇士，名叫李长荣。少年与柏良器当年一般年轻，神情举止却完全不同。柏良器生长乱世，十二岁上父亲为叛军所害，誓弃性命以除寇仇，小小年纪眼中便燃起灼人的火光。而李长荣白皙的脸上挂着一对腼腆的梨涡，被长官一夸，连耳垂都红到半透明。

刘昌问候了李长荣，对方却只还个礼，盯着他欲言又止，半晌，转身拿吴语向柏良器小声说了句什么。

柏良器笑道："你和他说，没人笑话你。"

少年拿生硬的官话向刘昌道："你认识张中丞。"

刘昌登时敛了笑容："认识。怎么了？"

"宋州，是不是有他的庙？"少年比划了一个拜佛的手势，"求你，带我去看看他。"

刘昌疑惑地望着那张白净的，无忧无虑的，从未被战乱苦难摧残过的脸，心脏莫名地狂跳起来。他太年轻了。刘昌想，再怎么算，睢阳围城时他也一定还没有出生。

柏良器听得心急，替少年解释道："南边很多地方都有张中丞的祠，唤作大老爷庙。听说这里被围，许多当地人去求韩晋公出兵。长荣来时，乡里父老特意托他到宋州瞻仰双忠祠，看他们家乡塑的张中丞像不像。"

"你……是哪里人？"

"明州象山人。以前是余姚郡……"少年看见刘昌骤变的脸色，有点不知所措，"将军……听说过余姚吗？"

他仍凝视着少年的脸，宿命般闪回到二十八年前睢阳校场上的血色黄昏，陌生又熟悉的句子脱口而出："宣城再东，有吴兴、吴郡、余杭、会稽。会稽再东是余姚，户一万八千，辖县四。余姚城东六里即是大海。"

随即他被这段早已埋葬在荒城中的记忆惊呆了，茫然摸着喉咙，仿佛不相信这样的话刚刚被自己说出口。痉挛的手指向下攥住胸口，心脏，绷着肩背不住地颤抖，整具躯壳都似被某种骇人的力量夺舍。

"你知道的真多。"少年忍不住赞叹，却忽然被对方一把搂进怀里，臂膀死死碾着他的后背，几乎将肋骨一根根勒断。哽咽许久，紧贴着他的胸膛里终于传出撕心裂肺的哭声。

  ——临淮再东是东海；谯郡以南是汝阴；汝阴东边是寿春；寿春东边是庐江；庐江东边是宣城。宣城再东，有吴兴、吴郡、余杭、会稽。会稽再东是余姚。
  ——你们为之生为之死的，是你们的同胞手足，是和你们一样的良善男女，是宣城、吴兴、余姚诸郡百万户鱼米人家。
  ——不要只盯着死者。我们吃人，是为了活下去。

  张巡说，为了他们，请你活下去。
  许远说，请你，让他们活下去。

  少年在最初的惊愕之后似乎明白了什么，怯怯地伸手抱住他。一旁的柏良器和王棲曜也潸然泪下，扶住刘昌的肩膀支撑他摇摇欲坠的身体。天宝十四载至今整整三十个年头，葬送了多少人的童稚、青春、壮年和垂老。郁积三十年的泪水在这一天决堤而下。歇斯底里的号哭中他知道张巡回来了，许远南霁云回来了，阿禾阿粟回来了，宁陵的三千戍卒，睢阳的三万军民，数百万死于战乱的亡魂都在这一刻借着他的躯壳回到此岸，和他们一起哭了又笑，笑了又哭，辗转盘桓殷殷倾诉着无尽的悲伤和眷恋。三十年后这个世界仍旧陷于战争与苦难的泥沼，而眼前这张无忧无虑的少年的脸，仍旧值得他们一次又一次受难，一次又一次牺牲，一次又一次死而不已，死不瞑目，化作厉鬼继续守护同胞手足直到魂飞魄散。

  他带着李长荣去看双忠祠。少年跪在神主面前指天誓日慷慨陈词。他在一旁微笑道，你们活下去，就再好没有了。

　　宁陵解围后刘昌继续领宣武军收复陈州和汴州，河南战局的天平开始倾斜。李希烈势蹙，退回蔡州，不久被其部下毒杀。

　　淮西初定之际他也听到官军收复长安、天子銮驾还京的消息。王棲曜和柏良器率军返回浙西。刘昌一路送他们到临淮。王棲曜特意带李长荣去看城西佛寺里的砖塔，给他讲南霁云当年求援无果，怒射浮屠，矢镞入砖数寸，至今遗迹尚存。

　　刘昌已不记得当年是不是有过这回事，然而他也知道这并不重要。塔下一道道虔诚瞻仰的目光足以让缥缈的传说成为恒久流传的真实。

　　王棲曜对李长荣说："我像你这么大的时候就跟着南将军学射箭，后来又将那一套本领传给你。如今你学成立功，正该来拜谢师爷。"

　　李长荣跟着主将一丝不苟地拜了三拜。刘昌在一旁奇道："你认识南将军？我竟第一次知道。"

　　王棲曜叹口气："还是天宝年间的事。我在魏州团练营里认识他，那时候他和长荣一样给人操舟为生，两臂天生神力，格斗骑射无师自通，半营的兄弟都和他学。后来河北陷贼，我们都在濮州尚衡的义军中。尚衡打汴州，派他去联络张中丞，谁知他一去就跟定中丞，再也不回来了。"

　　之后的事刘昌备知。南霁云与张巡一见如故，逢人就说"张公开心待人，真吾所事也"。尚衡屡次送来丰厚的金帛，都被南霁云婉拒。此时睢阳初被围困，张巡筑台募万死一生者，数日无人敢应。最终有人登坛揭榜，与主将相对悲咽，共誓以死，乃霁云也。

　　"很多人都觉得南将军糊涂。那么多条立功报国的阳关道，偏往这里一头走到黑。可我懂他。"刘昌很少与人谈论张巡，却在那天忽然开了窍，给李长荣讲了许多往事。

　　"中丞是文官出身。写得好诗。城中成千上万的军民老小，他但凡见过一次就能记住姓名。听说他读书只看三遍便终身不忘。满满一架子的《汉书》，他能从头到尾背下来。

　　"他是这样聪明的一个人……读了一辈子仁义圣贤的书，到头来要用在这样的事上。

　　"他待我们极亲切。可我总觉得他骨子里非常……狠。令狐潮投敌，家眷尚在雍丘，想着许多年的同僚情分，不至于怎样。而他眼都不眨地杀了令狐家满门妇孺，临阵一个脑袋一个脑袋扔下去。——就到这地步，令狐潮后来与他兵戎相见，还好言好语想招降他。

　　"他不信神佛，不信阴司报应。可他深信自己死后一定会做厉鬼。有时候我们觉得……他也许早就把自己当作厉鬼了。

　　"中丞懂得许多兵法，可临阵时从来都是见景生情，自出胸臆。城中缺箭，他就从城头上吊下许多稻草人，引得贼军万箭齐发，再将草人拽上来，一夜赚来上万枝箭。第二天夜里再从城头缒下人去，贼军看了都笑，谁知这回可是真人，眨眼就砍翻了百来座军帐，令狐潮吓得连退十里，再不敢回来惹事。

　　"从雍丘到宁陵再到睢阳，前后四百战，斩将三百，破敌十万；每次出阵，他必定挺枪冲在最前面。我有一次中了一箭，正要退下来治伤，他忽然神出鬼没地站到我旁边说，我就站在你这里，你当着我的面杀敌，我不退，你也不要退。"

　　刘昌的视线转向王棲曜，苦涩地笑了一声："他是那种能让人不知不觉就死心塌地的主将。直到我自己做了将军，才知道他有多么遥不可及。"

　　王棲曜缓缓按住他的后肩："我懂。中丞是那种为了信念可以牺牲一切的人。而你们，你们的信念就是他。——刘中丞，世上也有许多人以你为信念。你活着，尽忠王事，他们的牺牲就都值得。"

　　他知道老战友是在为阿粟的死安慰他。但这并不是任何人可以安慰到的伤处。那段黑色的记忆注定成为他漫长噩梦的一部分，在每一个孤独的黄夜里大睁着眼睛与他对视，拷问，煎熬，直到时光的尽头。

　　贞元三年，刘昌以战功拜泾原节度使，奉诏筑平凉城，扼弹筝峡口以拒吐蕃。入京面圣之后他接到侍中浑瑊的邀请，见到了这位久闻大名的奉天定难功臣。

侍中府上没有盛陈伎乐，待客的饮食也颇清简。主人出来见他时竟是一身素服。刘昌正纳闷，手下幕僚悄声提醒：他找你来，大约是为了平凉劫盟的事。

是年五月唐廷与吐蕃盟于平凉，吐蕃设伏而唐军无备。会盟使浑瑊仅以身免，僚佐数十人被劫，麾下卫兵几乎全军覆没。

果不其然，浑瑊一见他即开门见山道："此去平凉筑城，若见到无主的尸骨，烦将军代为收殓，替我送他们一程。我这里……时常有人托梦，诉说死后曝尸荒野，做鬼也不得安宁。"

刘昌身居高位，仍改不掉心直口快的毛病，当下哂道："侍中信这个么？"

浑瑊垂下眼帘："可以不信，不可不敬。"

刘昌停顿了一下，微微点了点头。他不善于应付高官，却在这一双清澈的蓝眼睛里看到许多亲切熟稔的东西。他知道此人与他年龄相仿，都是少年从军，沙场上走了大半生。他们此前并无任何交集，不知怎地竟深谈起来。

"我在睢阳时，见过许多人指鬼神为誓。那都是咬钉嚼铁的英雄好汉，就做天上神佛也无半点愧色。然而……没有一件事应验过。都说天道好还，可你知道贺兰进明么？睢阳城陷，他连一根毛也没少；最后事败被贬，罪名竟是'与第五琦结党'。"

浑瑊听见睢阳二字，不由得多看了他几眼，然而最终并没有问。沉默许久他忽然说，我给你讲一件事，姑妄言之，姑妄听之，我并不想说服你什么，只是想有人知道这个故事。可以吗？

"建中四年我在奉天守城。我们要烧朱泚的云梯，谁知那日风向不利，云梯没烧起来，倒有许多火星被吹回城里，四处起火，顿时自乱了阵脚。

"那时候城里已经断粮数日，实在是到了山穷水尽的地步。贼兵一个个从云梯上攀下来，眼看就要夺了城门。满朝公卿无计可施，只得跪在地上仰首祝天。

　　"城防使侯仲庄也拉着我跪拜。他说，我们已经穷尽人力了，今日谁死谁活，且看天命罢。

　　"你猜他拜谁？他面朝东边拜起他的故主，安西都护封常清。我奇怪说，拜他做什么？他说你没读过封大夫的遗表么？'仰天饮鸩，向日封章，若使殁而有知，必结草军前，回风阵上；引王师之旗鼓，平寇贼之戈铤。'——他说，封大夫，你聪明正直，死后必为神明，说话可要算话！

　　"你别笑。你信也好，不信也罢。他刚拜完，风向就真的回转了。

　　"当天我们烧了云梯。第二天朔方军便到了城下。刘将军，我今天坐在这里和你闲谈，封大夫也许就在什么地方听着。别的鬼神我不敢说，可他，我是信的。"

　　刘昌刚听了一个烧云梯便已变了脸色。浑瑊絮絮地讲完，他只眼观鼻，鼻观心，自始至终不发一语。

　　浑瑊有言在先，此时也不强求。随口又讲了几句送行的吉利话便起身送客。

　　"他们……值得么？"刘昌告辞之后忽然回头，盯住主人低声问。

　　浑瑊不由自主地躲开了眼神："你说……谁？"

　　"封常清，高仙芝，哥舒翰，李光弼，仆固怀恩，李怀光。还有……你们，我们，所有人。朝廷这样待他们，他们还这样死心塌地。值得么？"

　　话一出口他也觉得自己过分了。半公开的场合抛出这样大逆不道的问题，莫说谨慎如浑瑊，就换了他自己怕也无法作答。

　　然而对方认真地思索了一下，直视他的眼睛，以一种真挚到近乎虔诚的语气说，若是世上没有他们这样的人，大约是不值得。然而既有他们，一切就都值得了。

　　几个月后，陇西荒原上矗立起一座新的边城。刘昌在当日劫盟喋血的地方搜罗了数百具遗体，各具棺椁衣服，葬于浅水原。建二冢，大将曰"旌义冢"，将士曰"怀忠冢"。诏翰林学士撰铭志祭文，于冢前盛陈兵设，幕次具牢馔祭之。刘昌及大将皆素服临之，焚其衣服纸钱，别立二石堆。题以冢名。诸道师徒，莫不感泣。

那日朔风凛冽，铅云压城，焚化祭品的火焰猎猎地烧进灰色的天空里。祭典结束，官吏将卒们次第散去，刘昌独自坐在荒原里看两座新坟覆上洁白的初雪。天色暗下来。火堆熄灭，无星无月的长夜悄然降临。

微茫的暮光里他看到重重叠叠的人影出现在地平线上，手挽着手朝他走过来。他们走得很慢。每近一步，天色便黯淡一分，那些稀薄的影子就在他眼前无声地溶于雪夜。

可他仍旧清晰地看见每一张熟悉的脸。他看见他们活在一生里最好的年华，脸上带着无忧无虑的笑，从不知乱离为何物。他看见他们依次来到他身边，每人留下一块石头，一夜之间在冢旁立起两个巨大的石堆。

凌晨时分雪晴了。月落星移，熹微的晨光为石堆刻下长长的影子。他抱着阿禾留给他的那枚石头，蜷在雪地里，享受起三十年来第一场安稳无梦的睡眠。

遗弓

上

　　羊肉刚被烤出酥脆的金色。

　　油脂从柔嫩的肌理间细细渗出来，嘶嘶响着，从芫荽和胡椒里萃出诱人的香气。渐渐汇成晶莹的一滴，坠下来，不堪重负，滴下去。

　　落在垂涎欲滴的火舌上，霎时激起千百点明亮的金雨，洒进夏夜的星空。

　　营火旁，两张八尺长的高桌拼在一起，上面堆满酒肉果饼，几个汉子聚在一头划拳吃酒，吆五喝六的叫声笑声震落了西垂的新月。夜色渐深，桌边的火堆越烧越旺，照着他们深浅各异的肤色，奇形怪状的须发，甚至有人连汉语也说不利索，却丝毫无碍这淋漓恣意的狂欢。

　　这是唐帝国最安宁兴盛的时代。陇右节度使哥舒翰刚刚收复了被吐蕃占据数年的石堡城。西北诸道前去支援的部队各自归镇。灵武的军营外摆开盛宴，欢迎朔方将士凯旋。

　　长桌的另一角，却有一个孤独的身影始终置身事外，无悲无喜的目光偶尔落在狂欢的人群中间，专注地看着一切却又好像什么都不曾入目。跳动的火光剪出他英挺的侧影，光亮水润的瞳仁尚未被时光磨出划痕，唇角和下颌却紧绷着与年龄不相称的威严。他的目光无意识地落在南边火光照不到的方向，每隔一段时间就从面前的盘里夹起一点食物送进嘴里细嚼慢咽一阵子，脸颊微微翕动如一只静静反刍的动物。显然他根本没有意识到自己在吃什么，倒好像只是在用这机械重复的动作来计量时间。

他在等什么人么？偶然间的阵风吹来呛人的烟气，青年闭了闭眼睛，微微皱起眉，茫然看向那几个酒酣耳热正聊得烈火烹油的同僚。

"怀恩，那个是谁？"汉子中偏年长的一位终于注意起他来。那人似乎只是随口一问，他身边一个十来岁的孩子却是一脸掩饰不住的好奇，一双湛蓝的大眼睛吧嗒吧嗒地望过来。

"河西来的。新任都虞候李光弼。"仆固怀恩说到他的名字，举杯隔着桌子朝青年略一致意。

李光弼也举起杯，礼节性地笑了笑，沾一沾唇便放下了。

年长的汉子微露惊讶："原来是他。前两年安中丞为把他挖过来，和王忠嗣打了多少饥荒。我以为是怎样的宿将，原来还年轻。"他斟了一大碗酒，正打算起身去打招呼，却被身边一个汉人将领按住胳膊。

"哪里来的虞候，比御史还风光。你刚回来，没见他这两个月生出多少鸟事……"

"用济。"仆固怀恩不轻不重地打断他，"你养表子，房里偷偷养就罢了。谁知你养出三五个醋坛子，当营门扯头发打起来，安中丞的脸都叫你丢光了。不打你打谁。"

众人哄笑起来。张用济转脸朝桌下面啐了一口："他前日还把你五弟拉去打屁股哩，你是他影射的，就这样替他说话？"

仆固怀恩登时变了脸色。年长的汉子眼见话不是头，急中生智，照着自己儿子头上扇一巴掌："阿爷和叔叔们喝酒，你来捣什么乱?！滚。"

孩子瞪起一双蓝眼睛，哼了一声就跑开去。也不见到哪里转了一圈，神鬼不知地从长桌另一头冒出来，捧着一把晶莹璀璨的葡萄轻轻拽了拽李光弼的衣袖。

"你吃不吃。"

李光弼被他吓了一跳，回过神来忙笑道："谢谢你。我吃饱了。——你叫什么，是谁家郎君？"

孩子也没坚持，在他身边坐下，一颗一颗细细地剥起来。

"我叫浑进。我阿爷是皋兰都督浑释之。我知道你。"

孩子说话时眼睛一直盯着葡萄。

一阵风正吹过来一个尖细的声音："……可算个男人，你们没听过他三年不进洞房活活把老婆气死的事？"

李光弼强压住皱眉的冲动，仍旧和颜悦色朝孩子笑道："你知道我什么？"

"我们跟着哥舒将军打吐蕃，哥舒将军、王将军都夸你骑马好，射箭好，带兵也好。二哥也说你聪明能干。"

李光弼握着酒杯的指节极细微地动了一下："你二哥是谁？"

又一阵疾风卷着烟尘扑过来。孩子的眼里进了沙子，胡乱将葡萄塞进他手里就开始揉眼睛。

这回是一个低沉的嗓音，汉话说得磕磕绊绊："他太严厉了。这样带兵，会出事。"

仆固怀恩轻笑一声，压低嗓音以为这边听不见："治军么，不就是这么回事。他在河西靠什么，还不就是敢杀人。"

"……拿糖作醋，乔张乔致，娘们一样的软货，跟他那死鬼主子王忠嗣一般德性……"张用济的腔调已然带了八分醉意，嗓门却越发铿锵豪迈。

孩子刚揉好眼睛，只听嗞的一声，一串葡萄在李光弼手里被攥成了一滩果汁。李光弼骤然回过神来，为自己的一瞬失态尴尬不已。

"对不住……我赔你。"

"他们讨厌。别理他们。等二哥回来就好了。"孩子像个大人一样耸耸肩，倒也毫不计较无辜遭难的葡萄。

李光弼耳根一热，正要说点什么，孩子忽然朝南边营门外飞跑出去。

"二哥回来了！"

眨眼工夫，一个戎装的中年人抱着那孩子策马而来，堪堪停在宴席前。孩子在同龄人里已经算得高挑，却被那高大的男人一手搂下马来，只如抄起一只猫。

孩子不肯给他挟，踢腾着腿，哪里挣得脱，气得低头照他手臂上轻咬了一口。

男人大笑，在他脸颊上重重捏一把，才放他下地。

仆固怀恩朝浑释之啧了一声："令郎在你面前兔子一样，见了二哥，可好，活脱脱一条猞猁崽子。"

刚刚还在耍酒疯闹成一团的汉子们一见这男人便纷纷簇拥过去见礼，不论长幼全都一叠声地叫"二哥"。男人来者不拒地接了五六杯酒，一一喝干方才入席坐下。早有人将刚才预留的羊腿端过来，男人招呼大家一起吃。顷刻间又掀起一阵热火朝天的欢声笑语。

浑释之听见浑进也叫"二哥"，早又是一个爆栗敲在脑门上。

"叫郭丈。"

李光弼只觉右边眼皮跳个不停，索性藏进火光照不到的阴影里，手掌按住眼睛，努力不去看，不去听，不去想。

"你们刚才在聊什么，听说要吵起来了。"

张用济正待开口，早被仆固怀恩和浑释之一左一右按回去。一霎时诡异的静默。最终是那个低沉的嗓音打破了沉默："我们在说王忠嗣。"

李光弼将头埋得更低些，意识深处不受控制地想逃，却又像被鬼绊住脚一般动弹不得。

那厢里只听郭子仪朗声笑道："叶护，听说你的汉名还是王忠嗣给你起的。"

昔日的突厥西叶护，如今的唐将李献忠，似乎并不愿提起他跪在年轻的汉人将领面前俯首请降的黑历史。他没有应郭子仪的话头，垂眸思忖了一会儿，努力组织着生涩的语言。

"我不喜欢他。可是他忠诚又勇敢。他没有得到公平。"

张用济哧了一声："勇敢？他兼领朔方几年，将士们日夜思战，只他一个缩头乌龟。是，他是不稀罕那点子军功，只靠巴结太子就能满门富贵。我们呢？当兵吃粮，不靠战功还能靠什么？难道一辈子就在这里守盐碱地，做他的垫脚石？"

没有人附和他。但也没有人反驳。冷场了一会儿，仆固怀恩悠然放下酒杯道："王尚书开疆灭国的时候你小子还尿床呢。后来他做了节度使，慎于用兵，总比那寻衅生事的安禄山强些。我只好笑他手下几十万兵员，一弓一箭都要刻上士卒姓名，我们也算世代从军，几曾见过这样婆婆妈妈的将帅。"

众人大笑。当年王忠嗣的军令传达下来时谁不暗地里骂他脑子有病，只是敢怒不敢言，直到这时才算出了一口恶气。

更鼓敲过三下，风里浸透了凉意。李光弼躬着腰，两肘支在膝盖上，整个人几乎藏到了桌面以下。也不知是风冷还是怎么，牙齿咯咯地响个不停。

这时郭子仪大约终于吃完了饭，也加入了讨论："我看他是个聪明的人，只是或许太聪明了。圣人要打石堡城，他不肯牺牲将士，竟然拒不出兵。听从命令忠心报国是军人的天职。王忠嗣幼受圣主鞠育，不惑之年佩四镇将印，恩遇之隆古今罕比。一朝违抗朝命，夫复何言。"

话音甫落，只见李光弼不知几时已站到他身边，一手按在桌面上，指甲边缘压得煞白。

郭子仪一抬头，四目相对的一刹那如被骤然升起的太阳照亮了脸，眼中闪过难以置信的惊喜："你回……"

"打架。"李光弼言简意赅地说明来意。在对方反应过来之前一伸脚扫倒了他坐的胡床。

事发过于突然也过于蹊跷，周围的副将们还没看懂发生了什么，郭子仪已被按倒在地结结实实吃了十几拳。然而李光弼毕竟没有三头六臂，七八个人高马大的壮年男子一拥而上，瞬间便逆转了形势。待到节度使安思顺闻讯赶来时，只见麾下爱将各个挂彩，伤最重的李光弼已是满脸血污。郭子仪好歹拦住众人，自己也不敢近前，隔着三步的距离温言劝李光弼去找军医敷治，却只换来冷若冰霜的一记眼刀。

安思顺在狼藉的席面上首坐下，桌子拍得山响："怎么回事?！"
七八个大嗓门同时嚷起来。安思顺断喝一声："闭嘴！李光弼说。"
李光弼两眼盯着脚尖，石像般任由嘴角的血一滴滴落在地上。
半晌无言。最终郭子仪硬着头皮笑道："能有什么。好日子里吃多了两杯……"
仆固怀恩略知李光弼的性子，眼见郭子仪火上浇油，沉声打断他："李光弼先打了郭二哥。然后我们都上了。"
安思顺翻了个白眼，也无心深究："李虞候，你来发落。"
李光弼这回倒是当仁不让："我六十军棍。他们每人二十。"
无人异议。唯有安思顺奇道："你为什么六十？"
"营中斗殴二十。先动手的加二十。执法犯法再加二十。"
"你小子还知道执法犯法！"安思顺鼻子都气歪了，"我见你在河西治军严整，千方百计把你挖过来，实指望你治一治朔方军。你可好，刚来两个月就这么给我长脸。你也不看看你打的是谁，这是安北都护郭子仪，以后你到单于都护府，和他分驻阴山东西，大唐的两扇北大门就交到你们手里了。两个做了爹的人，娃娃都知道礼义廉耻了，就你们还任性！"
两个当事人不约而同地抬起头对视一眼。李光弼像被那目光烫了一下似的，身躯微微一颤，显然后悔于刚才的一抬头，重又死死盯住地上四处溅落的血迹。
郭子仪似乎也有一刹那的失神，但很快恢复了菩萨一般温柔敦厚的笑意："六十军棍下去，半条命都没了。中丞三思。"
安思顺一拍桌子站起身："你说得太对了。你替他领一半。一人三十。其他人二十。都去！散了！"

李光弼一声不响地去领罚了。诸将低声骂了几句晦气也都缓缓散去。郭子仪小心翼翼地服侍安思顺上马，最终还是没能忍住，低眉落眼地抱怨了一句："天地良心，我没动一指头，光挨打来着。"

安思顺冷哼一声："你当我眼瞎？李光弼是何等样人。我认识他几年，没见他做过一丁点出格的事。凭什么一见你就动手？还不是你先调戏他来着！去。挨打。"

第二天本还有几场庆功宴，这么一闹自然全都停罢了。又赶上整日阴雨，向晚时分越发下得天昏地暗。四下里看去，连绵不绝的雨脚如千万道丝线，将黄河边的小小军镇密密织进灰色的茧中。淅沥的雨声里夜色也来得凶，不到晚饭时分天就黑透了。军营里除去滔滔水声便是一片寂静，倒好像一夜之间实现了安思顺"好好治一治朔方军"的职业理想。

郭子仪上门拜访时，发现李光弼的住处大开着院门。叫了几声无人应，只好硬着头皮进去。也没有仆妇牙兵在里面伺候，前院空寂得像闹鬼。要不是看见正厅里亮着灯，他可能真要被吓回去了。

房门也半开着。郭子仪用力咳嗽一声，象征性地敲了敲门。

"进来。"

主人正坐在灯下忙手里的事，听见陌生的脚步声才抬起头，惊疑地盯住来客，一眼就看得发怔，连迎客的礼数都忘了。

郭子仪也盯着他看了半晌，忽然噗嗤一声笑出来。

李光弼没有说话，只有微微抿紧的嘴角仿佛在说"有什么可笑的。"

"一别十多年，成天想着再见到你的时候会是什么样。谁能想到竟是这样鼻青脸肿的。——还疼么？"

李光弼一下子咬紧了嘴唇，目光也收回来，不答也不问，只作没听懂，继续忙手里的事。一张半高的书案上排着几十根弓弦，他正一根一根绷在架上打蜡。虽是夏季，墙角仍设着烘橱。炭火薰出满室微甜的蜂蜡香，多少调和了几分主人身上的阴冷气息。

郭子仪也装作没看见他的情绪变化，只自顾自地絮叨："你长高啦。我以为二十岁也就长到头了。没想到还能再长……又长了一寸？"

对方仍旧没答一个字。

"脾气也长了。娶了媳妇生了娃娃，就这样生分起来。你小时候跟着令尊在灵武，缠着我带你打猎。后来到振武同我出兵。一桌吃，一床睡，怕是都忘了……"

"谁同你一床睡。"李光弼忍无可忍，终于发声抗议，"这样天气，有什么正事抓紧说。"

郭子仪莞尔一笑："你没忘呀。那就好。——我自然有要紧正事。昨天安中丞说我调戏你才被你揍。因此打我三十军棍。我难道白吃这哑巴亏不成？所以得专程来调戏你一顿，补上这三十大板的亏空。"

李光弼放下手里的弦蜡，七窍生烟地瞪了他半晌，竟不知该从何处开始发作。郭子仪见他目光四下里游移，一来二去正落在门边刀架上，心头一凛，忙收起笑容低声道："怪我忘了你不爱开玩笑。对不起。我是专程来和你道歉的。我在外面行军忙碌，实不知王尚书上个月过世了，昨天出言不逊，伤了你的心。希望你看在过去多年的情分上，不要气着自己才好。那几个裨将我也都教训了，改日都教他们来和你赔礼。"说着又从袖里掏出一瓶药膏，"这是收敛的药，敷了伤口不留疤。你收下好不好。"

话说到这份上，任是铁石心肠也被打动了。李光弼情知他一片诚意，心底一热，眼睛先不合时宜地酸涩起来。几番欲言又止，最后只含糊道声谢，接过药瓶，又为自己方才的冷漠感到十分难堪，手里无意识地捏起一根弓弦百般揉搓。

"昨天我一时发昏，不该打你。错都在我。却教你无辜受罚，我心里很……"一句话说得咬牙切齿，还没说完脸已红到了耳根。

郭子仪看他发窘的样子，心里好笑，努力忍着没笑出来："古人说性急佩韦，性缓佩弦。你这脾气，该少玩这不吉利的东西。"

"弓弦有什么不吉利的？"

"你没听古人说直如弦，死道边吗？"

李光弼脸上的潮红总算退了些，习惯性地皱了眉："你怎么还是这样。少胡说八道两句很难么？"

不一时有仆人上了茶。客人仍没有要走的意思。灯烛微微摇曳。远远有轻雷滚过。绵密的雨声如恣意生长的蔓藤，缠住院落屋宇，缠住檐角廊柱，穿过门缝和窗棂涌进室内，湿漉漉地绞住他们的呼吸和每一霎对视，绞住他们之间薄如蝉翼又坚如磐石的寸寸静默。

十几年过去，李光弼已从一个懵懂少年长成独当一面的青年将领，却唯独在面对这个人的时候那种业火灼心的煎熬从未改变。哪怕不交一言，甚至不看他一眼，单只一个"他在这里"的念头都能将他推到崩溃边缘。别人怎样的污言秽语他都可以充耳不闻，那人却只要一句话一个字就戳痛他的逆鳞。内心深处他甚至隐隐意识到，昨天郭子仪不管说什么，甚至哪怕一个字也不说，他都可能会找茬和他干一架，以免被这压抑了半生的积郁活活绞死。

不能再这样下去了。在决定回朔方任职的时候他就反复下定决心要做个"正常人"。他甚至将这看成对自己的一场试炼，熬过去，也许三天三夜，也许三年三十年，熬过去，就好了。

在这种"必须做点什么正常的事"的焦虑驱使下，李光弼骤然站起身，走进灯光照不见的角落里，回来时手里拿了一张红漆角弓。

郭子仪一见就忍不住赞道："好俊的弓。怪不得你这样宝贝它。"

刚才进门时暗笑李光弼娇气，尚未入秋就拢上火盆。这时方知是为这张弓，生怕它雨天受潮。

李光弼微微一笑，重新坐在书案前，一根一根拈起弦来比在弓上。又嫌长，又嫌短，麻弦嫌硬，肠弦嫌细，千挑万选总算寻出一根丝弦勉强满意。俯身上弦时也不敢用力过度，百般呵护如侍弄婴孩一般。却不料这样较劲的姿势扯动了后背上被打的伤，剧痛之下手一抖，弓猛地弹回去，险些打到眼睛。

郭子仪眼疾手快地按住弓，惊道："你没事吧？"

他咬牙动了动肩膀，默默熬过这阵疼痛，重新拿过弓来。

郭子仪暗叹一口气，跪在地上拿膝盖压住弓弝，帮他一起上弦。两人配合默契，很快就上好了。

"天，这少说也有一百五十斤。我看你打架的力气，真能开这么硬的弓吗？"

"嫌我揍你太轻？"李光弼险些又发起脾气来，然而手指无意间抚过弓弰上的一个"訓"字，当即敛容垂目，"这不是我的弓。"

郭子仪刚才上弦时也看见了刻字，已自猜到七八分："听说王尚书有张百五十斤的内造漆弓，自拜节帅便收入韬中，从不上弦，以示兵无所用。就是这张弓么？"

"兵不轻用，用必有方。"李光弼委婉地纠正他。站起来试了试空弦，然而后背疼得厉害，拉开一半便只得作罢。

丝弦轻振，应着室外冷冽的雨声，宛如空冥的琴曲散尽最后一丝余韵，自此绝响。

"他真的很器重你。"

鲜艳的红漆上偶然落了一滴水。然后又被飞快地抹去了。

——他日得我兵者，光弼也。

李光弼将弓挂回不见光的角落。

"你们打石堡城，死了多少人？"

郭子仪叹息道："到那里才算见识什么叫天险。三面绝壁，只有一条陡坡路，我们从下往上打，一颗小石子扔下来都能砸死人。四次冲锋铩羽而归，哥舒翰差点把我们砍了祭旗。军令就一句话：要么拿下，要么死。"

又是一阵静默。

"总有上万人吧。"

"王尚书说，他不肯打石堡城，是因为不愿拿万人性命换一个平章事衔。他甚至早就料到……"

话说一半，李光弼被什么东西梗住了喉咙。

——平世为将，抚众而已。吾不欲竭中国力以幸功名。

——得一城不足制敌，失之未害于国。忠嗣岂以数万人之命易一官哉？

——假如明主见责，岂失一金吾羽林将军，归朝宿卫乎？

——其次，岂失一黔中上佐乎？

——此所甘心也。

那个人甘愿为自己的原则付出任何代价。他不曾后悔荣华富贵化为乌有，不曾介怀亲手带出的队伍一夜易主，哪怕酷刑和瘴疠将他年轻的生命啃噬殆尽也不曾让他的灵魂屈服一丝一毫。然而最终，他牺牲了一切也没能阻止一万个深闺梦里有血有肉的躯体在荒寒的高原上被秃鹫啄成累累白骨。

没有人知道王忠嗣卒于贬所的确切日期。可李光弼一厢情愿地相信他死在唐军收复石堡城的前夜。从陇右到汉南，山长水阔，鸟飞不至，他安然休憩在没有诬构、猜忌和背叛的世界里，不必听取凯旋的锣鼓，献捷的钟磬，不必听孩子们穿街过巷拍手欢唱盛世的颂歌。

【君不能学哥舒，横行青海夜带刀，西屠石堡取紫袍。】

"郭将军，你说，朝廷无道，我们也必须听命吗？"

郭子仪愕然。一时间竟顾不得禁忌，一步上前去掩住了他的嘴。
"光弼，在别人面前不可说这样的话。"

那天郭子仪离开时雨仍旧下个不停。李光弼站在院门口目送他踩着一串水花走进黑夜。几乎快要看不见的时候那人忽然停了脚步，借着马灯的微光远远回望着他。
"我记得你行四，以后叫你四郎好不好。"
"不好。"
李光弼回身关上了门。

中

那年夏天他们都以为战争马上就要结束了。

安禄山的叛军来势汹汹，不到两个月就摧枯拉朽地攻陷了东都。然而他的好运气也就止步于此。前有唐军固守的潼关天险，后有颜杲卿兄弟举义的河北乱局，甚至向南连一个小小的睢阳都拿不下来。安禄山困在洛阳也就只好拿登基称帝打发时间。

他将最大的希望寄托于北路的史思明军，指望这一支精锐骑兵绕过太行山直插关辅心脏，让唐廷腹背受敌。

是上乘的战略。如果史思明遇到的不是朔方军的话。

战事一起，朝廷即召回安思顺软禁在京，以郭子仪代为朔方节度使。天宝十四载末，叛军自河东入侵朔方镇境内的振武军、静边军。郭子仪率兵马使李光弼、左右武锋使仆固怀恩、浑释之迎敌，大破之，坑其骑七千。乘胜收复河东诸郡，打开了通往河北的太行山井陉要道。

此时天子命郭子仪还军关辅以图东都，另选将帅分兵先出井陉定河北。郭子仪毫不犹豫地推荐了李光弼，即授河东、范阳节度使，分朔方兵八千与之。

这是唐军继封常清、高仙芝溃败之后，第一次深入叛军巢穴正面挑战。李光弼受命时相当镇定，似乎已为这一刻准备了许多年。郭子仪倒是颇嫌朝廷分给河东的兵力太少，却也做不得主，只好逮着李光弼絮絮叨叨叮嘱个没完。

李光弼将手里的错金鱼符分开又合上，合上又分开，只顾盯着榫卯咬合的接缝，微笑不语。等郭子仪将车轱辘话说了十来遍，实在没的说了，才抬眼看着他。

"我答应你，遇上战局生变，我们应付不了的时候，一定会找你求援。"

一句话果然胜过千言万语。郭子仪再没什么可唠叨的了，两人举起拳头相互碰上一下就算道了别。

天宝十五载二月，李光弼军东出井陉，一举收复常山郡，打下了楔入敌后的第一颗钉。围困饶阳的史思明听到消息，当即挥师西进。李光弼对此早有准备，三战三捷守住了战果。史思明坐拥天时地利，凭借绝对优势的兵力，竟没占到半点便宜。

然而官军毕竟寡不敌众。向各属县分兵驻守之后，常山只剩下不到三千人。更兼悬军深入，馈运艰难。史思明当即抓住软肋，以重兵劫其粮道。一时间城中乏草，战马只能啃席子。官军精锐悉出运粮。如此相持数日，李光弼当机立断：是实践承诺的时候了。

四月，郭子仪率蕃汉步骑十余万出东陉关，解常山之围，与河东军会合。

李光弼出城相迎的时候仍显得很平静，并没有像手下将卒那样绝处逢生欣喜若狂，把援军统帅看作天神下凡一样。这一个多月他们等得不容易。缺兵少粮还要应付潮水般汹涌不绝的敌军攻势。但他心中从未有过哪怕刹那的疑虑恐惧。他从一开始就预见着这一刻。他知道那个自幼熟悉的身影一定会像过去无数次那样，从容又坚定地穿过危难找到他，远远一个眼神就给他的世界里注满明亮到令人眩晕的阳光。

现在，你安全了。

郭子仪停在他面前，忍不住伸手轻轻碰了一下他的脸颊。

"瘦了。今天多吃点。"

那是春天里的好时节。战乱的阴霾，跋涉的疲惫，都消解于溶溶脉脉的柳絮风里。华北平原千里沃野，麦苗不知乱离，依旧肆无忌惮地绿着，在太阳底下生出锋芒，蓄满甘甜，憧憬着丰饶的收获。

等战争结束了，他们想，可以给百姓割了麦子再回去。

　　合军之后，官军在河北所向披靡，连克九门、赵郡，行唐，沙河。安禄山更遣蕃军劲旅自洛阳和范阳增援史思明。至五月，官军于恒阳深沟高垒拒敌，贼来则守，去则追之，昼则耀兵，夜则袭营。相持旬日，乘贼疲敝之际全力出击，大破叛军于嘉山，斩首四万级，俘虏千余人，史思明几乎全军覆没，披发跣足杖折枪溃逃。一时间官军军声大振，河北十余郡杀贼守将以降。洛阳与范阳之间道路断绝，叛军将士家在渔阳者无不动摇。安禄山震恐之下将宰相们骂得数日不敢上朝。

　　晚间议军时，郭子仪同李光弼开玩笑道："我们的范阳节度使眼看就要衣锦还乡了。到时候可要请我们去柳城喝酒。"

　　李光弼低头应了个"好"字。眼睛只盯着河北道舆图，筹划着北取范阳的行军路线。

　　浑进如今已是战功赫赫的中郎将，个子窜到和李光弼比肩，兴奋起来却还是孩子模样："四哥哥，听说营州有大海，你带我去看。"

　　李光弼莞尔一笑："我还没见过大海呢。不过，有那一天的话一定带你去。"

　　浑释之已经打不过儿子了，但还是象征性地弹了一指："满嘴里喊的什么。叫李大夫。"

　　他们进军博陵的那天遇到了灵武来的中使。

　　李光弼进帐时已发现气氛不太对。郭子仪心情太好，一时还没有察觉。

　　中使面无表情地从袖中掏出檄文："太子有令，朔方、河东行营全军还镇。"

　　仆固怀恩哧的一声笑出来："什么东西？矫诏是要砍头的。"

　　李光弼心里已是咯噔一声，数月来的隐忧迎面撞过来，接过檄文时耳边嗡嗡响成一片。

哥舒翰出关迎战崔乾佑，大败被俘。叛军乘胜西进，天子弃城幸蜀。太子北上灵武，急召诸道军入关勤王。

短短几句话，就葬送了他们半年以来所有的辉煌战果。

郭子仪解甲解到一半，张口结舌半晌说不出一个字来。

李光弼念完檄文，稍稍回过神来，不可思议地瞪着中使："你……你知不知道，我们现在撤军，河北十七郡落到逆胡手里，是要被屠城的！"

中使一脸无奈："李将军，如今是什么时候，莫计较轻重缓急了。"

只听铛的一声，郭子仪将自己兜鍪惯在地上，撞出了火花。

"哥舒翰老子操你全家！"

诸将都是头回见一团和气的主帅跳脚骂娘的样子，一边被吓得不轻，一边又隐隐有几分好笑。

然而那时那地，谁也笑不出来。

"老子打了两千里的仗，死了七千人！七千个兄弟！你他妈二十万大军连一个潼关都守不住！"

李光弼在旁边倒是反常地冷静。一语不发地卷起了河北道舆图，几不可闻地轻叹了一声，朝诸将做了个解散的手势。

众人散去。郭子仪也差不多骂够了，向后一步跌坐在交椅中，手里无意识地揉搓着檄文，一叶藤纸很快就成了一地碎片。

李光弼默然站在他身后，犹豫再三，终于伸出左手按在他肩膀上，掌心微微压下去。原本只是一个抚慰的动作，指节却不受控制地加了力量，等到他回过神来时发现自己已将对方掐得脸都白了。

他骤然收手，却被郭子仪一把按回原处。一向温暖厚实的手掌此刻湿冷如水鬼，轻颤的指尖无声地恳求：不要走。

李光弼心乱如麻，连道歉的心思都收拾不起来。

有那么一个瞬间他很想替哥舒翰辩解：这哪里能怪他呢？哥舒翰受命之初便已是十二分不情愿。又有他们反复致书力劝固守。却久惯军旅的常胜将军，怎么可能轻易就中了叛军的诱敌圈套？

虽然檄文中闪烁其词，李光弼早猜到背后的曲折：哥舒翰出关大约是被逼的。他已是病残之躯，视功名如浮云，但朝中自有人急功近利地想收复东都告慰宗庙。

封常清和高仙芝被斩的地方血迹尚在，谁还敢再说一个"不"字？

——郭将军，你说，朝廷无道，我们也必须听命吗？

多年后他才终于意识到，他当时问了一个多么荒唐，残忍，幼稚而又悲哀的问题啊。

最终李光弼什么也没有说。他想，他要解释的郭子仪一定都已明了，那人只是急需为满腔激愤寻一个合法的出口罢了。

那天他不记得自己在郭子仪身后站了多久，甚至不记得黄昏几时降临，喧嚣蒸腾的暑热和尘土几时隐于黑暗。他只是安然凝视着那个仿佛在一瞬间颓然老去的侧影，那个于他至近至远至深至浅至亲又至疏的人。似乎是平生第一次他在与他独处的时候没有困于那种令人窒息的绝望挣扎，第一次他心无杂念地看着他，甚至在昏莽的夜色里也能一丝丝数清他鬓边隐现的白发。虽然两人未交一言，甚至没有对视过一眼，仅仅凭借掌心的触感他便深信此刻他们的心意相契如严丝合缝的鱼符。

他们所生长的盛世结束了。无论他们曾多么努力地挽回也没能阻止那个世界陷落到地平线以下，一去不返。黑夜的尽头也许有黎明也许没有，他们也许能看到下一个太阳也许看不到。他们将长久地分离。每一次告别都可能在瞬间化为终生的遗憾。

天荒地变的巨大漩涡绞杀着数千万人的安宁，幸福，希望，梦想。而他们所能抓住的最后一片浮木不过是，此刻，他们还在一起。

他们曾在一起。曾在天崩地裂的恐慌里遥相守望，曾穿过血与火的重围千里驰援，千军万马中他们只要远远望见对方的旗帜就能汲取无坚不摧的力量，胜利的狂欢里他们只要相对举杯就尝尽了对方血脉深处的苦与甜。

而在这最失落愤懑的时刻他们仍旧在一起。无言地饮下对方杯中的苦酒，相互扶持着摇摇欲坠的最后一缕信念。他们对这末世也许已经无能为力，但仍旧可以细细密密地将这个夏末的黄昏刻进灵魂。在未来漫长的困顿绝望中这一点微茫的暖意将是他们整个生命的支点。

向西撤军的途中整支队伍都安静得吓人。平日里最难缠的将卒这一路也乖得好似刚被揉搓了三个月的新兵蛋子。很快他们就不出所料地听到河北复陷、叛军屠城的消息。然而大家的愤怒似乎早已在太行山的石崖间消磨殆尽，只是不约而同地下马，面朝东方肃立了片刻，然后一声不响地回身踏上征途。

翻过吕梁山脉，西至灵武便是一望平川，亦无叛军袭扰之忧。算了算程限颇有富余，郭子仪下令在此休整两日，为即将开始的持久战留出些许余地。

入夜打过更鼓，营地里一片肃静。朔方节度使却全无睡意，借口巡营，最终毫无悬念地巡进了河东军主帐。

李光弼帐里照旧只他一个人，却也没睡，正在灯下侍弄那张从没用过的红漆弓，拿鳔胶一点点填进每一处细微的缝隙里。

营地以北即是胜州和东受降城，是两人都曾驻守过的地方。重过故地，各自感概万端。两人有一搭没一搭地说点叙旧的散话，帐外惟闻秋虫唧唧，凉风脉脉，倒与年少时那些不知忧愁的时光并无二致。

"你那时候才这么高。"郭子仪在胸前比了一下，"还没长开呢。脾气上来，非要使我的弓，咬牙较劲地，第二天果不其然，膀子疼得连筷子都拿不起来，求着我喂你吃饭。"

李光弼瞋他一眼："又胡说八道。拉弓伤了是真事，剩下都是你编的。"

正闲聊间，忽听见外面骤然吵闹起来，不一时人喊马嘶，杂沓的脚步声夹着将领们声嘶力竭的叫骂，震得人心惊肉跳。李光弼一皱眉，抄起佩刀就要出门，却被郭子仪轻轻按住，反伸手去捻灭了桌上的油灯。

"你这时候出去弹压，正坐实了鲞夜营啸，弄不好火上浇油。不如装睡，他们见主将不动，也就安心了。"

李光弼还有几分将信将疑："真能管用？"

"我们朔方军就这种……经验，还挺丰富的。"

坐了一顿饭工夫，果然外面渐渐安静下来。李光弼重新点了灯，传行军司马薛兼训询问。

薛兼训衣冠不整地进来，也顾不得奇怪两军主帅在帐里黑灯瞎火做什么，惊魂未定地报告说，北边守夜的哨兵忽然纵马闯进营门，满嘴里喊什么神兵鬼兵的，幸而没人动刀，乱跑一阵子总算过去了。

正说话间，虞候已押着几个哨兵到帐前请令。郭子仪再次拦住李光弼，亲自出去温言抚慰，承诺绝不轻动军法。问了半天总算有一人壮着胆子道："小人看见乌压压大军过去，白旗白甲，少说也有一万人。还听人说是张韩公、王尚书为国讨贼，天兵天将，马到成功。小人亲眼所见，亲耳所闻，大将军面前怎敢有……"

话说一半，那人忽然磕头如捣蒜，整个人抖成了筛子。郭子仪一回头，只见李光弼两步跨过来，一把拎起哨兵，沉声道："你几时，在哪里看见的，从哪里来，往哪里去。你好好说，能活命。"

"半……半个时辰前。就在北边，河沿上。却不知从哪里来。往东去了。"

"你说的张韩公、王尚书，你可知道那是谁？"李光弼松开了哨兵的衣领，死死攥着拳头，徒劳地掩饰着剧烈的颤抖。

"小人不知……方才刚刚听人说是筑受降城的张仁愿，还有王忠……王忠什么……"

郭子仪心里一惊，下意识伸手，却哪里拦得住，只见李光弼一阵风冲进马厩，罔顾军纪，当营里策马飞驰，朝北绝尘而去。

虞候和裨将们面面相觑，都以为主将被气得失心疯了。薛兼训熟读国史，多少明白几分，和郭子仪交换了一个含义复杂的叹息。两人草草打发走肇事者，郭子仪吩咐诸将加意巡视，自己忙选匹快马朝无定河的方向追赶过去。

秋水时至，无定河涨到了平时的三倍宽。河水浩浩汤汤，在广漠的暗夜里吞噬了东方的整条地平线。将残的月亮当空高悬，天上地下一片冷冷的白。荒凉惨烈，不知悲悯。银汉横亘天南，一角倏尔落下一颗流星，无声地泯没在碎银般的月影中，恍然间竟真似甲光粼粼从天而降，千军万马正踏着汩汩的水声渐行渐远。

郭子仪在茫茫旷野中飞驰了半晌，正发愁到哪里去寻李光弼，忽听见河边传来一叠声的呐喊。

"王尚书！你回来！"

"王忠嗣！你回来！"

"王忠嗣你给我回来——"

"你——回——来——！"

黑水白月，阔地高天，空茫的夜色瞬间淹没了嘶哑的呼唤，四周甚至没有一处山丘能还他一点回声。

郭子仪循声赶过去，远远望见李光弼在月下拈弓搭箭，照着东方一颗寒星行云流水般一箭一箭射过去。不一时箭箙已空，恰逢流星破空而落，那人身影一震，如被魇住了一般，竟驱马朝着河心赶过去。

马足陷进泥里，停下脚步，不肯再听从主人的荒唐指令。李光弼翻身下马，趟着齐膝深的河水继续跋涉。没几步就被乱石绊摔在湍急的水流间，与此同时郭子仪终于赶到跟前，滚鞍下马扑过去将他拖上岸边。

两人衣衫湿透，滚在草滩上半晌站不起身。郭子仪什么也顾不得了，死死抱住他，使出全身的力气对抗怀中人歇斯底里的挣扎。不知搏斗了多久，李光弼渐渐回过神来，察觉自己的处境，惊愕与羞惭中一下子脱了力。

郭子仪甚至没有给他尴尬的机会，一手将他按进怀中，柔声叹息道："光弼，你哭出来。"

他上一次像这样痛哭还是在见到郭子仪的第一天。算起来已经快有三十年了。还是个孩子的时候他就不爱笑也不爱哭，无论父母的责打还是伙伴的欺凌都只是一声不吭地承受。成家立业后愈发刻意压抑感情，惯于在独处的寂静中默然咽下所有不能见光的爱恨悲喜，只示人以冰冷的威严。然而这天夜里他在这自幼生长的土地上哭尽了一生的痛苦，悔恨，绝望，和不甘。哭他失落的至亲，哭他夭亡的妻儿，哭他毕生仰望又只能眼睁睁看他受难的偶像，哭他浴血奋战却一夜之间付诸东流的心血，哭这国土上一切毁于兵燹的盛世幻梦，哭他自己的渺小无能，扭曲错乱，哭他所有辜负过的期待，被错付的柔情，无力挽回的悲剧，哭他灵魂深处那个无法触碰永不收敛的伤口，每一记心跳都撕扯着血肉模糊的痛楚和眷恋，可在这近在咫尺肤发相触的时刻他还是一个字也不能说！

郭子仪像安慰孩子一样揽着他的肩膀，在他哭到气噎声绝的时候缓缓抚着他的后背。除此之外谁也没说一句话，没有一个多余的动作和眼神。他甚至不知自己几时哭累了昏睡过去，被后半夜的冷风吹醒时手里竟还攥着对方的衣襟。

月亮已西斜了。夜鸟掠过河水。郭子仪轻笑了一下："你刚才说梦话来着。"

李光弼瞬间变了脸色，一骨碌爬起来就要夺路而逃。

"看你吓得。你梦见你二哥了。"

他的身体僵了一下，将信将疑地看着他，然后决定装作没懂，四下里抓寻什么东西。

郭子仪也起身，拾起红漆弓递给他，按着他的肩膀逼迫他抬起头与自己对视。

"光弼。你听着：王尚书不会回来了。从今往后，你我就是王忠嗣，就是张仁愿，就是李靖李勣薛仁贵。他们打下的山河土地，今后就要在我们手里一尺一寸夺回来，守下去。王忠嗣打过的胜仗，你也能打。他立下的功勋，你也能立。他所拥有的力量，勇气，智慧，美德，你全都有。你还会比他活得更久，走得更远，比他做得更多，更好。他会在天上向别的星星夸耀，他一生最大的骄傲就是你，李光弼。"

他用宽厚温暖的手掌给他擦去脸上的湿迹，给他拢起散乱的鬓发，抹平湿皱的衣摆，俯下身去将裤脚掖进靴中。多少有些意外地，李光弼始终安静地任他摆布，没有一丝尴尬抗拒，似乎已在刚才的痛哭中耗尽了全部心力，又好像在这个亦真亦幻的夜里他还可以最后再做一次那个被人护在掌心里的契丹少年。

郭子仪在他靴筒中忽然摸到一件硬物，甚至还没反应过来那是什么的时候心头已是一记重击，掏出来细看一眼，果然是他多年前送给他的那把短刀。

黑沉沉的镔铁在月下没有一丝光泽。夜色隐没了锋刃间瑰奇繁复的纹路，却藏不住扑面而来的冷冷寒意。

"李光弼！"他一瞬间就急红了眼，丢了魂一样摇着对方的肩膀，嗓音哑得不似人声，"你要是死在这把刀下面，我到阴间做鬼做煞也不放过你！"

他曾隐约听到过河东军中的传闻：他们的主帅贴身藏伏突，以备临危自刭，宁死不降。那时他们正连日献捷，忙得不可开交，他甚至没有时间仔细调查这流言的来路。

李光弼从他手里抠出刀柄，平静地掖回原处："看看哥舒翰。你愿意我和他一样吗？"

哥舒翰兵败被俘，求死不能。至今不知存没，却还在叛军露布上一遍遍受辱。

不知几时他的眼神也变了，甚至反常地向郭子仪靠近了半步，垂下眼睛，指望无定河的滔滔水声湮没他本不该说出口的低语。

"你这么介意，我大可以换一把刀。可是，真到了那个时候，我拿着它，就好像见了你一样……"

"你闭嘴！我不听你说这肉麻的！我只要你活下去。不管遇到什么不管做什么你都得给我活下去！——你听着，再多的仗我们都可以打完，再苦的灾难也有尽头，再疼的伤口也能长好。只要活下去。我们都要活下去，熬也要熬下去，熬到头，熬出来，到时候我们……"

李光弼骤然伸出手，食指用力按住他的嘴唇，生生截断了一句"我们还会在一起"。

亦截断了自己今夜的软弱，荒唐，一霎放纵。

"如今是什么时候。郭将军。路这么黑，小心些走。"

转身，上马，踏着凉意入骨的夜色飞驰远去。

下

永泰元年九月，仆固怀恩卒于鸣沙。郭子仪单骑喻回纥退兵，与之合军大败吐蕃，收复灵武。京西北诸道在数年的袭扰动荡之后终于复归平静。

闰十月，郭子仪自泾阳入觐。面圣的时候天子盯着他的脸，冷不防脱口而出："大臣老……大臣辛苦了。"

天子深深记得吐蕃陷长安那年，闲废已久的郭子仪临危受命，几乎是在赤手空拳的境地里力挽狂澜，仅仅两个月就击退敌军，扫清关辅，将惊魂未定的皇室从陕州迎回长安。

也不过就是两年前的事。那时的郭子仪可是神采奕奕威风凛凛如华岳庙里的金装神像一样啊。

这两年发生了什么呢。天子垂下眼睛，决定不去猜。

除了照例的加官进爵赏金赐宴，又命宰相元载、王缙、内侍鱼朝恩等出钱三十万宴于郭氏私第，内出罗锦二百匹为伎人缠头之费，极欢而罢。

次日，郭子仪又与王缙同至宝应寺礼佛。宝应寺本为王家旧宅，王缙在妻子李氏卒后，舍宅为寺，追荐亡妻。每节度观察使入朝，必延至宝应寺，讽令施财，助己修缮。虽是国难之后，长安半城瓦砾，这一寺里却是琼楼玉殿，穷极奢华。

郭子仪一团和气地跟着他各处瞻仰，也不问拜的什么佛，只管一叠声唤人拿钱来随喜功德。十停里走了七八停，王缙倒被他弄得不好意思起来，连声道谢不迭，暗示"钱够了"。

郭子仪立刻就领会了主人的意思，笑呵呵地留下几句场面话，也就准备告辞。然而最后关头到底没忘正事，随口问了句："我托相公寻的东西，可有下落了？"

哪壶不开提哪壶。王缙顿生悔意。要不是吃人嘴短拿人手短，要不是不早不晚刚好行到佛堂里，要不是鬼使神差正落在地藏菩萨低垂的眉目之下。——他本来还可以胡编点什么混过去的。

"下官不敢欺瞒。那弓一直收在徐州官署里，被我找到了。不过……圣人听说是王尚书遗物，颇有甘棠之思，以此留在禁中。"他飞快地扫了老人一眼，努力笑了一下，"楚弓楚得，又阖求之。令公全德大臣，必不为这一件小物多心。"

老人怔了一下，但是立刻就收起了震惊的神色，也如菩萨一般垂下丹凤眼："有劳相公。我知道了。"

王缙是河东人。李光弼守太原时辟为少尹，功效谋略，众所推先。后来入拜国子祭酒，长袖善舞，左右逢源，几年间即登三事，与王忠嗣的东床快婿元载同主大政。李光弼病逝徐州后，朝廷以王缙为副元帅，继任河南淮西山南诸道都统。王缙提相印出镇，将李光弼麾下故将纷纷遣送停当，河南诸镇都被治得服服帖帖。这次入朝圣眷愈隆，在内道场里登坛讲经，倡言："国家庆祚灵长，皆福报所资，业力已定，虽小有患难，不足道也。故禄山、思明毒乱方炽，而皆有子祸。仆固怀恩将乱而死；西戎犯阙，未击而退。此皆非人事之明徵也。"

天子听得点头不迭，不知已念了几万声佛。元载听着不太像话，不时瞥一眼客座上的郭子仪，只见老人脸上的笑意纹风不动，直比佛像还端庄亲切。

元载稍稍松了口气，什么也没说。

眼看又是临散场的时候，众人恭送天子返驾，郭子仪忽然出列跪拜："老臣听说王相从徐州带回清源公王尚书的漆弓。臣向慕清源公风烈，冒死乞一见。"

天子笑道："令公还惦记着呢。这值什么。刚好他们在给王忠嗣刻碑，我们改日去看看。"

　　王忠嗣的神道碑由两位当朝宰相联袂撰书，这时候正放在东宫门内空地上刻字。——元载对此的解释是太子喜欢看碑。

　　郭子仪用"你高兴就好"的目光扫了宰相一眼，没有戳穿他。

　　屈指算来，王忠嗣已死去二十年。东宫两易其主。大唐更已不是那个大唐了。

　　几人在碑前看了一回，元载虚心向郭子仪请教："某一介儒生，叙写军功时感捉襟见肘。还望令公斧正。"

　　"我懂甚么。"郭子仪望着那汪洋一片典丽堂皇的文字，微哂道："要问也该去问王尚书麾下部将。"

　　元载没有答话，只微微垂下眉目。

　　郭子仪这才意识到，王忠嗣带出来的那一批大唐名将，哥舒翰，李光弼，王思礼，仆固怀恩，已经一个都不在了。

　　他身后一个高挑英俊的青年这时候悄悄在碑石旁蹲下，犹豫了片刻，伸手轻轻抚过碑上的一行字。

　　鱼朝恩当即注意到他一身的斩衰，皱眉道："哪有这样面圣的。"

　　青年没有一丝表情，站起来重新躲到郭子仪身后，默然垂下湛蓝的眼睛。郭子仪抚着他的肩，向鱼朝恩道："当年玄宗皇帝收养王尚书的时候，可不就是这样么。碑上都写了，'此去病之孤，吾当壮而将之。'——他与王尚书都是英烈遗孤，特意让他来看看。"

　　说话间圣驾已到。天子果然也先注意到一身重孝的青年，向郭子仪投去询问的目光。

　　青年上前工工整整行了跪拜礼："朔方兵马使浑瑊，拜见陛下。"

　　天子恍然道："你是浑释之家郎君。我做广平王时，在军中认得你阿爷。"

　　浑瑊又行个礼，却退下半步，不再说话了。

　　仆固怀恩叛唐时，驻守灵武的朔方留后浑释之实为其所杀。然而唐廷至今讳言怀恩之叛，对浑释之的死也只一句"阵亡"就含糊带过了。

　　天子多少还是知道其中曲直，在这青年面前颇有几分难言的尴尬，暗自埋怨郭子仪为什么要带他来点眼。

好在那青年一直恭谨肃静，连一个多余的眼神都没有，只如影子一样跟在郭子仪身后，宁愿大家都忽略他的存在。

天子便也顺水推舟不再理会他。这时候内侍呈上来一具半旧的弓韬，揭开豹皮，露出一张彤红的角弓。

郭子仪下意识地就想伸手去接。然而天子取出弓来，丝毫没有要给他的意思，只抚着弓弰上已显斑驳的刻字，忽然问他："大臣可知，这弓为什么用红漆？"

郭子仪茫然低下头："臣愚钝。"

天子朝右手边微微一笑："夏卿，你来讲。"

王缙连忙行了个礼。

"诗云：彤弓弨兮，受言藏之。彤弓，天子赐有功诸侯也。尚书孔传亦云：诸侯有大功，赐弓矢，然后专征伐。彤弓以讲德习射，藏示子孙。昔者玄宗皇帝以彤弓赐王尚书，当为赏其功，抚其孝，励其忠，期子孙永铭圣德。今日圣人追述王尚书功勋，刊石立传。传诸国史，当为千载嘉话。"

郭子仪听罢，缓缓垂下眼睑："臣受教。"

事实上，王缙掉的书袋他一个字也没听进去。自从见到这张弓他整个人都恍惚了。晴冷的冬日午后，太阳亮得不像话。暴烈的强光灌满所有的感官，周围一切都被挤到无限远，只有那张弓和他停在同一个时空里。

李光弼去世已经一年多了。也曾在灵堂里抚过棺木，也曾在葬礼上念过祭文，也曾在神道碑前黯然落泪，可他从未有过今天这样的真实感。似乎是在见到漆弓的那一刻他才终于意识到死亡的含义：那个人不在了。永远不会回来了。就算他拿此生所有的富贵寿考去换和他一刹那的相见，也只是痴心妄想罢了。

他像犯错之后等待惩罚的孩子，并不清楚将要面临怎样的痛苦，却已经恐慌无措到了极点。然而那时那地他甚至没有机会沉浸在自己的情绪里。尽管神思恍惚他仍旧听见天子在和鱼朝恩商量要试一试这张弓。

"不行。"他下意识脱口而出，仓促间已顾不得礼节，"这弓……久滞南方，疏于保养。贸然上弦会伤了它。"

角弓以柘木为胎，贴牛角鹿筋助力，以鳔胶粘合而成。胶性喜干畏湿，受潮后极易朽解。此弓极劲，也就格外娇贵，因此当年每逢阴雨天都要专门给它生火。徐州连续两年夏秋多雨，李光弼死后，这弓一直扔在府库里无人问津，如今不消多看就知道已经不堪用了。

鱼朝恩嗤笑一声："老奴久惯军旅，何曾见弓还能放坏的。令公有春秋了，不消做这费力的事。等我去神策军里寻个卒子来试。"

"不行！"郭子仪大惊，用近乎乞求的目光四下环顾。天子对他的强烈反应多少有些迷惑，掩饰不住一丝扫兴的神色。鱼朝恩似笑非笑地摸了摸下巴，似乎想将一把并不存在的胡须。两位宰相侍立一旁，眼观鼻，鼻观心，满脸写着"我不懂。别问我"。

老人的心沉了下去。阖目叹口气："一定要试的话，还是……我来。"

话音未落，只见他身后影子一般缄默的浑瑊忽然上前，向内侍讨来弓弦，跪在天子面前接过弓，一声不吭地开始上弦。

角弓绷紧，木质被压弯到极限，筋角间发出细微的摩擦声。郭子仪只觉心提到了嗓子眼，都不敢大声说话。

"阿进……轻点……"

浑瑊一个回头望月干净利落地上好弦，没等众人反应过来，又一把将空弦扯满。只听喀嚓一声，积劳积愈的漆弓怎禁这般摧折，登时被扯得筋角离散，胎骨断裂，眨眼间只剩一地红漆斑驳的碎片。

青年扔下残弓，退后半步，垂手肃立。眼睛向上望进冰蓝色的虚空，微微抿紧的嘴角向众人无声地质问：你们满意了么。

元载和王缙双双倒抽一口冷气，眼角一边瞄着鱼朝恩，一边捎着郭子仪，忖度着他俩谁先跳脚。

鱼朝恩什么阵仗没见过，涵养非常人可比。当下绕到浑瑊面前，拍拍青年结实的肩膀，笑道："这郎君，敢是李光弼带出来的么？脾气可一点也不随令公。"

郭子仪这时候心口绞痛，指尖都冷了，哪里还有心思和他斗嘴。

天子听他们提起李光弼，忽然想起什么，转朝王缙道："你从徐州来，河南诸镇可有什么说法？"

王缙知他问的是广德元年吐蕃陷长安时，天子急召诸道军入京勤王，李光弼却未奉诏之事。

他自然知道李光弼身后物议纷纭。可他也知道那人不肯入朝再受权阉揉搓，更知道他被痼疾折磨多年，早在出镇临淮时已经是舆疾就道了。

然而此刻他总归知道，这并不是天子想听到的盖棺论定。

"王事靡盬，不遑启处。为将者当如郭令公，忠勤报国，死而后已……"

鱼朝恩不耐烦地打断他："有什么可比的。李光弼世受国恩，位极人臣，总天下兵马，恩遇之隆古今无比。一朝违抗朝命，夫复何言。"

王缙心里一惊，下意识看向郭子仪，只见老人仍盯着一地碎弓魂飞天外，眼里却燃起二十年前灵州夏夜里的熊熊营火。

——王忠嗣幼受圣主鞠育，不惑之年佩四镇印，恩遇之隆古今罕比。一朝违抗朝命，夫复何言。

——打架。

那厢里忽听得一声惊呼，只见蓝眼睛的青年微微挑起下巴，伸出健硕的手臂一把揪住鱼朝恩的衣领，几乎将他从地上拎起来。

"阿进！"郭子仪终于从漫长的混沌中回过神来，大步过去推开青年，一只手挽住鱼朝恩给他赔礼。

那是无数次挽狂澜于既倒扶大厦于将倾的手。亦是执掌十万雄兵生杀予夺的手。更是挽强弓，挺陌刀，弱冠之年拔得武举头筹的手。

掌心的温度几十年如一日，却骤然将鱼朝恩的腕骨捏出了令人心悸的脆响。猝不及防的锐痛刺得他连叫都叫不出来，震惊地看向郭子仪，只见一脸菩萨低眉的温和笑意仍旧风雨不动。

"军容。在我面前不可说这样的话。"

这天"讲德习射"的仪式因为种种意外而草草收场。待天子銮驾去远了，浑瑊三不知地回到刚才开弓的地方，故意扬声道："这一地零碎，没人收，我给清了罢。"

鱼朝恩看都不看他一眼，揉着手腕拂袖而去。

元载远远朝他摆摆手，示意：悄悄的。趁圣人没想起这茬来。拿去罢。

青年俯身一片片拾起漆弓的残片，一丝碎木都不放过，小心翼翼兜在衣襟里。在只有郭子仪能看到他的时候，嘴角倏地挑起一丝狡黠的笑。

弓，我给你要回来了。

太狠了。郭子仪心头一震。

这孩子。谁带出来的。怎么能这么狠。

星降

郭子仪第一次将兵出征就遇上了麻烦。

反击突厥的战斗还算顺利。他们利用地形打了个漂亮的伏击，向西追出去两百来里，多少还有点意犹未尽。但郭子仪头脑冷静，知道目的已经达到，敌人碰了硬钉子，今年秋冬应该是不会再来了。

收兵清点，折了十来个士卒。全军聚在一起举过哀，将遗体都带回定远军。

军中自有一整套申报伤亡抚恤家属的流程。郭子仪从军数年，第一次领兵，心里过不去这道坎，坚持要挨家挨户去阵亡将士家中送丧。

行军司马拿着一沓讣文露出复杂的表情："别人也罢了，这李遵直家……"

"他家不就在灵武么？又不远。明天就去。"

"将军知他来历么？他是朔方副使李楷洛家二公子——虽然行二，却是长子。他父亲看重他，送他出来历练，谁知竟折了。"

郭子仪记得那个谦和寡言的先锋。青年生着鹿一样安祥的眼睛，到了马背上操戈弄矢却迅捷如飞。他还特意安排牙兵好生扈从，然而那人一马当先冲得太快了，谁都没反应过来的时候已中箭落马，箭上带毒，竟没救回来。

"既这样，我更得亲自去了。李将军是仁厚长者，也不见得为难我。"

"李将军自然没得说。只是遵直他母亲……"

郭子仪猛省道："我听说谁家夫人是契丹酋长千金来着，厉害得要不得，难道就是遵直的萱堂？"

"可不正是。李将军近来病着，下面两个儿子还小，一应内外都是李夫人做主，你不去碰这钉子也罢。"

郭子仪叹口气："病的病，死的死，也太苦了。我去讨一顿打骂，兴许能教他们心里好受点，也就值了。"

郭子仪暗中打听了一回，方知李夫人的名头在灵武城中颇为响亮，说是从小被她父亲当男孩养，能使一条红锦缂索，獐鹿狐兔，走马遮拦，百无一漏。后来当家主馈，穿起裙袄来，那一股子说一不二的杀气却还与年轻时无二。

郭子仪从没会过这样的女人，思来想去，素服里面加了件锁子甲，硬着头皮登门报丧。

李楷洛夫妇头一天已听说了凶问，只还瞒着孩子们。这天棺木送进门，李楷洛已哭得下不来床。郭子仪到主人房中见了礼，机械地念着官样文章的辞令，说到一半也自哽咽起来。

正相对饮泣间，只见几个仆妇簇拥着主母从后堂出来。李夫人一身缟素，铅华不施，却并没有哭过的痕迹。郭子仪刚偷眼瞄她几下，脸上早火辣辣地挨了一掌，腿一软就跪在李夫人面前："末将失职，任太夫人责罚。只求将军同太夫人念在两个小郎君分上，千万善自保养，节哀顺变。从今往后，子仪就如李家的儿子一般，太夫人但有驱遣，子仪万死不辞！"

李夫人朝地上啐了一口："你拿什么比我家二郎！少说废话。带我看他。"

李楷洛剧烈地咳嗽一阵："阿妹，这也罢了……"

"如何罢了？这军汉这样糊涂无能，难保不送错了尸首。"

李楷洛拗不过她，只求救般看着郭子仪，眼里早又潸然泪下。郭子仪哪敢违拗，当即命手下人开棺。

任凭怎样刚强凶悍的妇人，到自己儿子的尸体面前也不得不崩溃。李夫人登时哭得天塌地陷，两手搂住青年僵硬的脖颈，死命要将他抱出来。在场人都看傻了眼。李楷洛这时候也拄杖过来，颤巍巍去拦她，却被夫人一掌打在地上："死鬼！你怎么不替他去死！三四胎存下这一个，千辛万苦拉扯大，你就赶他去送死！"

郭子仪这时候想上去挨打都没机会，眼看院中乱成一团，哭声骂声震天，只觉头皮发麻，漫无边际地后悔着没有早听行军司马一句劝。

这时候只见一个七八岁的孩子从角门里跑进来，怔了一会儿，挨到李楷洛身边怯生生道："四哥跑了。"

李楷洛大惊，扶着孩子站起身："怎么回事？"

"我看见他去马厩，偷了二哥的马出去。康叔追了没追上。往北边跑了。"

李遵直的马是他父亲花大价钱买下的千里龙驹，寻常牲口哪里赶得上。李楷洛急得差点背过气去。

郭子仪如蒙大赦，忙道："我马快，我去找他。"

"好好好。有劳郭将军了。"

李夫人痛哭间又朝丈夫啐一口："糊涂东西。他都没见过光弼，上哪里找！"

孩子仰起小脸："我跟你去。"

"天快黑了。使不得。"郭子仪看着孩子鹿一般的圆眼睛，和李遵直如一个模子刻出来的一般，心里顿时有了主意。

"我能认得他。"

郭子仪没有在城中多问，凭直觉猜着孩子会去他兄长阵亡的战场，遂命几个亲兵去定远军报信，自己快马加鞭先朝前几日与突厥交战的山谷赶过去。

"……脸瘦瘦的，眉心窄窄的，直鼻子，薄嘴唇，成天低着头，只挑起眼皮儿看人。哎，你只管教他看上一眼，看得你背上寒毛都竖起来，就是他没错了。"

这是李家仆妇对那少年的描述。郭子仪生怕忘了，一路上颠来倒去默念了千百遍。

夜色四合的时候他已驰过定远军，到达大唐疆土的边缘。西去数百里尽是茫茫沙碛，荒无人迹。虽有一天好月色，凭空找一个孩子却还是难如大海捞针。谁知郭子仪交了好运，竟遇上一小撮突厥马贼，垂涎李遵直的宝马，围住那孩子就要下手。

远处望过去，只见少年的侧影抖得厉害，和他小小身躯不成比例的横刀指着劫匪："别过来！滚！"

马贼们哄笑起来："小郎君，乖乖把马给我，我们送你回唐土找爷娘。一根毛也不缺你的。"

三五个人合围上去。少年策马原地转了一圈，情知无论如何也不可能同时对付这么多人，遂猛一勒缰绳，拽起马头，反手将刀横在马脖子上。

"再靠近一步，我就把马杀了。"

藏在暗处的郭子仪惊得捂住了自己的嘴。乖乖。那可是你爹半年的俸钱，你亲哥的遗物啊。

怎么能这么狠。

马贼们也面面相觑，交换了一个"这也行？？"的尴尬眼神。谁也没料到一个稚气未脱的孩子有这样的狠戾决绝，一时间竟被震住了。

正是这片刻的僵持为郭子仪争取到了宝贵的时间。他听见定远来的援军已经近了，月亮破云而出的一刹那先放出一支哨箭，然后三箭连珠而出，三个匪徒应弦落马。郭子仪跃马冲过去的时候一点也没把那几个毛贼放在心上，只担心这孩子不知道跑，怕他在混战中受伤。

少年果然没跑。而且反应奇快，马贼们还没搞明白发生了什么，已见少年挥刀过来直取头领，一刀砍在喉咙上，断了小半边脖子。

两人虽是初见，战场上竟有十二分默契，只片刻工夫就杀了个落花流水。定远的军队这时候赶到，郭子仪远远朝他们打个手势，都朝着匪徒逃窜的方向追过去了。

一时间谷中只剩下他们两人。郭子仪见坐骑累惨了，下马来稍事休息。顺手将水和干粮远远抛给少年。

少年认出这高挑英俊的青年就是白天来报丧的军官，一时间心里别扭，任由皮囊落在地上。郭子仪不满地啧了一声，只得过去捡。走近几步，少年忽见他背后扎了十几只乱箭，登时整个人都僵住，脸刷地一下就白了。

"你，你会死吗？"

郭子仪翻个白眼，没好气道："以前没死过，确实不太会。"

少年咬住嘴唇，几番犹豫顾虑，最终还是朝他靠近过去，盯着他的眼睛死死看了一会儿，犹不放心，又伸手飞快地摸了一下他的脸，好确认真的是活人。

是如他所料的，鹿一样的眼睛。圆转的线条甚至比他的兄弟们更加鲜明流丽。然而眸中却是掠食动物般的冷光。刀戟森列，严不可犯。郭子仪果真被他看得寒毛倒竖，当场认了怂。

"祖宗。帮我把箭拔了。"

这一身箭里大半是替那孩子挡的。然而他眼见少年心思重，就没有说出来。

少年终于看清他身上并无血迹，拔箭时方知内有软铠，一撇嘴，扔下箭走了。

"今天晚了，我先派人去给你家捎个信，明天再送你回去好不好。"他们踏着月色联辔返回定远。郭子仪怕孩子太困了跌下马，一路都在哄着他说话。

少年没有答。

"你刚才也太狠了。你杀了马，不怕他们杀你泄愤么？再不然，就算留你一条命，就凭你两条小腿走得回来吗？"

少年仍旧没有答。片刻后似乎想赶紧换个话题，淡淡问了句："你怎么找到我的？"

　　郭子仪一下子来了兴致，拍着身侧的箭胡禄："看见这个没有，这个叫'地听'。把它枕在地上，三十里内的马蹄声都一清二楚。我没见你时都知道你那里有十来匹马。"

　　李光弼虽幼习弓马，却头回听说这行伍间的奇技淫巧，当下掩饰不住钦羡的神色。

　　"你又怎么认识我的。"

　　"菩萨。灵州城还有不认识你的么。十三岁就跑到突厥地界里杀人。只怕全朔方镇的马都认识你了，这会正在通风报信：再不跑快点，教李光弼割你脖子。"

　　少年咬紧嘴唇，拼命忍着，然而脸还是红了。

　　"你，你少胡说八道两句会憋死吗？"

　　说话间两人已到定远军营中。李光弼下马来仰望着"唐"字大旗，眼睛里映着熊熊营火，泛起难得一见的暖意。

　　"我不回家。我跟你从军。"少年忽然拉住他的衣袖。

　　"好啊！……——啊不。不好！"他一个激灵反应过来。自己糊涂无能，已折了一个李家的郎君，万一再出个三长两短，别说做儿子做孙子，就是做牛做马也赔不起。"不行。你太小了。回家再长两年吧。"

　　少年眼里的火光熄灭了。

　　郭子仪心思通透，白天见了李家的光景，这时候多少猜到几分缘由，一时间对这孩子很是心疼："你二哥……一定待你特别好。"

　　少年的眼里顿时盈满了泪水，下意识挣扎着要跑，被他眼疾手快地拉回来。

　　"光弼，你听我说。"他按着孩子的肩膀，躬下身认真地与他对视，"你二哥，是个刚强勇猛的男子汉，是大唐的好战士，是我们眼里的英雄。你可知道殉国的英烈都会变成天上的星星，你想他了，只要抬头看看他，他千年万年都在那里守着你呢。"

　　少年已过了听童话的年纪，然而听他说得这样诚挚，还是不由自主地仰望起一天繁星，眼里光华流转，不觉看痴了。

"你看那颗星星，眨呀眨的，可不是你二哥在羞你么？十三岁了还任性乱跑，找得我急死了。"

少年忽然从他背上抢过弓矢，照着那颗寒星就是一箭。

"祖宗。这又是哪一出！"郭子仪急得直跺脚，"我的弓硬，看努伤了你。"

少年毫不理会，咬牙切齿地一箭一箭射出去。不一时胡禄已空，少年怅然扔下弓，已是满面泪痕。

"把星星射下来，他就回来了。"

郭子仪眼底一涩，一把将孩子抱进怀里。

少年肩臂剧痛，已没有了挣扎的力气，只得抵在他胸前，无声地哭湿了一大片衣襟。

"光弼。我在家也行二。以后我做你二哥好不好。"

少年抬起头，比星光更冷冽的一双眼睛久久凝视着他。刚刚开口还没出声，忽记起他刚才的拒绝，眼波一转，蓦然泛起与年龄完全不相称的怨毒。

"不好。"

无别

朔方节度使安思顺表为副，知留后事；爱其材，欲以子妻之，光弼引疾去。

——《新唐书·李光弼传》

1

安北都护郭子仪回灵武交割绢马互市的账目，被安思顺一把拉住唠起家常。

"我家六娘，十七岁了。小时候你还见过。模样性情么，我当爹的不好自夸，你不放心，再见一回也使得。"安思顺虽然一团和气，郭子仪却听得心惊肉跳，生怕他要把女儿嫁给自己。

不会吧不会吧。他大口啜着茶，滚烫的茶水碾过胸腔坠进胃里，好似沉甸甸的一团火，烧心灼肺。

不会的不会的。我家有正头娘子，正经太原王氏，安思顺再怎么看重我也……也没到塞女儿给我做妾的地步？不对。也不至于逼我休妻……吧。

"是这样。我记得李光弼悼亡也有好些年了。有封有爵的人了，里面竟没个当家的。你和他认识得久，劳你在两家中间说和一下。"

郭子仪一口茶喷在地上，呛得天昏地暗。咳了半晌，脸都紫了，哑着嗓子呜咽道："大夫……咳……大夫三思……"

安思顺一点都不想思："什么意思？他配不上我，还是我配不上他？"

郭子仪快给他跪下了："大夫……你和李将军都是大唐英雄，自然惺惺相惜门当户对。可这是令爱一辈子的大事，你也问问她才好。"

"她见过光弼。没话说。"

也是。李光弼那身板那模样，八面威风往那一站，谁有话说！郭子仪恨不得扇自己一巴掌。一计不成又生一计："他家……太夫人是契丹酋长家千金，架子大，规矩重。李将军常时回家，一言不合就挨棍子。令爱金尊玉贵的娇娃娃，万一去了被阿家为难……"

安思顺大手一挥："新媳妇小心服侍姑舅难道不是分内的事，都是一家人，打两下有什么。六娘聪明知礼，不至于怎样。"

"他都快四十了。京中还有个半大的儿子。"

"四十不是正当年么？正因为儿子没娘，才得抓紧办啊。"

李光弼回到朔方不到十年，从都虞候直被抬举到兵马使节度副使知留后。郭子仪咬牙切齿地想，安思顺要是能变成个黄花闺女嫁进李家岂不是公私两济四角俱全。他家六娘又有何辜。察言观色了半晌，认定安思顺是真的不知道李光弼的元配夫人是怎么死的。但他就算急红了眼也断不能拿这事说项，只好东拉西扯抓寻各种连他自己也不信的理由。

安思顺也察言观色了半晌，只觉得郭子仪的反应太反常了。"平日里有个婚丧嫁娶，你都热心得很，怎的到了他身上就一跳三尺高？果然你嫉妒他，嫌我没把女儿嫁你？"

郭子仪无语凝噎，半晌憋出来一句："你高兴就好。"

他的长官一挑浓眉，忽然开了窍："要么，他是你的禁脔，不许别人碰？"

只听喀嚓一声，郭子仪手里的白瓷茶盏活活被捏到以身殉职。安思顺悚然，脑子却终于活络起来，干笑一声试图缓解尴尬："这有什么不好意思的。他那样人物，我要是喜欢男人我一定也看上他。"

"老子不喜欢男人！我要是喜欢男人我先把你办了！满意了没?！"

安思顺生生被他震住了，半晌说不出话来，只眼睁睁看着郭子仪手掌里鲜血横流，却似乎一点也不知疼痛，掰胡饼一般片片掰弄着碎瓷。

尴尬的沉默中郭子仪渐渐清醒过来，为自己方才的崩溃哑然失笑。

"子仪无礼，让大夫见笑。我和光……我和李将军的事，还求你别再问了。"他的声音嘶哑起来，扔下满手沾血的瓷片，颓然抬头看着安思顺，"但我确实是替令爱考虑的。我在大夫麾下多年，大夫能信我一回最好。"

郭子仪预想过各种鸡飞狗跳的最坏结果，唯独没想到，李光弼听说这头亲事之后二话不说，封金挂印辞官了。

太狠了。一把年纪了，怎么还这么狠。

紧接着，还没等他去上门开导他"大丈夫功业为重怎么能这么任性"，下一次听到他的消息已经是：哥舒翰在长安给他谋了个金吾将军的职位，他连夜卷铺盖回京了。

郭子仪也没去找安思顺抱怨。想来长官此刻也满心邪火，他还是不去垫这踹窝的好。

他只没来由地恨起哥舒翰来。天理良心。他在这里上蹿下跳打嘴现世的，到头来竟让哥舒翰成了李光弼的大恩人。

这不是李光弼第一次不辞而别，也注定不是最后一次。那个人不擅长告别。他只会让每一次相见都刻骨铭心，直到最后，再无重逢。

最终安家小娘子还是寻了门好亲事，风风光光嫁出去了。郭子仪因祸得福，顶了李光弼的空缺，荣升朔方军二把手。喜宴上安思顺喝到半醉，一条胳膊搂着郭子仪肩膀，面露怅恨之色："你看你家，不都挺好的。李光弼怎么就这么难整……"

郭子仪眼疾手快地给他嘴里塞了块肉。堪堪躲过了这个话头。

然而，是啊，李光弼怎么就这么难整。

2

　　早在郭子仪成家之前，还在定远城做兵马使的时候，逢年过节必定要上李家走动，果真践行当初的承诺，像嫡亲儿子一样孝敬李楷洛夫妇。他首先注意到的不寻常处是李光弼特别爱惜衣服，出了门从不在外面随便坐，从马上下来第一件事便是前前后后掸去衣上泥点灰尘，一定要看不出任何脏污之处才肯进家门。

　　很多年后他才告诉郭子仪，李夫人痛恨家务琐屑，一见孩子们弄脏衣服就发脾气。他小时候在外面被坏孩子打了，回到家未及诉苦，劈头就挨母亲的巴掌：怎么把衣服滚得这么脏。

　　后来李光弼大了，掌握了足够的技巧，没再为弄脏衣服挨过打。然而这一巴掌终究烙进了骨头里。他一辈子都只穿深色衣服，衣箱里几乎是清一色的黑。

　　郭子仪带李家的孩子们去集市上玩，两个弟弟见什么要什么，光弼一路沉默，直到他再三追问，才低头说一句："我渴了。喝点水就好。"

　　不要甜酒。不要酪浆。不要任何精细的茶饮。就只要白开水。

　　通透聪明如郭子仪，也是如此这般几番过后才恍然明白：他和所有的孩子一样馋那些零嘴吃食，只是被严厉的父母打压惯了，不敢做一点取悦自己的事。

　　悟出这一点的时候郭子仪大半夜里躺在床上忽然就心疼坏了。他下面也有五六个弟妹，却从未见过这样的孩子，也从未对任何人怀有过这样的心疼。那时他设想过种种讨好疼爱孩子的计划，然而还没来得及付诸实施便调驻东受降城，一下子远离灵武上千里，几年间都没再回去过。他在给李家写信问安时也和少年通信。然而除了客套问候之外并没有谁多说什么，倒好像只是一封封从书仪里抄出来的例行人情。

　　有一次少年在信里以某种隐蔽的焦虑语气说，家里打算给他在京中安排个寺监文吏的出路，让他十分苦恼。

　　郭子仪对此并无意外之感——和别的蕃将子弟不同，李光弼从小就被摁着读书。他也完全理解一对在战场上痛失长子的父母的舐犊深情。在回信里他努力掩饰着自己的失落，调侃说，你到长安一定是台省华选，封侯拜相的时候大约早就不记得我这个边关戍卒了。

　　那封信寄出后很久没有回音。两个月后的某天郭子仪忽然被振武军使叫到府衙里，说有人指名道姓来找他投军。

　　郭子仪和李光弼在公堂里面面相觑了足有一盏茶的时间，四目相接，火星乱溅。最后主将都觉得不对劲了，把郭子仪叫到后堂里："你得去他家里看看。拐带节度副使家的公子，这罪名我可担不起。"

　　郭子仪把少年领到军营里安置下来。两人都不太敢开口。一个不问，另一个也不说，默契地对脚下的深渊视而不见。第二天郭子仪就动身去了灵州。

　　这回他倒没穿软甲，却做足了被扇巴掌的心理准备。好在李楷洛先出来见他："光弼给我们留了信。这孩子。"李楷洛苦笑着揉了揉额角，"从小就……让将军见笑。他母亲那里，劳你去和她说，光弼在军中只做长史，不上前线，让她安心就好了。"

　　不一时李夫人从后堂里出来。郭子仪见了这妇人，当场闪回到五年前上门送丧的一幕，条件反射地两腿一软跪了下去："阿娘。子仪对天发誓，这辈子刀山火海粉身碎骨我一定，一定护他周全。但凡伤他一根头发，阿娘只管拿我千刀万剐，子仪绝无半句怨言！"

　　李夫人看也不看他，长叹一口气。两个使女抬过来整箱四季衣裳。李夫人一件件草草看了一遍，啪的一声合上盖子，一语不发地离开了。

　　郭子仪返回振武时正赶上深秋第一场寒潮，朔风凛冽，塞外苦寒远甚灵州，李光弼却仍穿着刚来时的单衣。郭子仪下马来，看见少年冻得嘴唇发紫，心疼得恨不得拿自己的裘皮大氅把整个人都裹进怀里。

　　然而现在他已经不能这样做了。在听说李光弼从家里偷跑出来找他从军的那一刻他就知道，他再也不能像过去那样假装思无邪地肆意宠爱这个少年了。他打量着对方似乎在一个月内又长了几分的个头，试探着伸出一只手。他的手掌又宽又暖，渥在冰冷的耳轮上激起一阵刺痛眩晕。少年无意识地阖上了眼睛。

然而他只听到郭子仪说："回去罢。阿娘给你带了好多衣服。"

3

不上前线云云自然是哄女人的。李光弼在振武军很快崭露头角，成了郭子仪麾下最得力的先锋。但凡有人因他的年龄和出身有任何明里暗里的质疑，郭子仪只消带人到他营中逛上一圈，一切风言风语即不攻自破。

那是少年一生里最无忧无虑神采飞扬的一段时光。他的个子像竹节一样拔高起来，家里带来的衣服不再合身，偶尔也会接受郭子仪送他的颜色鲜亮的袍服，在同行出猎时特意穿给他看。

他并非拙于察颜观色，只是郭子仪过于擅长掩饰情绪，那两年里他从未注意到伙伴在望向他时，暖意融融的眼眸深处始终藏着一抹欲言又止的隐忧。到了年末各自回乡省亲时，郭子仪的千百种婆婆妈妈的叮咛让他忍不住笑道："我都二十岁了。"

郭子仪一分神，话没过脑子便脱口而出："是不是要成家了？"

少年勒住马，出其不意地望进他躲闪不及的眼眸里。他以为这个时刻就这么到了。然而下一霎少年已经放松缰绳继续上了路。最终他什么也没说，少年什么也没问。

是在第二年腊月里，军中再次开始为回乡打点行装的时候，送行的酒席上有人对郭子仪起哄：几时把嫂嫂和侄儿接来团聚，也好让兄弟们孝敬一回。

郭子仪一声喝断："臭小子，又欠揭你那皮！"

说话间，始作俑者脑门上已经挨了一串爆栗。"谁是你嫂嫂。二哥娶的是世家千金，钣金镂银的太原王。你叫一声嫂嫂就该被割舌头。"

郭子仪顾不得和他们多嘴，眼见一个黑衣的影子倏地起身离席，当场扔下杯盘追出去。

这不是他第一次被开玩笑。只是李光弼平时不合群，几乎从不参与这样的欢宴，竟直到此时才刚刚听说。

他从身后一把拉住少年的手腕，一路拽到远离营房和篝火的空旷处。出乎意料地没有遇到任何反抗。直到四周只剩微茫的月光，已经几乎看不清对方面容的时候才终于听到身后响起冷静的声音："可以了。"

郭子仪停步回身的间隙已被少年挣脱了手。在寒星般的目光逼视之下他硬是鼓不起一丝勇气再靠近半寸，只得隔着冰冷的黑夜站在离他无限远的地方。

"你已经是而立之年了。成家立业天经地义。"

在他头脑尚且一片空白的时候，那个冷静到不近人情的声音自顾自说了下去。没有一丝多余的气息，熟练流利得好像在念一段演练过千百遍的台词。

"你是世家子弟，婚宦都早被人安排妥当，自己做不得主。"

"光弼……"他看见对方悄然将双手藏在身后。就那样中邪一样盯着，似乎想让目光穿透暗夜和少年的身体，看到他藏在背后的手。而那人说的话，他一个字也没有听进去。

"你上有高堂双亲，等着含饴戏孙。你是孝子，你不能辜负他们的期望。"少年极罕见地抬起下颌，用微微下视的角度无声质问他：你不就是来和我说这个的吗？

"你一直瞒着我，是因为我脾气古怪，怕一言不合伤到我，一直不知道该怎么开口。可是事已至此，你也想趁机劝导我，男人要立业，要做官，要传宗接代撑起一个家。到了年龄，谁不得娶妻生子。你还要我相信，无论你做什么，你待我的心意绝不会变。"

"光弼！"莫名的恐惧压倒一切。他踏上前半步，暗地里打定主意无论少年怎么挣扎躲闪都绝不放手。然而对方没有躲。只是默然低下头，寂静的黑暗里传来齿尖蹂躏嘴唇的声音。

"你还有什么要说的？"

"光弼。让我抱你一会。"

他们极少有身体接触。上一次这样结结实实地拥抱还是在相识的第一天。郭子仪惯常和部将们勾肩搭背，却每一次都被少年执拗地躲开。他后来也明白那种抵抗正如那孩子十四岁时去集市，什么都不肯吃，只要喝白开水。

他不敢享受。因为他深知自己在那种诱惑面前没有一丝招架之力，沾上一点就是没有尽头的沉沦。

可是此刻怀中人驯顺极了。不但没有一丝挣扎，甚至伸出一只手极轻地贴在他后背上。郭子仪趁机将少年的左手拉到眼前，初起的残月照见手背上血痕斑斑，重重叠叠的指甲印几乎没留下一寸完好的皮肤。他心里的弦铮的一声断了。使出上阵的力气压制所有逃离的企图，将那只手按到唇边疯了一样地吻起来，重重舔着微咸的血迹，甚至完全顾不得会不会刺痛伤口。

"天……我怎么疼你才好。"

少年被他吓傻了，一只胳膊还不知所措地僵在他后腰上，失去知觉般靠进他怀里。

他知道已然不可挽回了。拼尽两个人全身力气维系数年的界限像黄河凌汛里的一片薄冰，在春水洪流里瞬间碎为齑粉。

他仍吻着他的手背，却仅仅是为了掩饰失控的欲望。唇舌已经没了知觉。只剩下中毒般的渴念。

一刻也熬不下去了。这是他的人。他得疼他。

在最后一刹那他心虚地看进对方眼睛里。只要一点。他想着，只要看到一丁点的迟疑抗拒他对天发誓他立刻就放手。

夜那么黑。细碎的冷光像是来自瞳仁深处。那是他从未见过的，动物般无助的眼神。是幼弱的鹿在被豹子撕开血管时一刹那的空茫绝望，抵死挣扎到此为止，瞳孔散开听天由命，天光云影悠然漾进来。

那双眼睛告诉他，只要他想，做什么都可以。只要他想，就真的可以支配他的一切，毁掉他的一生。电光石火的一刹那郭子仪被自己所读到的讯息吓住了。倔强的少年是全军知名的硬骨头，在他面前却只要一个柔声低唤便如幼兽被咬住后颈，毫无抵抗地把自己如空杯子一般捧到他面前，任他往里面注满痛苦。

少年应该是从第一天就明白他能得到的只有痛苦。可他仍旧如此这般不知妥协，义无反顾。郭子仪心头剧震，咬牙切齿地推开怀中人，心里恨毒了自己。他曾想给他有自由、有选择、有退路和无限安全感的爱。然而现在他连最起码的底线——不要伤害他——都守不住。

他无力地放开他的手。朔风吹过，身上的冷汗将骨髓都冻透了。

"光弼。你走。"

少年怔了极短的一个刹那，然后垂下眼帘，依旧如幼兽般顺从地转身离开了。

他只在家里待了很短的几天，匆匆赶回朔方时却还是听到了李光弼调任河西的消息。少年但凡到了他的视线之外便是令他望洋兴叹的坚定决绝。他只能安慰自己，从今往后，他至少不会再伤害他了。

少年留给他一个木盒子，如他所料，里面是这些年他送过的所有礼物。他热衷于送他各种精致贵重的玩意，他曾那样纯真热诚地想补给他一个被捧在手心里宠爱的童年。

是在不通音问好几年之后，他在万里之外的岭南才第一次仔细查看盒里的东西。回忆不请自来。每一件他都记得。数到最后他甚至知道缺了一件礼物。少年刚到振武那年第一次离家在外过生日，他送他一把镔铁短刀，没有被还回来。取而代之的是一个他从未见过的小荷包，打开来里面是一个赤金长命锁，上面錾着他长子的名字。

那时郭子仪绝望地想，他大约再也见不到他了。

4

　　十年后李光弼在河西将赤水军整治得名声在外，安思顺乃至安禄山都千方百计想将他挖到麾下。郭子仪听说这事，心知无望，暗自为长官惋惜。表面上却还装无辜地惊问：李光弼是什么人？

　　话一出口他就后悔了。这么多年过去，他曾以为那些荒唐往事早就远了淡了无所谓了。然而当安思顺讲起那年轻有为的将领，言语间毫不掩饰的欣赏偏爱瞬间就刺痛他心里藏得最深的某个位置。那时他努力看着安思顺神采飞扬的脸，装作在专心听他说话，心里却只顾颠来倒去强迫自己默念一句话：他不会来的。不会来的。不会来的。

　　他已经没有底牌了。再见到那人一眼，就只剩下万劫不复一条路。

　　很快他就打听到李光弼已在河西成家，有过两个儿子，却不幸在居父丧期间连失长子和发妻。那人的这一次调任，他对自己解释，大约也是想离开伤心之地。

　　他比世界上任何人都更希望那人有一个幸福的家庭。却也比世界上任何人都更清楚，只要他还在，这就是不可能的奢望。

　　但他从没问过。即便后来亲密到那样的地步他也从未主动问过。倒是李光弼偶尔说到了，并不刻意回避。

　　"我对不起她。做什么都没用了。只能寄希望于下辈子……希望她能有机会报复我折磨我。

　　"我不知道。也许并不是因为你。但我就是做不到。我做不到逢场作戏，假意殷勤，没情分还装作温存体贴，扮戏一样相敬如宾。况且……她也不是好骗的人。

　　"……我没有说你逢场作戏的意思。"

　　他叹口气，除了用温热的手掌抚慰对方身上一道道自残留下的伤痕，也委实做什么都没用了。

战乱初起时，李光弼授河东范阳节度使，率先领军东出井陉。郭子仪在关中整顿兵马随后驰援，顺便将李光弼家眷搬去太原。

李夫人已经满头银发，精神丝毫不减当年，一肩挑起整个家。经过这一场乱离，她对郭子仪似乎也亲近了几分。见面时真个如亲人一般嘘寒问暖："你家那一群娃娃们，可都安置妥帖了？"

郭子仪说都送去灵武了。有弟弟家帮衬着，不愁什么。

老太太点点头："清平时节不觉得怎么。这时候可就知道什么叫多子多福了。光弼就这一个独苗，从小没娘，七病八灾的，我死了都不知怎么给李家列祖列宗交代。"

郭子仪心一沉，忙赔笑道："光弼志气远大，匈奴未灭何以家为。——再者，还有光颜和光进……"

李夫人一抬手打断他："郭将军，你如今日理万机，我也不拐弯抹角耽搁你时间。你这次去常山见了他，得给他把这事办了。"

"办……什么？"

"娶妻也罢，买妾也罢，我都不问了。他不能只有这一个孩子。——他如今大了，为官做宰，不把为娘的放在眼里。我说不动他。这事你看着办。你当年在我面前指天誓日，这些年他怎么过来的，你眼睁睁看见。万一有什么万一，你就安心看着他绝后！"

"阿娘……"郭子仪躲着她锐利的目光，手心里满是冷汗，开口时每个字都在抖，"阿娘，你心里不痛快，只管揍我出气。只求你……别为难他。"

"人活在世，谁不受为难。他从小和我不亲，可我做娘的，什么事我不知道！他过去怎样荒唐胡闹我都忍下来了，如今不过是让他生个儿子，他一个男人，还委屈了？！"

"阿娘。我都懂。你老这一片心，光弼也都懂。可这不是……他现在挂着两镇节印，全大唐的平叛大计都在他一人身上。就不能等建功立业衣锦还乡的时候再……"

　　老人冷笑一声："不用给我说这些。我看了一辈子汉人打奚人，奚人打契丹人，契丹人打汉人。什么平叛什么立功，无事生非烧杀抢掠罢了。打胜仗立功，打败仗投敌，都是作孽，谁也没比谁高贵。会打个仗有什么了不起。一个顶天立地的男子汉，连一个家都撑不起来，我都替他没脸。"

　　郭子仪急得直跺脚，几番想打断老人的指控都没能成功，最后还是扑通一声跪下来才终于有机会开口："阿娘，求你了！看在光弼份上，别说这样大逆不道的话。万一外人听见，你教光弼怎么解释！你说的事……好。我答应。包在我身上。明年这时候一定让你抱上孙子。子仪只求你……心疼他一点点，行么……"

　　老人冷冷一笑："他长这么大，心疼过谁？"言毕即拂袖而去。

5

　　至德元载四月，郭子仪领蕃汉十万精兵出井陉与李光弼合军，一举击败史思明，收复了常山郡内最后一处被叛军占据的九门县。那是常山被围困四十余日后的第一场胜利。朔方、河东两军都打得扬眉吐气。李光弼难得如此高兴，特意开了酒禁，让将士们尽情庆功。

　　他们很久没有像这样相对举杯开怀畅饮了。战争的阴云仍在空中。可所有人都坚信以官军这样的锐气，有这样默契的统帅，扫平河北只在指顾之间。那天就连李光弼也当不住众人殷勤相劝，一杯一杯喝到了七八分。被闹得吃不消，正待求援时，席上却不见了郭子仪的身影。

　　最初一阵微微的失落过后，他倒也没怎么放在心上。只当是那人累了一天，自回去歇下了。在那之后李光弼便停了杯。热闹的凉夜里他似乎是整个营地里唯一沉默的人。刚刚泛起的一丝微醺在上弦月没入西方山脊的时候也悄然散尽。坐到夜风渗凉的时候，郭子仪也没有再回来。李光弼到营地周围巡视一遍，回了自己的军帐。

　　帐里竟亮着灯。李光弼刚有三分疑虑，进帐只见自己榻上赫然坐着个女人。大惊之下第一反应是走错了地方，连忙退出门四下里张望。

　　"李光弼？"女人冷不防叫住他。

　　李光弼顿住脚："你叫我？"

　　女人扔下团扇，露出鲜明俏丽的一张鹅蛋脸："你没走错。"

　　"你……"李光弼心里咯噔一声，千头万绪，不知该先为哪一头发急。勉强定了定神，先出去教牙兵都散了，只留几个人远远站岗。回来掩了帐门，一阵风到帅案前翻检一遍。只见兵符印信都在，书诏章奏也没有被动过的痕迹，方才舒了口气，目光重新落在女人身上。

　　女人始终一声不响地看他折腾，一双清水眼里波光流转，除此之外整张脸上再没有一丝表情。到了四目相对之际她微微抬起下颔，直望进男人井水般深不见底的瞳仁里。

"郭子仪送我来的。"女人被教过一整套婉转动人的辞令，却在方才的那一刹那里擅自改了主意，"他说，你得再生个孩子。"

李光弼纵然早猜到了七八分，却禁不住那女人冷眉冷眼挑衅般的语气，登时一股无名火起，随手抄起案上的什么器皿照地上砸个粉碎，拉开帐门指着外面。

"出去。"

女人轻巧地一敛眉："一个妇人家半夜从主帅帐里出去。教麾下将士们看见怎么说，你想清楚了。"

一边说一边从床上垂下一条腿，拿鞋尖勾过一片碎瓷，饶有兴味地研究上面的釉彩。

沉默的对峙中李光弼知道自己已经输了，只好用最后一点斗志拼命压住着嗓音里的颤抖："那好。我走。"

女人终没忍住一个冷笑："你最好别去找郭子仪。这样气头上再和他干上一架，犯了军法，两军主帅被虞候摁着打屁股，场面也忒好看。"

李光弼被母亲从小打到大，在女人面前一向是色厉内荏。何况这女人牙尖嘴利更胜他亲娘十倍。这时候表面上怒火冲天，心里早被震住了。他分明知道这女人也是身不由己，更没曾做错什么，说的话也句句占理。——他所有的愤怒都不过是暴露自己的无能和荒唐罢了。

后半夜的凉风吹着他一身的冷汗，捏紧的拳头不能自制地打着颤。就在他觉得自己即将崩溃的最后一刹那，女人款款下床来，从满地碎瓷间漫不经心地踢开一条路，当着他的面轻轻掩上帐门。

女人脱下繁冗的层层礼服，只剩一身半新不旧的细麻衫裙。已不是豆蔻年华的纤柔身材，却自有一番玲珑风致。随着华服一起被脱去的还有她脸上冷冰冰的嘲讽神色。当她再次开口的时候，声音明显柔和了许多。

"郭子仪的长子，是叫郭旰吧，上个月在东陉关中了乱箭，死了。"

李光弼浑身一震，扶着门柱才堪堪站稳："真的?！我一点都不……"

"你不知道的事多了。"女人微微一皱眉，努力打叠起几分耐心来，

"我没问。但我猜是因为这个。你就一个儿子，在太原也不牢靠。等你死了，教人连个念想都没处放。"

"太原不安全，难道长安洛阳就安全吗？"

她一撇嘴："我一个妇人家，自己的命都做不得主。你和我说这些干什么。——看你醉得语无伦次，和你吵架也胜之不武。你睡罢。有什么话明天再说。"

李光弼彻底败下阵来。更兼夜色已深，一天的劳累后困得脑子都转不动了。极度的疲惫中他什么也顾不得想，横下一条心，解下腰带和衣倒在床上便睡着了。

第二天按计划要出巡土门县。李光弼清晨醒来，见那女人正对镜梳妆，脸上照旧不见悲喜，却神情自然得好像已在这帐里住了一辈子。李光弼一面草草穿衣一面盯住镜匣里一整套精美的错金妆具，不用问也知是郭子仪给她置办的。那人在他的事上一向心细如发。昨天他听这女人的乡音便知她是辽东人，家乡大约离柳城不出百里。想也是郭子仪专门安排的，以为他遇见同乡能多几分亲切。

就连昨夜里一杯一杯灌他酒，也都是精心设计好的。

他大概得感谢那人尚有一丝良知，没有在酒里动手脚？

李光弼脸色渐渐沉下去。女人梳洗完毕，脸上没有施粉，在镜中看见李光弼起身下床，画眉的动作没有一丝停顿，隔着金属冷光一眼就看穿了他："还在想找郭子仪打架。"

太可怕了。这女人的读心术，简直是个穿裙子的郭子仪。——那人甚至知道什么样的女人他根本招架不住！冷场了片刻，李光弼忽然问道："你姓什么，家在哪里，是怎么被……被他挑上的。"

"姓高。娘家在营州，父母都死了。兄弟将我卖到华州富人家里做妾，他娶了夫人，又把我赶出来。我没家没产，吃不上饭，没奈何，自己卖身为奴，这几年就在郭家服侍几个小公子。"

她说得轻快，李光弼却立刻听懂了其中关节，心软下来，不觉皱起眉："他送你来，也没给你放良？"

高氏一撇嘴，拿看傻子的目光扫了他一眼。

"我去找他。"

高氏完全没有料到他这句话，一时间怔了。等她回过神来李光弼已到了门口。她飞一般赶过去拦住他，情急之中一把拉住了他的手腕。

"你去干什么……"

李光弼不动声色地抽出手。"我不和他打。"

"你……"高氏意识到自己方才刹那的失态，尴尬间复又堆起一脸冰霜，"你找不到他。他一早带兵去赵郡了。"

真是一点毛病都没有。

6

攻克赵郡只用了一天时间。到傍晚，大获全胜的朔方军将卒扛着"战利品"志得意满地凯旋。却在城门口遇到了麻烦。

李光弼带着几个牙兵就坐在城门边上。旁边拿木栅临时搭起一处围栏。见了满载而归的唐军，一句话也没有，只朝围栏指一下。军中但凡有认得当年李虞候的，这时都心有灵犀，将劫掠百姓的财物丢进围栏里，暗骂一句晦气便空手出城了。

到底还是有新兵不甘心，却多少听见过风声，谁也不敢先出头，只远远围着观望，指望有人来替他们做个主。

他们看见郭子仪的时候都乐开了花。

谁料郭子仪听他们嘁嘁喳喳讲了原委，一反平日里的温和宽厚，只冷冷道："想劫掠百姓，你可以去投逆胡。况且如今范阳节度使姓李不姓郭。在人家地面上，好自为之吧。"

将卒们无言散去。郭子仪待城中安定下来，天也黑透了，方独自到城门口去见李光弼。

"要不要搜搜我身上，万一藏了金银呢。"

李光弼面无表情地扫他一眼，嘱咐身边判官将没收的财物归还百姓，随即起身离开。

郭子仪随他走到拴马的地方，周围没有闲人时，方挽住衣袖温言相劝："我知道你心里有事又不好说出来，怕教人议论'两帅不睦'。要不，我们半夜里找个没人的地方，你再揍我一顿出出气。"

李光弼简直哭笑不得。又不愿给他看见，只好把脸转到一边去。冷场了很久。只听见马在旁边鼻息咻咻，好似一声接一声地叹着气。

"你……生事也挑个时候。就不能等打完仗再琢磨这些乱七八糟的。"最终开口时倒是极平静。郭子仪深知他的性情。乍看阴冷沉鸷令人生畏，其实都不过是自我保护的一层伪装。只要和他讲道理，从没有讲不通的时候。

"那要是打不完呢？"

"就不能说句好的。"他检查一遍鞍具的束带，已经准备上马。

郭子仪生生从他和马之间挤进去，两人的胸膛几乎快要贴上。远处火炬的光映到眼里，只剩下小小的一点。

"光弼。假如我们打不下河北。假如我们对这乱世无能为力。假如大唐竟至覆亡。假如山河崩塌，太阳熄灭，黑暗永无终结。你可想过，未来要怎么过？你就一直这样折磨自己，折磨家人，把身体熬坏了，教令堂白发送黑发？"

说者无心听者有意。李光弼听他提到母亲，电光石火间总算明白这一场闹剧是从何而起。然而他又能说什么。他只想杀死他们之间这深厚到令人窒息的默契。

"问我这些干什么。就算明天一觉醒来还是开元盛世，于我又有什么区别。"

问什么山河崩塌太阳熄灭。他的世界里，早就没有了别的光亮。

郭子仪没有和他争执。只以极低的声音说了一句："光弼……让我抱你一会。"

他知道有那么几句话对那个人就像咒语一样，只要说出口就绝无失算。

隔着厚重的甲胄。没有温度也没有触感。只有近在耳畔的呼吸声悄然交换着疼惜，抚慰，不能见光的眷恋。

李光弼自然知道自己的软肋在哪里。可软肋之为软肋，也正因为他拿自己一点办法都没有。那人最隐晦的一点温存暗示都让他毫无招架之力。

再开口时，声调已经完全变了："令郎的事……我听说了。很难过。要是能为你做点什么……你告诉我。"

郭子仪跳过了这个话题："你的病。不能再这样下去了。就算是为了给国家多打几场胜仗，也得有人好好照顾你。"

"你把她当人看么？"

这回轮到郭子仪笑了："宁做太平犬，不做乱离人。都到这个境地了，但凡有机会，我都不想做人。她是个聪明的，不会恨你。可是，假如你肯替她考虑一下，还是给她一个孩子，好让她在你家站住脚。"

几串脚步声渐渐靠近。李光弼慌忙错开一步和他保持得体的距离。郭子仪轻轻拍拍他的肩，道了别，目送牙兵们簇拥他离开。

李光弼回到营中已经是后半夜。看见帐里亮灯竟已不觉得意外。高氏已向床里面睡了。案头放着几碗清淡的粥菜，不热不凉刚刚好，是极少几样他在脾胃失调时勉强能吃下的东西。

女人直到他偷偷摸摸吃完才醒过来，也未起身，只侧倚在枕上静静看他更衣洗漱。

他莫名窘了一下，扫一眼杯盘狼藉的几案，急于说点什么掩饰心虚："我可以给你出文书。你想走，随时可以走。"

高氏哂道："兵荒马乱的，你让我走哪里去？"

"我不知道。或许总比在我家强。我给不了你……"

"很不必。"高氏冷静地打断他，"我给你家生个儿子，将来有他一份家产，我就有了着落。不就这么点事么。"

他踌躇了一下，觉得还是有必要说出来："生孩子很疼的。"

高氏撑起身子笑出了声："那点疼算什么。我前两个孩子，生下来就被人抱走，再把我赶出门，一辈子见不上一面，那才叫疼！"

笑着笑着就哭了。

第二天一早出门时他在放碗碟的地方留下一纸盖了官印的放良文书。他这个徒有虚名的河北节度使，他想，总算不是一无所用。

7

高氏确实是个聪明女子。到太原见了李光弼的母亲，三两天就把老太太哄得服服帖帖。李象从小没娘，脾气阴沉沉的，眼看就要长成第二个李光弼，谁知见了高氏竟渐渐开朗起来，肯说肯笑，有了几分富贵人家公子的模样。再等到生下一个团头大眼的儿子来，李夫人喜得没入脚处，甚至对李光弼的态度都有了起色。——祖宗在天之灵开了回眼，儿子荒唐了大半辈子，如今总算干了件人事。

郭子仪再次见到她的时候，他们一家已经从太原搬到河中府，高氏的孩子李彙已经跟着浑瑊识字读书了。他是奉新君之诏，来河中府搬取李光弼家眷入京的。李夫人尚不知李光弼在徐州的病情，只想着到长安能与李光进团聚，三代同堂心满意足，乐得合不拢嘴。高氏当面无话，背后无人处方扯住郭子仪："圣人疑他了。要押我们做人质。"

郭子仪忙做个噤声的手势："胡说什么。你信不过圣人，还信不过我么？"

女人冷笑："他都那样了。……横竖等他死了，我们就自由了。我只替他不值。"仍旧是冷冰冰的言语，说到后面时目光却躲闪起来。

郭子仪的声音也当即沉了下来："我来，其实就是想求你去徐州看看他。再不去……怕就见不到了。"

高氏用看傻子一样的目光扫了他一眼："他想见我么？"

回京路上高氏一路守着李彙，再没跟郭子仪说一句话。李夫人和郭子仪同坐一辆车，一路颠三倒四数落了几百件李光弼做过的恼人事。

"我也生养了七八个男女，只没见过他那么难整的。光颜和光进都淘气，可是心思单薄，什么都和我们说。他么，表面上恭恭敬敬，一眼不见，什么都做得出来。十八岁时他爹给他在长安找好了差事，官诰都下来了，他嘴上没曾说过一个不字，谁知半夜里偷偷就跑了。天，你也是做爹的人，你可曾见过这样的孩子……"

郭子仪怔怔地听着。他从未和李光弼细谈过那次离家出走，尽管，他想，双方都清楚那是少年第一次热烈的告白。那样一个阴郁内敛的人，唯独对他毫无保留。这么多年后回看这明艳到不真实的一幕，尚有无数悲喜爱悦亟待分享，却已连最后一次告别都成奢望。

"给他娶的新妇，要门第有门第，要模样有模样，自来我家没走错一步路。他可好，放定时不说话，过礼时不说话，孩子都有了两个了，忽然嫌弃起娘子来，自从他爹过去就再没进过房里。可怜那妮子也和他一般脾气，明面上逆来顺受，心里不知恨得怎样。赶上大郎出花儿折了，媳妇半夜里三不知地一条索子就寻了短见。天么，你家儿女也有嫁娶，你说说，我们这是上辈子欠他么？"

郭子仪仍旧石像一般木然坐着。马车颠簸中被车厢磕了后脑勺都没有一点反应。恍然意识到老太太在问自己什么，含糊嗯了一声，随即意识到可能回答得不对。然而他已没有了深究的心思。他一辈子八面玲珑长袖善舞的心思在这天都枯竭了。

"小时候倒还挺乖的……"李夫人也根本没曾在意他的反应，仍在絮絮不止，"真的。一直到十三岁上，还是人见人爱一个齐全孩子。自打他二哥没了，竟像被鬼迷了心窍，从此整个人都不对了。"

郭子仪已是一个字也听不到了。他的整个身心都被惶惑无措的恐惧感占据。他怔怔地望向老人的方向，却什么也看不清楚。最终开口时他完全不知道自己在说什么，恐惧已如一个完整的生命寄生在他的喉咙里。

"阿娘。"那个声音说，"我们再也见不到他了。"

邪教

光弼使为地道，至贼阵前。骁贼方戏弄城中人，地道中人出擒之。敌以为神，呼为"地藏菩萨"。

——《旧唐书·史思明传》

伊斯万万没想到自己第一次传教会是这样。

"初。皇父阿罗诃创制天地。

"地乃虚旷混沌。晦冥临于渊。天尊之灵行水上。

"天尊云，宜有光。遂有光。

"天尊视光而悦之。……"

李怀光拍案而起："邪教。又出去。"

伊斯真情实感地抖了一下。他听说这位将军是很会杀人的。

郭子仪似乎全程都在打瞌睡，这时候天神下凡一样睁开眼睛帮了他一把。

"犯了李虞候的尊讳。换一段讲罢。"

李怀光没等他说完便脸色铁青，一路摔着帘子走了。

伊斯一点都没有气馁。

尽管他将遥远的大秦国吹嘘成"法非景不行，主非德不立"的景教圣地。但伊斯本人心里还是有数的：景教是异端。他们四处颠沛是为着逃避火刑柱。不是邪教，谁会来贵唐呢。

他脑子活络，执行力超群，很快就从中土的各路僧道那里学会了传教的正确姿势：先找女人和老人下手，这些人无所事事，有充足的空闲听他鬼扯。然后再向下一代渗透。十年树木百年树人，他有的是传道者的耐心。

杨炎万万没想到自己第一次求职会是这样。

王缙陪他在帐外等候期间一再安慰他："别这么紧张。李尚书厉害归厉害，从不为难讲理的人。你这个脾气他一定喜欢的。"

杨炎刚要辩解自己并不紧张，却被一阵奶声奶气的婴儿啼哭打断了。两人惊诧地望过去，只见一个白面皮卷胡须的胡僧一脸崩溃地抱着个娃娃，孝服似的白袍前襟上洇着一滩可疑的水渍，正徒劳地试图用轻柔的声响哄孩子。

好在那娃娃一把抓住了胡僧胸口一个十字形的吊坠，放进嘴里吮起来，暂时停了哭闹。杨炎和王缙不约而同地舒了口气，交换了一个"这都什么鬼"的眼神。

这当口上，一个卫兵过来唤他们进帐。杨炎下意识低头看了一眼自己的前襟，确认没有什么破绽。就这一霎的耽搁，竟被那胡僧抢先一步进去了。

王缙"喂"了一声，刚伸出手去，那人已进了帐。王缙不好在主帅面前动手动脚，忙一把将杨炎也拉进去。

"尚书，这是小杨山人。他在凉州写的河西厅壁记，尚书看过说好。"

王缙仍在殷勤引见，杨炎心里已是咯噔一声，连道晦气：那白袍胡僧不消说一句话，就往那里一站已然是全场焦点。帐外的卫兵们连脑袋都不敢转一下，却恨不得挖下一双双眼珠子送进来围观。

李光弼手里流水价批着公文，先含糊做了个致意的手势，等着杨炎开口，半响没听见声音，方搁笔抬起头来，正被那胡僧和他怀里的婴儿撞了满眼。

杨炎赶紧在后面行了个礼："他不是杨炎。"

李光弼惊魂未定地瞟了他一眼，流露出几分感激。然后杨炎见识了什么是大将风度。李光弼的目光只在那奇装异服的胡僧身上停留了半个刹那就抓住了重点："谁派你来的？我母亲还是他母亲？"

"是尊夫人。"

李光弼肉眼可见地松了口气："你快把他送回去。这么小，一刻也离不得娘。——他母亲脾气难缠，你别和她一般见识。就说我见过孩子了。辛苦她。"

他没有任何资格感到恼怒。他深知那女人没有亲自抱着娃娃闹进军营里已经是给足他面子了。

王缙已自猜到七八分，先侧过头去朝杨炎低声道："你别误会……不是私生子。"

杨炎快疯了。太原被史思明围得铁桶一般，这帮人都在搞什么？

王缙看见他的脸色，忙又解释了一句："尚书三个多月没回私邸了。怕是还没见过小公子。"

那胡僧却不走，轻轻晃着婴儿嗫嚅道："尚书……尊夫人……非要给他取小名叫弥诗诃。"

"什么？"李光弼和王缙同时问道。

胡僧从婴儿口中抠出吊坠，放在胸前珍重一按，按出一个十字形的口水印子。"弥诗诃是，是受膏者，是天尊皇父阿罗诃之圣子。《明太法王经》云，圣子讳翳数，因将救其民出于罪也。"

"我知道了。她为什么要取这个名？"李光弼礼貌而冰冷地打断了他的布道，以处理军务的认真审慎讨论着这个荒诞的话题。

胡僧迟疑了一下。王缙抢答道："想是和有人家给孩子叫观音、药师、无量寿一样，取个吉祥意思。——不过，以尚书之尊，何必从个邪教里讨吉利呢。"

胡僧没有理会王缙的宗教迫害，就事论事道："尊夫人说……令郎生下来只见娘不见爷，和圣子弥诗诃一样……"

杨炎忍笑忍得脸都抽筋了。然而李光弼只是黯然垂下眼帘："是我的罪过。你和她说，辛苦她。

等贼寇退了，我自回去照看她们。——这名字很好。依她。"

婴儿嘴里没了东西，终于咿咿呀呀地哭起来。胡僧被一双小手揉搓得面团也似，却还赖着不走，努力做着最后的挣扎："尚书。这不是什么吉利名字。经云人皆有罪，死则鞠之。弥诗诃献己以负众罪……"

李光弼毫不迟疑地点了点头："他确实负了我的罪。"

杨炎瞪大了细长的眼睛，拉着王缙草草告辞了。

"我还是另谋高就罢。劝你也离他远点。"杨炎离开军帐十步外，手指点着自己的太阳穴，"他不对劲。"

王缙作为一个有神论者，对此颇不以为意。然而几日后他忽然遇见那个名叫伊斯的胡僧一身常服来军府中点卯，竟被李光弼辟作了判官，一时间很替杨炎不平。

六月里，史思明被耗尽了脾气，带着主力撤离，一度危如悬丝的太原城总算得到一丝喘息的机会。王缙到城北的医馆里交割药料，一眼又看见那胡僧，穿回了孝服也似的白袍，周旋在一个个伤兵之间忙得脚不点地。王缙心里好奇，以为他有什么新奇的医术可以起死回生。悄悄观察了一会儿，却见伊斯专拣那些濒死的重伤者，傍身坐着，也不施针也不喂药，只摸着病人的额头念念有词。

"天尊曰勿惧，我已赎尔，呼尔以名，尔为我有。

"尔涉于水，我必与俱。凭河而不溺，经火而不焚，其焰不爇尔身。

"灾祸不临尔身，疫疠不近尔幕。

"天尊必遣其使，佑尔于诸途……"

在王缙看来狗屁不通的经文，对那些在剧痛和死亡泥淖中挣扎的伤兵却似真有几分作用。一个个辗转哀号的身躯在那人的安抚下渐渐平静，颇有几人攥着他的手不肯放，竟像遇见亲人一样向他絮絮地诉苦。

王缙看了半晌，心里莫名酸溜溜的，干咳一声打断他："超度往生，也须等人死透了罢。"

伊斯并没有认出他来，只以传道者的耐心解释道："这是临终受膏，生前除了罪，才得升往天国。"

"被你抹一把油就除了罪业，贵教修行也忒容易了点。"

伊斯却没有和他说话，站起身行了个礼："尚书。"

李光弼不知已来了几时，答了礼，对王缙道："夏卿。让他忙他的。你去北寺里和僧众说，一会还有二十几人送过去，教他们预备晚间下火。"

伊斯一开始还有几分得色，及至听见一个火字，忽然警惕起来："什么是下火？"

王缙职业病发作："下火，就是教高僧给他们念经超度，火化了尸骸，各自往生。"

伊斯下意识地挡在伤兵前面："这怎么行！只有在地狱里才入火湖……"

李光弼的下颌绷紧了一下，但还是耐着性子解释道："城外不安宁，城里哪有地方营葬。暑热天气，万不可闹出时疫来。"

"我们脚下的不是地么？埋葬死者不是你一军主帅的职责么？我千辛万苦救拔他们，导引他们到天尊的牧场上，我只要还有一口气，绝不让他们被地狱的硫火去烧！"

王缙没料到那个婆婆妈妈的胡僧竟有顶撞李光弼的勇气，一时对他刮目相看。然而眼见主将的耐心即将耗尽，当仁不让地上前一步："下地狱就下地狱。我们这里现放着地藏菩萨，具大慈悲，拔众生苦，解脱地狱永不复入。——谁怕你那地狱呢。"

"地藏菩萨？"伊斯一脸迷惑，隐隐记得自己从叛军的惊呼中听到过这个名词。

王缙嘴角一抽，没忍住笑。

"王少尹！"李光弼一脸牙疼的表情，翻个白眼喝住他；转脸对伊斯道，"非常时期，活人比死人要紧。你对病人尽你的心，我们自去处置死者，两不相犯。"

伊斯已经是出离愤怒了，脑袋一热，该说的不该说的一股脑脱口而出："什么叫两不相犯！尚书的元配夫人自缢身亡，不得救赎安息，你不就为此日夜苦恼，忧心成疾么？你就不能推己及人，让他们和亲人免受此苦吗?！"

医馆里依旧人来人往，哀嚎声此起彼伏，没有人察觉在这个角落里空气都凝固了。

王缙拿手把下巴托回原处，好歹把脸上的表情从"还有这种八卦"

切换到"诶你不要命了"，自始至终没敢看李光弼一眼。

伊斯忽觉手心湿黏，低头一看十字架被攥得太紧，早将掌心扎得滴下血来。后知后觉的痛感忽然唤醒了他的理智。他在军中这些天如何不知主将的脾气。殉道也不该殉在他手里呀。他绝望地望向王缙，后者一缩脖子，只报以一个爱莫能助的沉痛眼神。

伊斯承认自己怂了。没有人面对那样的李光弼能不怂。求生欲压倒了一切虔诚，心一横，祭出了之前被东家叮嘱的终极保命箴言："我、我是，郭尚书让我来的。"

他并没有机会看到这句话对当事人有着怎样的影响。早在他和王缙抬起头偷眼窥探之前李光弼已经无声无息地离开了现场。

三天后伊斯发现并没有人来处决自己，看来那句话是真的管用。于是他鼓起勇气去找主将道歉："我不该乱说。但是，尚书，死者要入土为安。"

李光弼手里依旧流水价批着公文，听见他最后一句，忍俊不禁地抬起头："那么，你随意说，大声说，去行在说，去长安说，骑上骆驼去西域到处说，说我什么都随你。可在我这太原城里，尸体都要烧了以防瘟疫。就是我今天死在这里，也要教他们抬去烧。你要是怕被烧，现在出城我可以派兵送你。我讲明白了吗？"

"尚书……"伊斯委屈得快哭了，"你真的不怕火湖，不怕死后受刑，不怕到地狱里永远不能和亲人重逢吗？"

李光弼短促地笑了一下。搁了笔，打发掉帐中闲人，幽幽地看进伊斯的瞳仁里："郭尚书都和你说过什么？"

"他说，你因为前一个夫人的死，折磨自己很多年，他希望我能……"伊斯扭捏了一下，还是没把救赎二字说出口，"我也许能帮你。"

自杀者倒不见得全然无缘神的恩典，然而他如今知道眼前这个人，看上去似乎并没有哪里不对劲，却比一切异教徒、法利塞人、拜偶像者、甚至比那个佞佛无度冥顽不化的王少尹还要难整一千倍。

李光弼似乎是松了口气，当即收回了刚才那种洞穿他人却也暴露自己灵魂的目光。

"你们的心意我领了。我的……我前两个孩子的母亲，是个无辜的人。我薄待她，伤了她的心，不幸又遇上长子夭折，把她赶上了绝路。她是被我害死的。我一辈子背着这份罪孽，活该下地狱受酷刑，没有什么好说的。以后你们不必在我这里白费心思。"

即便话说到这份上，那天伊斯离开之前还是以传道者的坚韧不拔做了最后的努力："尚书。你不要自杀。"

李光弼刚拿起笔，手一抖，一滴墨落在帅案上。却始终低垂着眉目，装作没听见。

奋笔疾书了一阵子，再抬头时那胡僧已经走了。

李光进万万没想到自己第一次约稿会是这样。

前些年眼看着中兴功臣们建庙的建庙，立碑的立碑，什么阿猫阿狗都能给吹成天潢贵胄，李光进要说不眼红那是假的。论出身论门第论功业，他家父子三人随便哪个拉出去还不干倒几十个碑。

然而每次提起这茬来，哥哥只是不耐烦地一皱眉："什么没要紧的事。"

为此他吃了寡母多少夹枪带棒的抱怨："都道我两个儿子赫赫扬扬光宗耀祖，竟没一个能干件人事。"

李光进憋了一口气：至少在这件事上他得比令兄强点。

摸良心讲碑文他是看不太懂的。但是字还都认得，读起来蛮有气势。母亲将信将疑地暗地里问他："真值那么多钱？"

"值。绝对值。没见多少人半夜里偷偷去拓么。"

他甚至当场为自己死后的碑文付了定金。然而交易比预期来得快。他和郭子仪刚刚焦头烂额地送走了回纥和吐蕃，入朝之前却先遇上了杨炎。

在他眼里是"润格有点高的文手莫名其妙跑来行营"，在郭子仪眼里却是"当今权相忽然派来座前第一红人"。当场换上礼贤下士的恭敬态度，旁敲侧击地打听"又出什么幺蛾子了"？

杨炎立刻会意，也不绕弯子，直言相告：令尊的坟被盗挖了。

李怀光不消说是当场将那小书生揪离了地面。杨炎被郭子仪解救下来，从容理了理衣襟，另辟蹊径对李光进道："太保亦有恩命。——令尊的神道碑不见了。"

李光进眨了一下眼睛。又眨了一下眼睛。最后"哦"了一声。

郭子仪果断哭出声来。杨炎揉一揉飞红的眼圈："令公节哀。这绝对是，绝对是意外。圣人下旨，元相亲自主持捕盗，一定还令公一个公道。令公千万不要多心。这次入朝……"

李怀光再次揪起小书生："省省罢。你根本不关心令公。你只关心我们会不会反。"

郭子仪厉声喝断："怀光。下去！"

李光进灵光乍现，趁乱偷偷问杨炎："你有底稿的吧。一定有的吧。"

"我写文章从来不打草稿。"

李光进微微吸了口气，再次"哦"了一声。

他们都以为郭子仪只是象征性地哭一下，自己知道什么时候该停。谁知那老人一哭不可收拾。一开始呜呜咽咽，大家还你一言我一语去劝慰。后来转为无声饮泣，双手捂着脸，指缝间簌簌地淌下泪水，衣襟上眨眼就湿了碗大一片。杨炎看傻了眼。来之前他和元载讨论过几十种预案，只没料到老人竟哭得如此真情实感。李光进一边纳闷自己是不是也该对仗地哭一下，一边心中隐隐泛起凉意：这个哭法旁人没见过，他可是见过的。

"是我造的孽。"郭子仪拿袖子擦擦脸，佯作镇定，然而眼里的泪水一时半会哪里收得住，每一次眨眼都少不得一阵慌乱狼狈，"我杀人放火，我不孝父母，不敬神佛，我纵容部下取人衣粮，驱人牛马，淫人妻女，这都是我罪有应得。可是……"他不得不再次遮住脸，"可是他，他有什么罪……我已经害了他一辈子……现在还要应在他身上……凭什么……"

到这份上就连杨炎都开始懂了。在李光进眼里是"倒霉催的白花了好大一笔钱"，在郭子仪眼里则是"天尊啊圣子啊我又没有保护好李光弼"。

李光进被老人哭得头皮发麻，手足无措地嗫嚅道："我……我去叫浑将军来……"随即拉上杨炎落荒而逃。

两人掩了门，好像刚刚撞破了什么见不得人的事，各有几分莫名的尴尬。最后李光进轻咳了一声："我父亲的碑文，你还能记得多少……"

"……不到一半吧。"

"那我付一半的钱，你再写一遍怎么样。"

杨炎觉得这个缺心眼的金主实在不怎么样："想是我的文章晦气，招致此祸。太保令请高明罢。"

"你听过《明太法王经》么？里面说：索尔里衣，即外服亦听取之。批尔右颊，并转左颊以向之。或强尔行一里，则偕之行二里。——偷了你一个碑，自然就该再写一个。"

杨炎嗓子一甜，好悬没飙出血来："那个胡僧，叫什么来着，当年抱过你令侄，是他么？"

"抱过什么?！"

"没什么。"杨炎带着一丝复仇的快感撂下话头，躲瘟疫一样地跑路了。

朔方军，不对劲。

郭氏子孙万万没有想到老人的临终仪式会是这样。

平日里任他给什么邪教随喜功德，毕竟是他的钱，晚辈们从无一句话说。临了临了非要叫个景教僧来给他诵经超度，这又是另一回事。毕竟……一个人一生只能死一次。然而在最后几天的清醒中老人一遍又一遍地坚持，简直好像这个愿望得不到满足他就不肯死似的。直到长子在族人面前潸然泪下："这么多年，身不由己，言不由衷，都到这份上了，由他罢。"

后来杨炎前去吊祭的时候听说这桩奇闻，很是旁敲侧击了一阵。最后得出结论：没文化，真可怕。

武臣子弟不知缘故，他可是立刻就猜到了。

《说文》曰：【景，光也。】

一排白衣胡僧立在墙角暗处，各捧着一根白蜡烛低声唱着平淡乏味的曲调。伊斯在一屋子敌意的目光注视下从容做着他的法事。他心中毫无畏惧，因为他从未像此刻这样感到自己如此近切地站在神的面前。

上至天子下至贩夫所有人都深信这个老人拥有某种近乎神明的力量，甚至绝域蛮夷仅凭一个名字就对他抱有宗教性质的崇拜和敬畏：只要他还活着，大唐的血脉就不会枯竭。他曾以他的坚忍和忠诚将这个世界上最大、最强、最耀眼的帝国一次又一次从濒死边缘挽救回来。而现在，在他自己生命的尽头，他捧出一生的财富、权力、荣誉、美满，惶恐卑微地向一个遥远陌生的神祇乞求宽恕和救赎。

唱经的歌声停了。伊斯轻抚着老人的前额，念完了最后一段经文。

尔为我牧，殆无他求。

憩我葱茏之野，导我静水之滨。

慰我魂魄，示我通途。

与尔偕行，无患魑魅幽谷。

为我张筵，何惧强虏敌前。

膏沐我首，盈溢我杯。

恩宠挚爱，随我毕生。

老人一动不动地躺在那里，额头上滑稽地横亘着一抹油渍，除却气若游丝的微弱呼吸以外几乎没有活着的迹象。没有人知道他还能不能听到这个邪教胡僧的念诵，甚至伊斯本人心里也没底。

死者是不能受膏的。他忐忑地又瞥了一眼老人，期望他展现一点真正的神迹。

老人的眼睑轻颤了几下。艰难而又坚定地挪动灰色的嘴唇，嘴角缓缓弯上来。

他笑了。

"从今往后，我做你的二哥。让我叫你四郎，好不好。"

和风万里。阳光普照。鹰飞过五月的林海。一万片树叶在枝头绽开新绿。

契丹少年的双颊被太阳晒出宝石般的暖色，乳鹿一样的眼睛里闪烁着无忧无虑的喜悦。他朝他笑的时候，整个天国的花都开了。

"好。"

拜寿

诸孙数十人，每群孙问安，不尽辨，颔之而已。

——《旧唐书·郭子仪传》

建中二年初，尚父汾阳王郭子仪八十五岁寿辰。李彙带着长子前去拜寿。

初进郭府时，李彙并没有十分局促。他也算见过世面的人，跟着奴仆穿行在这独占半坊之地的豪宅里，始终半低着头，目光只落在眼前三五尺路面上，对身边川流不息的雕梁画栋宝马妖童好像全无兴趣。

叔父李光进在世时，宅上也是如此。一年到头起伏不息的歌声、笑声、锣鼓声、诵经声，他只觉得吵闹不堪。

仆人也是见过世面的，遇上这样古怪的人也毫不稀奇，倒是时常忍不住要瞟一眼他手里抱着的那个孩子。

郭府上多的是幼童，三五成群跟着猫儿狗儿一阵跑到西一阵跑到东，再遇上主人大寿这样的热闹日子，喧哗叫嚷简直昼夜不息。而这孩子……看上去顶多三岁的样子，似乎沉静得过分了。

不。小孩子里也有安静乖巧的。却不是他这个样子。仆人又瞟他一眼，没头没脑地思索着。那孩子的眼睛极好看，鲜明流转的线条如春天的乳鹿，和他父亲有几分形似，却是完全不同的神情。李彙习惯低头，即使平视前方时也微微挑着眼皮，随时随地流露出三分戒备。而那孩子却抬着肉嘟嘟的下巴颏，薄薄的嘴唇紧抿着，竟是一副居高临下的神气。他眼里有种与年龄完全不相称的专注，与陌生人对视时也毫无惧色地端凝着对方的瞳仁，半晌不眨眼。仆人在转弯处偶一抬头，又被孩子这样盯住，只觉得胳膊上起了一层鸡皮疙瘩。

还好，正房到了。仆人将他们领进中厅，通报了主人，暗中松口气便退下了。

出来迎客的是李彙的旧上司邠宁节度副使郭晞，见面笑道："可是个齐全孩子。里面人多，你哄着些。"

李彙反倒把孩子放下来牵在手里："他倒是不怕。"

郭晞还想说什么，忽地被那孩子盯了一眼，竟闭口无言。

李彙刚进正厅时差点笑场。只见满屋里横七竖八到处是牙床，个个上面堆满了珠光宝气的寿礼，南窗下面那一张稍微空一点，乃是因为整整齐齐列了满床的象笏。郭子仪坐在这一堆熙熙攘攘的物事中间，不仔细看简直都辨不出哪个是木胎泥塑的寿星像，哪个又是活人。

房间内凡是能落脚的地方都站满了人，鱼贯上前跪拜行礼。大部分时候勉强保持良好的秩序，却也时常有幼童哇的一声大哭起来，造成一点不大不小的混乱。

每到这时候郭子仪就从瞌睡中间稍稍回过神来，胡乱点点头，喉咙里含糊不清地"嗯"一声。身旁就立刻有盛妆的姬妾拿出果子弄物来，满面含笑地塞到孩子手里。这手段大部分时候相当奏效，但也颇有些孩子被那些女子的妆容吓到，哭得更加响亮，不得不在一片讪笑中被长辈揪着耳朵拎出门去。

郭子仪的长子郭曜侍立在床边，每来一批人就凑到父亲耳边念叨几句，介绍客人的身份。大约因为老人耳背，郭曜不得不提高嗓门，于是李彙有幸认得了郭家那一串嫡孙侄孙外孙曾孙滴溜溜的各种孙。老寿星对这些年轻人始终保持良好的耐心，一个个朝他们笑着点头。而李彙则一眼就看出：他其实根本就分不清谁是谁。

拜寿的人群中不乏宿将巨僚，轮到他们的时候郭子仪总是能奇迹般地睁开眼睛打起精神来，有时甚至还能文不对题地接上两句茬。

"伺候好公主。"

"不会再打仗了。我们都打完了。"

"皇帝万寿无疆。"

　　"朔方军，没了。"

　　李彙在嘈杂的背景噪音里断断续续辨认出几句破碎的片段。他漫无边际地想着这老人如履薄冰地熬了一辈子，总算熬到了随心所欲不逾矩的境界——如今就算他亲口说要造反大约也只能逗天子一笑罢了。

　　他还注意到每当有人尊称他"尚父"的时候老人都要皱眉摇头。然而这抗议从来都是徒劳。

　　一个面容丑陋的紫衣官员拜过之后，老人朝他笑道："你给我写碑。"

　　郭曜显然吃了一惊，压上全身的力气才绷住一个临危不乱的表情。

　　厅中霎时静下来，孩子们也都噤了口。只听见外面不知哪处院里做法事的铙钹声。

　　李彙一面心里冷笑：请卢杞写碑。果然老糊涂了。同时却又心里纳罕：方才老人背后那满满一排姬妾侍女，这会竟一个都不见了。消失之神速，甚至让他怀疑那些美人根本不是血肉之躯，而是带机关的屏风布景。

　　老人不动声色地将满堂儿孙们扫视一遍，似睡非睡的目光复又落在那张青紫色的脸上。

　　"忠良之后。好。你给仆固怀恩写的奏表。也好。将来我死了，你给我写碑。"

　　李彙从背后看不到卢杞的表情，但他猜到那人也颇为诧异。一瞬间尴尬的静默后那人开口道："令公大寿的日子，兹事且容改日另议。"

　　倒很会说人话。李彙盯着卢杞的背影暗忖。听见郭曜的咳嗽声才忽然醒悟已经轮到自己了。

　　孩子跟在他身边，有板有眼地下拜行礼。大正月里，衣服太厚，一双小肉胳膊几乎打不了弯，几番努力才把两手叉在一起。姬妾们又不知从哪里钻了出来，见他憨态可掬的样子都笑得花枝乱颤。

　　郭曜正待开口，老人含糊地咕哝了一句："他病了。不要逼他来。"

　　老人声音很低，宾客们惯见他胡言乱语，谁都没有在意。唯独李彙骤然挑起眉梢，心脏漏跳了一拍。

郭曜强打精神凑到老人耳边："阿爷还记得李彙吗？当年邠州的什将，如今已是东平兵马使……"

"他不反。你们不要逼他。"老人显然什么都没有听见，仍旧半闭着眼睛，自顾自地说着梦话。

郭曜的额上渗出了汗："阿爷，是李彙。临淮太尉的季子……"

"这不能怪他！"郭子仪骤然睁开眼睛，旁若无人地断喝一声。与此同时又以一种晚辈们从未见过的，近乎绝望的乞求目光盯着房梁间不见光亮的虚空。

李彙心里霎时明白了一切。父亲病逝时他才刚记事，却早被种种诛心的流言一刀一刀剜在心口，刻下一生都不能平复的瘢痕。

正厅里肃静到极点，连外面的聒噪都听不见了。在百十道目光聚焦的中心，只有李彙一个人明白：这个行将就木的老人正在最后一点清明的意识里试图为他的父亲脱罪。

李彙对此没有任何反应。只是将头埋得更低了。

身边的孩子始终无所畏惧地仰着小脸，不眨眼地望向那个唐帝国一百年来官位最高的男人。

似乎是这专注的凝视让郭子仪终于回过神来，意识到刚才自己的失态。他花了一点时间思索是不是该做点什么来掩饰，结论是殊无必要。于是重新委顿成一堆寿礼的模样，随手指了指那孩子："让娃上来。"

郭曜迟疑了一下。他知道父亲一向不善于哄孩子，即使嫡亲的孙辈也极少与他同坐。然而他还没想好该如何开口，那孩子已经一步一颠地走到床前，郭子仪动一下手指，便有一个侍女将孩子抱过来放在他身边。

老人没有和孩子说话，也不记得给他拿吃的，只是抚着他柔软的额发，朝郭曜一挥手："我乏了。你带他们出去招待。"

郭曜唯唯退下。只片刻工夫一屋子宾客就散了。别院里的箫鼓声诵经声依旧潮水般一波一波荡进来。西斜的阳光落在叠床架屋的金玉珍玩上，纷纷扰扰满天满地，如他鲜花着锦烈火烹油的人生里寻不出一处安全的缝隙来安放那一个刻骨铭心的名字。

　　除了身后一排屏风绣像般的姬妾，房中只剩下郭子仪、李彙、和那
孩子。
　　"去我枕头边上找一个金银盒子。去找。你们都去找。"
　　女人们悄无声息地离开了。
　　他这才终于有机会将那孩子抱到膝上，目不转睛地看进那毫无岁月
划痕的眼眸里。
　　从头到尾不吭一声的孩子伸手缠住他的白胡子，朝他露出明净甜美
的笑容。

　　老人开口时，声音里已经没有了丝毫的睡意。
　　"像他爷爷。"

　　片刻后女人们簇拥着一个平脱盒子回到房中。老人将盒子打开，毫
不费力地找出一枚长命锁，放进孩子柔软的掌心里。
　　"大郎周岁那年，他送的。"老人似乎并不在意李彙能不能听懂，又
或许他根本没有说给任何人，"那时候还是开元年间。他才，……"
　　他停顿了很久，久到又陷入了方才忍受众人礼拜时那种似睡非睡的
混沌。李彙等了半晌，眼见天色都黯淡下来，惴惴道："令公累了，某
先告辞。"
　　老人再次睁开眼，不明所以地摇摇头，默然将孩子送还给他的父亲。

　　最终告退的时候李彙平生第一次见到那个富贵寿考圆满无憾的老
人眼里盈满了泪水。

　　"他才二十岁。"

豹变

回纥入东京，肆行杀略，死者万计，火累旬不灭。朔方、神策军亦以东京、郑、汴、汝州皆为贼境，所过虏掠，三月乃已，比屋荡尽，士民皆衣纸。

——司马光《资治通鉴·宝应元年》

十五岁，在汉人是刚刚束起头发告别童稚的年纪，在普遍短寿的蕃族已看作和成人无二的男子汉，许多人在这个年龄已经成婚甚至生儿育女。所以当郭子仪仍像往年那样双手藏在背后，哄着孩子"闭上眼睛"的时候，父子俩都忍不住笑起来。

但浑进还是顺从地闭上眼睛。抿着嘴唇，抿不住春水般四溢的笑。

"好了没？"

回答他的是怯生生的一句，喵。

孩子尖叫一声睁开眼，从郭子仪手里捧过一团软热的毛球，乐得想要跳起来打滚。然而一闪念间，顾及猫崽子的安全，竟忍住了。

浑释之对这礼物颇有微词："早该收心做人了。二哥还当他是携在胳膊底下的娃娃。"

郭子仪对浑释之也颇有微词：这么一个伶俐体贴的齐全孩子，搁在郭家，含在嘴里都怕化了。他可好，十一岁就领着上阵厮杀，那时候娃娃还没有横刀长！心惊胆战这几年，好容易孩子大了，不再担心阵前磕碰，却又开始赶鸭子上架逼他读书。拜谁为师不好，偏要拜李光弼！

心疼死了。郭子仪只碍着同袍颜面没好意思说出口。背地里带着那孩子无所不至，变尽办法宠上天去。然而好景不长，浑氏父子跟着李光弼去了振武军，一年到头只能见两三次。每次见面都只顾惊叹"怎么能长这么高"，除此之外竟渐渐没了多少共同话题。

郭子仪面对浑释之的抗议振振有词："他眼看要成家，先学学照顾崽子。横竖猫崽子跟人崽子不差什么，一般吵闹难缠。"

浑进懵懵懂懂地剜了他一眼，搂着一团温香软玉不知怎么才好，低头想去亲一下，冷不防先被舔了一脸猫口水。

众人大发一笑。李光弼揉揉孩子的后脑勺："它的意思是，从今往后你就是它的了。可要用心伺候。"

猎豹名叫菩萨。等长开了身量，凝神端坐，骨肉停匀，似真有几分健驮逻石像的婀娜风韵。起初她只认浑进、浑释之同李光弼三个人，除此之外见人就缩，连郭子仪都不能幸免。一到了出猎的大场面就只好瑟瑟地蹭进小主人怀里，连累浑进吃了多少笑话。后来听取安重璋的主意，聘了条细犬来哄着她，终于放开了胆子不再怕人。成日里跟狗滚在一处，也总算褪去娇痴，有了正经畜生相。那时浑进在振武跟着众将围猎，菩萨蹲在马鞍后面，将两爪按在小主人肩头，有一搭没一搭地踩着奶。两边雁翅排开四五个胡儿同浑部亲兵，架鹰的架鹰，牵狗的牵狗，还有一个昆仑奴专门给菩萨背着一篓子肉。——那畜生挑食得紧，只吃八分熟的肥羊肉，寻常猎物只管咬着玩，一口都不下肚。

被这一群人簇拥在中间的是皋兰都督的长子，腰间一条镶金嵌玉的蹀躞带是贞观年间浑部内附时天可汗亲赐之物，带扣上一块虎纹羊脂玉彰示他未来酋长的高贵身份。少年虽是这样众星捧月被捧大的，却全无骄矜之气。下马来脱了裘帽，换上襕袍，和那些山东旧族世家子弟便只差着一双星宿海般的蓝眼睛。

在那些无忧无虑的日子里少年读左传，读汉书，偷偷摸摸地学着史记的笔法写他自己的故事，从来没敢拿给严厉的老师看过。而他空练就一身照顾猫崽子的小意殷勤，还没来得及在少女和婴儿身上实践，天宝年便到了尽头。

李光弼从长安回到朔方的时候，昔日在振武军中的部曲已经星散。浑氏父子带着整个部落重回李光弼麾下，成了他在平叛初期的主力。从振武启程的时候浑释之不许儿子带猎豹。

"哪有带猫打仗的！"

"她一口就能咬断一个脖子！你能么？！"

　　为此父子大吵一架，闹到主将都闻风前来调解。浑释之气得冒烟：一辈子的老脸都被这一只怂猫丢尽了。而菩萨始终盘在主人怀里专心致志地舔自己华贵的毛皮，耳朵都不曾转一下。

　　李光弼耐心听完两人理论，对浑进道："这次出征不比往日。她要吃苦的。你想好了，自己决定。"

　　少年犹气得满脸通红，想也不想就点头不迭指天誓日："她吃肉，我吃粥。粥也没了，让她啃我的腿。只不关你们事！"

　　李光弼领军东出井陉，是官军在洛阳陕州连遭惨败之后第一次正面挑战叛军大后方。官军无论兵力还是地利都处于劣势，却凭借稳扎稳打和河北军民的拥戴迅速在常山站住脚。浑进屡立战功之际，夜间帐中无人，一行解甲一行对大猫笑道：所谓渔阳鼙鼓也不过如此，别听他们平白吓唬你。顶多再有两个月，我抱你去蓟州看大海！

　　菩萨厮杀一天，已经睡成一滩泥，连打呼噜的力气都没了。

　　真正的危机开始于至德元载二月，史思明放开围困数月的饶阳，扑向常山来解决心腹之患。官军分驻数县，每处只有两三千的兵力来对付数倍于己的叛军。第二天凌晨有村民来报说叛军昼夜进军一百七十里，前锋已到九门县。李光弼料定他们如此急行必定人困马乏，大约要造饭暂歇几个时辰，正是主动出击的好机会。遂遣浑释之父子领步骑两千，潜行包抄敌军营地。到日出时一声号角，纵兵四面掩杀。叛军大半还饿着肚子，被打了个措手不及，不战自溃伤亡惨重。

　　冲锋的骑兵中时隐时现一个文彩斑斓的身影，在乱兵和马蹄中间左扑右掀，上下翻飞只如闲庭信步。那畜生如今也不挑食了，赶上煮肉的锅竟还能忙里偷闲吃两口早饭。浑释之在中军里远远看见，朝儿子喊道："把猫弄回来！看中了箭，不是耍的。"

　　"她比箭还快呢。让她跑去。"话音未落，浑进忽望见一小队叛军从混乱中突围东去。少年人眼尖，立刻认出队中一人衣甲不凡，想是主将逃去投史思明。当下拨转马头直取其人。一边飞驰一边呼哨一声，大猫一阵风追上来，行云流水地跳上马背，将口中衔的羊肉撂在主人肩头。

浑进对这礼物只好心领，取箭时顺手蹭了蹭肩上毛爪："这不算数。下次记得咬个耳朵回来。"

说话间已追到叛军后面射程之内。少年拈弓，先取跑在最前面那匹马。一箭射中马后腿，谁知那马格外顽强，剧痛之下步伐竟未乱。骑手训练有素，立刻偏转马头避于道旁，让后面的主将先过。

浑进暗道一声晦气，一面加鞭一面觑着那主将，只恨离得太远瞄不准。正焦躁时，菩萨忽然从鞍上跳下来，闪电一般冲上前去，比马足快了一倍。眨眼间追上叛军，照着主将的坐骑一个飞扑，钢钉般的利爪扎进马臀撕开八道血痕。再厉害的马也受不得这般惊吓，当下乱了脚步，人立起来试图摆脱身后的掠食者。

就这电光石火的一刹那，浑进跃马赶到，瞄准肩甲下的缝隙拉满弓，一箭洞穿叛将李立节的左肩。牙兵们见主将落马，大伙官军追了上来，也都一哄而散。少年朝大猫喝声彩，纵马过去要绑人。谁料就在此时，方才掉队的骑卒斜刺里冲杀过来，挥刀直取少年的脖颈。

浑进始终忙于骑射，根本没有近战的准备。眼见白刃劈空而落，只得举弓去挡，头脑里一片空白。等回过神来时只见猎豹已扑向利刃，一口咬住骑兵的脖子，落下马来滚成一团。须臾尘埃落定，骑兵被咬穿动脉失血而死，菩萨身上也结结实实挨了几刀，美丽的皮毛都被鲜血浸透了。

少年根本不记得那天他们是怎么把猎豹带回常山的。之后一连数天他的意识都极为模糊，眼里心里只剩下菩萨的伤口，菩萨的高烧，菩萨的血，菩萨的命。偶尔听见父亲和主将议论常山被围，军中乏粮，一个字一个字分明灌进耳朵里，却完全不能辨别其中的含义。

那也是他平生第一次知道猫类动物极善于隐藏病痛。即便伤到奄奄一息的地步，菩萨自始至终不曾发出一丝悲鸣。只在主人偎着她流泪的时候不住地颤抖，用尽最后一点微弱的力气挪动身体，想和少年贴得更近些。

十来天过去，少年熬得形销骨立。浑释之看不过眼，趁夜里悄悄将儿子从大猫床边抱走了。

次日早上浑进醒来，第一眼看到的是父亲温和却没有笑容的脸："阿进。你现在是大唐的中郎将。国家有难，河北二十四郡苍生倒悬。李大夫在城头上日夜血战，你就缩在这里哭你的猫。自己想想去，愧不愧。"

少年登时脸红到耳根，只片刻就将下唇咬出一排血印。似乎是李大夫三个字终于唤醒了他的神智，沉默过后怯怯问道："真的……缺粮吗？"

浑释之眼看儿子难过，说不心疼是假的，却强撑着没有流露一丝情绪，只点头道："朔方军从关中过来接应，至少还要一个月才能到。——李大夫来和我们说这些，是把你当个大人看。"

浑进一骨碌爬下床："我再去看看菩萨。就一眼。然后你带她去吧。哪里都行，只别在我眼前……"

"什么?!"

少年直勾勾看进父亲瞳仁里："她的伤治不好了。我都知道。她受够了疼。熬下去也只是遭罪。你带她去野地里，给她个痛快。"说罢头也不回地跑出了军帐。

一个月后朔方军主力如约前来支援。两军会师之际少年扑进郭子仪怀中，旁若无人地哭了个昏天黑地。郭子仪从未在军前失态，那天竟也反常地泪如雨下，搂着少年哭成一对泪人。

之后过了好几天郭子仪才知道浑进失去了猎豹。又过了好几天浑进才知道，郭子仪在驰援河北的路上失去了长子。

而那时他们都不知道的是，这令人窒息的黑暗和苦难还只是刚刚开始。

国都失陷之后朔方河东两军被迫放弃河北十七郡的辉煌战果，西撤灵武以辅卫新君。李光弼朝觐之后即刻驰赴太原守城。浑释之父子则跟随郭子仪图复两京。

　　许是潼关之败在将士们心头留下了太过惨痛的阴影，关陇诸道军面对两京一线的叛军总在战机最关键处心生怯意，几番努力都付诸东流。第三次从长安周围铩羽而归后，郭子仪提出邀请回纥精骑助战的建议，一切反对理由在对于胜利的迫切渴望面前都显得微不足道。

　　回纥四千骑兵很快到达凤翔，迎接的唐国君臣皆惊讶于其统帅的年轻。而郭子仪转过身拍拍浑进的肩膀："你从小闹着要哥哥，这回有了。"

　　那时候少年暗地里咬着牙，一声不言语，心里倒有八分不以为然：回纥兵看去也不过如此。若论操戈弄矢攻城拔寨，自己哪样不如人！

　　香积寺的激战中浑进总是忍不住远远窥望回纥军中的叶护太子。那人听说长他三岁，却因为脑后一排飘飘洒洒的长辫子，看去尚还有三分孩子气。回纥的马刀比横刀略短，刀刃弯出一个俏丽的弧度。被那年轻的蕃将拈在手里仿佛没有重量，所过之处杀人如割草一般流利。正在拼白刃的当口，叛军中一个将领突围而出，叶护当即拨转马头紧追不舍。浑进在远处看见，心里莫名咯噔一声，似揪起什么惨痛的回忆。正准备过去相助，却见叶护砍杀的间隙拿足尖踏开角弓，一手挥刀一手控弦，行云流水一箭致命。

　　浑进情知那人根本听不到，还是不由自主喝了声彩。暗地里也想学他弓刀并举，谁知弄巧成拙险些从马上跌下来。少年悻悻收了手，心想着，就算为了学艺，怎么也得认识一下这太子才好。

　　当日唐军大获全胜。晚间听说长安城内叛军连夜逃窜，浑进兴高采烈地跑去中军帐庆贺。到门口却被卫兵拦下，僵持中隐约听见帐中是郭子仪和浑释之忧心忡忡的低语。

　　聪明如浑进，只一耳朵就听懂了原委，一把搡开卫兵，咣的一声踢开帐门，满脸都写着被背叛的震惊："你们，你们要让回纥兵劫掠长安?！"

　　浑释之愣了一下，正要解释什么，郭子仪轻轻按住了他："是我。不干你阿爷的事。"

　　浑释之还是抢道："这是圣上与英武可汗订立的盟约：城池土地归

唐，金帛子女归回纥。你小孩子家不要乱说。"

少年从父亲看到郭子仪，又从郭子仪看回父亲，也不知自己想说什么，只觉整个下颌都在抖。最后他一跺脚，扔下一句"你们等着"便飞跑出去。郭子仪连忙命人去寻他回来，倒被浑释之拦下了："多半是去找那回纥太子了。孩子们兴许真有孩子们的办法。只不必担心他。"

那夜浑进不但孤身冲进回纥营地，甚至打算冒死去闯广平王的寝帐，好在一番曲折之后弄清楚原委。广平王已与叶护约为兄弟，不顾身份亲自拜于叶护马前，求他看在手足情面上放过长安平民："倘若洗劫西京，风声传到洛阳去，吏民畏惧官军，怕不要誓死效贼。——愿至东京乃如约。"

叶护太子受宠若惊，下马回拜："当为殿下径往东京。"

第二日官军入城，果然军容严整秋毫无犯。至此浑进总算对那回纥太子心折到十二分，当天晚上就带着最好的酒前去拜会。叶护与他一见如故，携着手就要结拜。浑进慌忙谢绝："广平王是储君，他和你拜过兄弟，我们便做不得兄弟了。"

叶护歪头："你也要守汉人的规矩？"

"我家五世唐臣，自然要遵臣节。"

叶护一抿薄唇没有答话，却从领口里掏出一个狼牙挂坠，不由分说按进少年手里："我不是唐臣，只管认你做兄弟。你随意。——这是我爷爷传下来的，他说这颗牙的主人便是娶了匈奴公主的那头苍狼。你我都是他们的子孙，天生便是兄弟。"

叶护的祖父即是回纥的开国可汗。浑进也略知铁勒族的古老传说，立即领会这礼物贵重无比。下意识想要推辞却无论如何也舍不得，遂将吊坠仔细贴身挂好，又解下镶玉蹀躞带，郑重捧给对方作为回礼。

晚间浑进大醉回营，浑释之见儿子不但违令酗酒，还拿传家宝去与叶护订契，登时一口老血吊到嗓子眼。张口结舌了半晌，终是一个字也没说出来。

后来有一次两个少年聊得兴起，叶护说漏了嘴：本来想拿狼牙吊坠去换广平王的玉鱼符的，谁知广平王竟不答应。

浑进想笑又不敢笑，捶着叶护的肩膀憋得脸都紫了："真有你的。怎么不去找圣人换我们的传国玺。"

从长安到陕洛那一路的的苦战，在两个铁勒少年的欢声笑语间只好似一场淋漓畅快的围猎。他们正在春草般恣意生长的黄金年华，年轻的身躯里蓄满了挥洒不尽的青春活力。白天在战场上拼杀犹不尽兴，夜里千方百计谋划着偷袭劫营。郭子仪被他们闹得一个头两个大，怒而给浑进下了宵禁令：天黑之后不得离营。

这下两人无事可做，只得并排躺在帐篷外面看星星，唧唧咕咕仿佛有说不完的话。浑进给叶护讲他在汉人典籍里读来的故事，讲他的偶像卫青霍去病，不料被致以"他们打匈奴，匈奴是我们祖先"的灵魂拷问。少年对天翻个白眼，搜肠刮肚了一会儿，改讲起周亚夫军令如山、揖见天子、长驱讨平七国之乱的历史。

叶护听得出神，却不信汉家竟有这样强项的将军。

"那是你没见过我四哥哥。他叫李光弼。你听说他守太原挖地道的事了么？等打完仗我带你去……"

叶护稍微有点走神："周亚夫这样冒犯皇帝，就不怕获罪被杀？"

浑进刷地闭了嘴。半晌，垂头丧气道："该你了。你讲。"

于是叶护讲起乌古斯可汗的古老传说，乌古斯可汗坐在大帐里，用金鸡和银鸡，黑羊和白羊祭祀腾格里。乌古斯可汗生下六个儿子，给他们取名为太阳，月亮，星星，天空，山岳，和大海。六个儿子的后代在敕勒川下繁衍生息，生出高车六种，铁勒九姓。叶护的嗓音深沉又清澈，如汩汩流出的泉水，流成溪涧，流成长河，从容宽广地流进漠北更北的居延海。

浑进听着这些古老的歌谣，遥远又亲切的故事，只如一叶轻舟荡在波澜不惊的河心，从容荡回舒适的母腹。叶护接着讲鄂尔浑草原上的苍眼狼王，讲坟墓中吸血食髓的武帕尔，讲他们夏天在篝火边跳舞，冬天在雪原上围猎，矫健的花豹咬住黄羊的脖子。

浑进不知几时起了困意，迷迷糊糊听见叶护问他"养过豹子吗？"

方一个激灵醒过来："养过养过！她叫菩萨，是勿斯离国进贡的猎豹，快得像流星一样……"

说到一半少年忽然住了口，乍想起回纥历史上有个深受爱戴的著名君长就叫菩萨，遂赧然道："对不起。犯了你们的庙讳。"

叶护眨眨眼睛，想了一下才勉强猜出他的意思。"啊，这有什么。我们没那些规矩的。——你知不知道，死去的亲人会变成动物回来看我们。我家里就时常给狗和马取长辈的名字，就好像他们还和我们在一起。"

少年动了动嘴唇，很久没有答话。那天他们告别之前浑进从怀里取出一个小巧的金盒子，小心翼翼打开："你摸。"

叶护好奇地伸出一根指头探进金盒，依稀摸到一绺柔软的毛发。

"这是菩萨的毛。她走之后，我时常在旧衣服上找到她的毛，一根一根收起来，就攒了这么多。"

叶护一点也没有嘲笑他的这份细腻心思，只望着那双清炯炯的蓝眼睛认真地说："你这么爱她，她会回来的。"

官军收复东都的时候浑部骑兵在黄河北岸攻怀州，广平王和郭子仪带领回纥兵在黄河南岸打洛阳。叛军吃够了回纥精骑的苦头，见到长辫子就闻风丧胆不战自溃。两岸战事皆势如破竹，安庆绪也如当日李隆基那样乘夜弃城而走。

浑进迫不及待想与伙伴相聚庆功，约在河阳桥南见面。那日刚到黄河岸边，却听见隔河的城池中传来异样的响动。登上中潬城远眺，只见洛阳坊市里火光四起，人喊马嘶的喧嚣在北岸都听得真真切切。不一时一处城门忽然洞开，惶恐失措的百姓鱼贯冲出来，像惊散的鸟群一样匆忙又无措地四处奔逃。

少年看傻了，还以为叛军忽然杀了回来。当机立断从中潬城里找了副甲胄，提枪上马沿桥冲过去。刚到河心却遇上一身常服的叶护，喜笑颜开地迎过来："我等不及，就过来接你了。咦你怎么还戴着甲？不累么？"

浑进不及下马，匆匆向南赶："洛阳出了什么事？你知道么？"

叶护哑然，伸手拽住伙伴的缰绳。"那是回纥兵……"

"什么?!"

两人僵持在河阳桥上。叶护目光闪烁，望着被滔滔河水吞噬的地平线："当初和广平王讲好的。至东都乃如约。——对不起。那是我父汗的兵。他们来打仗就为了取钱帛……"

浑进眼前一片黑，一霎时什么都看不见听不见，只觉太阳穴突突地跳，疼得几乎尖叫出声。叶护见他脸色不善，小心翼翼挪动坐骑靠近少年，试探着伸手想去碰一下他的肩膀。"对不起……"

少年猛一抬头，格住叶护的手。力气不大，却带着一种不容置疑的决绝。他努力将目光聚焦在那张热切又诚恳、尚带着几分孩子气的脸上，以一种平静无表情的语调说："你对不起的不是我。"

"我知道。你听我说，郭令公和广平王都在努力约束，城中富户也在募集钱帛。明天，你再给我一天时间，明天一定……"

少年神色飘忽地打断他："那块玉。"他指着叶护腰间的蹀躞带，"玉上有一处瑕疵，在背面，我指给你看。"

叶护隐约记起少年给他讲过的某段汉人故事，如惊惶的动物般瞪大了眼睛。

而少年不依不饶地伸出手去："拿来。"

叶护似乎已经预感到什么，一闪念间没有解腰带，只将带扣上的虎纹玉饰扯下来，屏住呼吸放进少年颤抖的掌心。

少年往掌心里又放了一枚狼牙。两件信物一黑一白，在金秋的阳光里熠熠生辉。

然后他飞快地合上五指，飞快地一扬手，赶在叶护发出惊呼之前将玉饰和狼牙一同抛进河心湍急的浊流里。

"从今往后，你没有我这个兄弟了。"

少年斩截地避开伙伴的目光，斩截地说完这句话，赶在任何情绪涌上心头之前调转马头飞驰远去。

回纥兵在洛阳城中大索三日，终于满载战利品兴尽而返。饯行那天唐军安排了盛大的宴会。而浑进偏偏在这时发起高热，人事不知地在帐中睡了一整天。

筵席散场，郭子仪前去看望浑进，拿烈酒给他擦拭额头，片刻的清凉让他暂时醒了过来。

少年抱着茶碗咕咚咕咚地灌，一双通红的眼睛却只在郭子仪脸上扫过来扫过去，欲言又止地寻求一个答案。

"走了。"

郭子仪只说了两个字。双方都心领神会。

他放下空碗，木然望进没有边界的黑夜，极度的疲惫淹没身心，软软地倒进郭子仪怀里。

"哥。我错了么？"凌乱的碎发揉出令人心焦的声响。滚烫的十指神经质地攥紧对方的衣襟，宛如初生的婴儿抓紧一切手边的东西以求取安全感。

郭子仪叹口气，亦如抚慰婴儿般轻拍他的后背："你没错。你们都是好孩子。错只在我。我要是能像你四哥那样用兵如神，就不必向回纥借兵，也就不会有如今这种事了。"

少年微微松开手，仰起脸以一种迷惑的神情看着他。那样一来，少年想，他这一生大约都不会有机会认识那个回纥太子了。

他没来得及想清楚这循环因果，便在高烧的催促下重新陷入了无梦的昏睡。

郭子仪没有告诉他的是，叶护太子临行前专程来找他，让他转告少年：腾格里在上，一日为兄弟，世世为兄弟。等他回漠北打选骏马，很快就会回来与他们一起扫清残寇。

那时他尚以为，孩子们那么年轻，他们的故事远不会就此结束。

时隔一年半，浑进重新回到河阳跟随李光弼守城，已将自己的名字改成了浑瑊。李光弼听说后调侃道："璞玉浑金，都教你占全了。"

他潦草地一笑，一反常态地没有多话。就连在李光弼面前他也不愿解释改名的真正原因：他的原名是蕃语音译。这曾让他珍视的母语，现在他只想离它再远一点。

此时经过相州之败，洛阳再度陷入叛军之手，郭子仪被罢兵权回京赋闲。那是少年经历过的最艰难最漫长的拉锯战。而真正令人疲惫痛苦的既不是格斗厮杀也不是耳濡目染的人间苦难，只是那种阴寒刻骨的孤独感。那段时间里他时常在夜晚走下黄河堤岸，将腿脚浸在流水中。河水汩汩流过皮肤的触感有时会让他莫名记起某种深沉又清越的嗓音。也有那么一些恍惚的刹那他会徒劳地捧起水中的泥沙，似乎在其中看到了一黑一白两件熠熠闪光的小东西。随即自嘲地放开手，任泥水从指缝间无声流尽。

河水从凉变暖，从浊变清。又过了一年半，仆固怀恩违令覆军，官军败于北邙，李光弼解职，随即出镇临淮。而朔方军不得不再次从回纥借兵来对付进逼陕虢的敌军。

这次带兵前来的是仆固怀恩的女婿，新继位的牟羽可汗。攻破东都之日，恣行剽掠远甚上一次，甚至超过了安史叛军的蹂躏。洛阳百姓畏惧官军，涌入圣善寺、白马寺寻求庇护。可汗怒焚浮屠，杀平民万数，火光累旬不熄。仆固怀恩和鱼朝恩所领的朔方军和神策军也不甘人后，以为河南诸郡长期陷贼，掳掠贼境乃是天经地义。自洛阳至汝州、郑州、汴州一带悉遭其毒，三月乃已。比屋荡尽，士民衣纸。

那时浑瑊如木偶一般被裹挟在沿途烧杀奸淫的官军之中，也曾千方百计制止部下和同袍的暴行，然而在那样末日狂欢般的氛围里一切努力都软弱到可笑的地步。从劫灰和白骨上踏过的时候他徒劳地设想，若是郭子仪和李光弼在这里，是不是一切都会不一样。随即又抛去这无益的假设，电光石火地闪过一个念头：那年叶护穿过乱兵肆虐的洛阳城去见他的时候，大约……也是这样的心境？

他还一直没有去打听叶护的下落。潜意识里他似乎已经预感到什么，却一直将那种心思藏在黑色的帷幕之后。不问，不听，就还都没有发生。

然而那一刻他终于忍不下去了。他再次闯进回纥营地，不再苦口婆心地劝那些与他同语同种的将士们怜惜汉家儿女，只四处询问"叶护为什么没有来？"

回纥人像围观傻子一样相视而哂：你问的是谁？你说你是他兄弟，可你连他的名字都不知道啊。

后来他终于从那些人的窃窃私语中大致拼出了真相：叶护返回漠北之后，父汗责怪他没有劫掠长安，遂在血腥的争储倾轧中失宠，竟至获罪被杀。现在的牟羽可汗是叶护的异母弟，对叶护的战功和死因都讳莫如深，以期用缄默的刀剃去那个孩子气的年轻人曾经存在过的最后一丝痕迹。

了解这一切的时候浑瑊已随朔方军麾师北上，喋血两千里直捣叛军巢穴，割下了史朝义的头颅。叛乱结束的那一年他在蓟州看到了大海。

他的母亲去世很早。然而他深深记得美丽的胡姬有双和他一模一样的眼睛，亦深深记得母亲吻着他稚嫩的眉心给他讲，那种稀见的湛蓝来自大陆另一端遥远的海。

我还没见过大海呢。病榻上的母亲笑着对他说，等你长大了，代我去看看它。

而北方冬日的海是一片苍茫的灰黄，被巨浪一遍遍击碎的海平线上垂着欲雪的冻云。这或许并不是胡姬所向往的海。但少年仍旧认真地看了它很久。母亲说，世上所有的海都是相连的。

少年从砾石间拾起一枚小小的贝壳，伸出舌尖，尝到了干涸泪水的苦咸滋味。他将贝壳清洗干净，珍重放进母亲留给他的，雕刻着瑰奇的异域纹饰的金盒里。

回营的路上他路过无数曾经是港口、田垄、寺观和集市的地方。他们是八年里第一次踏足这片版图的官军，然而目之所及，兵隳榛莱亦与他们所熟悉的两京河南并无二致。战争有颗公平的心。它平等地取走每个人所珍视的东西，平等地给每一寸土地留下同样的伤痕。

就这样结束了吗？少年在数里之外仍清晰地听见循环不息的潮音，心里一片空茫冷寂。以他敏锐的头脑他知道战争一旦开始就不再有终结，结束的只是他自己的纯真年华。

在那之后是朔方军与河东军同室操戈。仆固怀恩叛归灵武，自幼熟识的灵州留后浑释之劝他归朝谢罪，换来的却是一道冰冷的刀光。驻扎在河中的浑瑊尚未从失祜的巨大打击中清醒过来，南方又传来了李光弼的凶问。

在那之前他从未想过一个人的身体里可以容纳多少痛苦。真正身临其境时一度惊异于自己的冷静。——好像也没有什么过不去的坎。是在收复灵武、葬事结束、一切紧张忙乱都尘埃落定之后他才开始感知那种海潮般连绵不绝永无止息的悲伤。视野里的每一件东西，意识里的每一个念头都牵着一缕心脏的绞痛。那种疼痛与他所承受过的一切战伤病痛都不同，它会呼吸，会吞噬，会生长繁殖，直至将寄主啃成一具千疮百孔的行尸。

某天他在夜寂无人时路过节度使正厅，偶然看到郭子仪在灯下眯起昏瞀的双眼，仔细拼着一张碎成千片的红漆弓。钢铁般的坚强隐忍瞬间崩溃。他跪在老人膝下嚎啕大哭，过于用力的拥抱让衰老的关节发出令人心悸的声响。

"二哥……你疼吗？"他像被魇住了似的一般般重复这不知所云的问题，哭得气噎声绝，尖利的悲恸刺穿咽喉，说不出一句完整的话。

"哥……疼……"

在那样歇斯底里的宣泄中他甚至不知道老人有没有哭。亦完全不清楚对方曾以怎样的动作言语安抚他，抑或根本什么也没做，什么也没说。哭到身体脱力眼泪干涸之后他才听见那个温厚的声音："疼。疼极了。可这是好事。"

老人仍像童年时那样将他揽进怀里，在他哽咽窒息的时候轻拍他的后背："阿进。你想起阿爷就难过，那是因为他还在你心里，还和你在一起。你疼一天，他就陪你一天。等到哪天不疼了，那就是他看见你长大，放心去走他的路了。

"阿进。你的好日子还在前面呢。你会有娇妻稚子，有嘉宾挚友，会有漂亮的马和狗，狸奴，豹子，各种叫不出名字的奇珍异宝。你会活到海晏河清的年月，给你的孙辈们讲那些他们想也不敢想，信也不敢信的疆场传奇。你会是他们一生的偶像和英雄，是照亮他们的太阳，指引他们的星星。

"阿进，等你到了那样的年纪，再想起你所失去的，让你心碎的，曾日夜折磨你的一切，你就会知道这悲伤疼痛何其珍贵。因为，这是他们留给你的最后一件信物啊。"

年轻的兵马使哭完了最后一滴泪，直起身体，定定望进那双衰老浑浊却温暖如初的眼睛。良久，举起衣袖温柔地为主将拭去满脸泪痕。

"可是，我不会再有豹子了。"

"你会有的。"

在他告辞之后，老人脸上浮起一抹别有意味的笑。

在老人的耄耋之年，新君践祚，将朔方镇一分为三。朔方军主力所在的河中邠宁被李怀光一手掌控，而浑瑊被排挤到了北方边境上只有几千兵额的振武军。

浑瑊对这安排满意极了。时隔二十余年，青涩少年长成了威风堂堂的节帅，儿时所爱的一切都已化为遥远的寒星。但终于，他终于回家了。

军营官署早已不复天宝时旧貌，营中更见不到一张熟悉的面孔。然而沉厚的阴山仍是他的骨，丰美的敕勒川仍是他的肉，奔流不息的黄河水仍是他温热的血，这些来自生命原初的晶莹记忆始终在原地守护他的童年，从时间的开端一直到世界的终结。日暮时分他来到残破的受降城下，给马除去鞍鞯，任它在荒草间自在驰骋。他跟在后面一路奔跑，跑向思归的落日，跑向隐现的晚星。跑到筋疲力尽倒在草坡上一路滚下来。天地间只剩下他一个人。没有唐国，没有叛军，没有刀剑和烽烟，没有战乱和一切人间苦痛，亦没有歌和笑，荣耀和繁华，喜悦和爱恋。

他躺在繁星之下，从怀里摸出金盒，摸着上面瑰奇的异域纹饰，摸着里面的毛发和海贝，直到将冰冷的金属攥出体温。

阿娘，我回来了。阿爷，四哥，叶护，菩萨，我回来了。

那年秋天振武军将东受降城修缮一新。为表庆祝，浑瑊与麾下众将在阴山脚下展开一场盛大的围猎。老兵们都说，这是天宝以降从未见过的盛况。幕中文士也都大开眼界，做了许多出塞观猎的诗篇。到了天色向晚时，猎物已经多到马驼不过来，就地剥了几只黄羊犒劳鹰犬，以减轻运输的负担。

众人正围观畜生们争食，部曲之中有个叫白娑勒的胡人忽然来报告主将说，下风头的树丛里有动静，怕是血腥气勾来了什么猛兽。

浑瑊毫不在意："就来一头老虎也不怕。"

娑勒汉话说不利索，却一直喋喋不休。浑瑊被他聒噪久了，也自疑心起来。畜生是不怕的。万一有什么贼人，倒也不可不备。遂令麾下上马备战，猎犬和猞猁也都从酣宴上被揪起来，满肚子怨气地屏息待命。

在鹘鹰的指引下他们很快找到了那片可疑的树丛。娑勒凝神听了片刻，没等主将下令，忽然赤手空拳钻了进去，紧接着便是一阵扭打的声响。浑瑊和裨将们慌忙下马跟过去，只见胡人正和一只文彩斑斓的豹子扭打。眨眼间胜负已分，豹子被揪着后颈皮摁倒在地，口里涎水四流，狼狈得一塌糊涂。

众人都大笑喝起彩来，纷纷过去想摸一把大猫。唯独浑瑊僵在原地不动不语，整个人都怔了。

胡人将豹子捆起来，拎到主将面前邀功。琥珀色的猫眼对上湛蓝的眸子。浑瑊心头一记惊雷，失心疯一般扑过去抱住了畜生。

众将都看傻了。眼见浑瑊给豹子松了绑，一人一猫满地乱滚，都以为主将被什么东西附身失了魂魄。情急之下已经有人抽出了刀。

浑瑊听见兵刃的声响总算回过神，抱着畜生坐起来："住手！这是我的猫！"

猎豹顾不上为自己辩白，只重重地撞他的脖颈，舔他的脸颊，急于将自己的主权重新标记在主人身上。

那是郭子仪解除兵权后的第一个寿辰。往年都在军镇治所庆生，这回换到长安王府中，多少还有几分不习惯。川流不息的高官宾客，满地乱跑的孙辈孩童，无休止的箫鼓檀板和诵经声很快就让老人心生倦意。

然而他还得耐着性子坐在那里受人膜拜。他是这大日子的主角。他得显出高兴的样子，好让旁人都高兴。

在那一片繁华喧闹中他始终觉得有什么事情不太对。他太老了，脑子转得极慢，到了第三天结束的时候才终于反应过来："阿进。阿进怎么还没来？"

儿孙们敷衍地应了几句，尚不知道该怎样向他交待：浑瑊刚被收缴了兵权，此时怕是没有前来拜寿的心情。

谁料正在这时门外传来一个清亮的嗓音："二哥。闭上眼睛。"

老人笑一下，顺从地闭上眼。随即听到了一声宛转销魂的，喵。

老人知道浑释之没有忍心杀死猎豹，而是将它带到野外放了生。然而他们都一致认为重伤到那般地步的动物在那样兵荒马乱的地方完全没有生机。于是心照不宣地没有对孩子提起。至今没有人知道猎豹是如何活下来，如何养好伤，如何穿越了数千里的战火疮痍回到自幼生长的故乡。就连最精通驯豹之术的胡人也断言猎豹的寿命绝不可能有这么长。然而浑瑊对此没有任何怀疑。就算不看毛片之下一道道熟悉的伤痕，单凭那一双眼睛就足以确认她的身份。

死去的亲人会变成动物回来看我们。他对每一个质疑这近乎神迹的奇闻的人言之凿凿：她能活这么久，是因为有那么多人想回来看我啊。

晴暖的冬日午后，老人靠在榻上在院里晒太阳，身上盖着一只呼噜声震天的大猫。

"我小时候有一次，被马踩断了腿，躺了一个多月。它就这么盘在我身上打呼噜。"浑瑊将毛茸茸的尾巴放在掌心里捋过来，捋过去，"五哥说，猫受伤的时候就打呼噜安慰自己。她看见人疼痛受罪，就去给人打呼噜疗伤。——她这是心疼你呢。"

老人一直闭着眼睛不答话，也不知听没听到浑瑊的胡说八道。长久的静默之后浑瑊以为他睡着了，准备抱上猎豹一起离开。

老人伸出枯槁的手，将大猫搂得更紧些，低不可闻地梦呓了一声，菩萨。

怀光

光弼问穆宁进退之计。宁曰："以某短见，有四。第一范蠡五湖留侯赤松也；第二曹公挟汉室令诸侯是也；第三田横海岛壮夫也；第四属镂置堇也。"公叹曰："策之末者，是仆上策。"由是旬时理军中及条疏身后事。一旦帐中饮酖而薨。

——温庭筠《乾馔子》

名字确实是爹妈给的。

给他取名的人自然不会想到这两个美好的字眼日后会成为一个淬了毒的诅咒，在这个孩子的心头烙下阴魂不散的恨意，不经意中滋生出盘根错节的枝蔓，丝丝入扣地绞杀了他全部的生命力。——而他甚至不知道该去恨谁。

他与那个人相似的不只是姓名。他们的父辈都是从帝国的东北角不远万里迁居朔方，以战功得赐国姓。他们的血脉深处都藏着一个冰封千里飞雪连天的遥远故乡。

后来他也算过，幼年时父亲恰在郭子仪麾下。但他还是知道，他的名字和他们都无关。

他知道。因为他问过。

斟词酌句，拐弯抹角，欲言又止，却被郭子仪一眼看了个对穿。

"你小时候我没见过。见你时你都娶媳妇了。"

没见过吗？可他从小就认得他。他父亲死得早。他记得母亲以惘然的神色说起亡夫："很高。好看。像郭将军。"

他甚至还记得那时他天真地恨着浑瑊。浑瑊有爷有娘，却仍旧被众人掌上明珠一样捧在手心。他没有父亲，连偷也偷不来。

他哪里不如他！

那个他如仰望太阳般自幼仰望着的男人，如今说，我没见过你。

然而就连这点心思也当场被看了个对穿。郭子仪慈祥地拍拍他的肩膀："你和阿进不一样。我看重的是你治军的帅才。你好好干。将来朔方军的符节是要交到你手里的。"

他勉强笑了一下，心却又沉下几寸。

他知道这句话是偷来的。

——他日得我军者，光弼也。

在兄长也阵亡之后母亲卖掉了房子和最后几只羊，将那笔菲薄得可笑的抚恤金换成碎银缝进贴身亵衣里，带着他头也不回地离开了边境军镇。几年间辗转畿辅，母亲给人洗衣帮佣，种田喂猪，做妓女，做鸨母，开黑店，放印子钱，什么都肯干。他没有机会读书，却在辗转流离的生涯中打熬出一身带刺的硬骨头。等到他们终于在长安城西南角典下小小一间房屋安顿下来的时候，他只花了不到半个月的时间就让全归义坊再没人敢乱看他们娘俩一眼。

后来他常听见人怀念鲜花着锦的盛世，怀念烈火烹油的长安。他冷笑着，却不自觉地侧过头去，嗅着自己身上可还残留着阴沟和潲水的味道。

尽管如此，当战火摧枯拉朽地烧过河南河北的时候他还是怀着一腔不可名状的激烈情绪，半夜里偷出父亲的横刀，就着寒意透骨的月色磨了又磨。

他是偷偷离家的。从此再没见过母亲。

他如愿以偿地被收进朔方军，跟着郭子仪击同罗，战潼关，复两京，走邺城。在香积寺那场血腥的战斗里他的刀早卷了刃，砍一个人的脖子怎么也砍不过，霎时间毫无来由地急红了眼，发疯一样一刀刀抽过去，生生将一张眉目可亲的脸砸成一滩令人作呕的污泥。

一条精致的障刀伸过来格住了他的刀。角度力道拿捏得炉火纯青。金属轻触发出清脆的声响，两条刀刃上的残血汇到一处，滴落下来，被吸进燥热的泥土中。

他骤然累脱了力，恼羞成怒地抬起头，只见一个瘦高的少年背着夕阳，手里拎着一串割下来的人耳朵，像拿糖哄孩子一样递到他面前。

"怀光哥哥。我记得你。"

他一扬手打落了那一串大约能值一个云麾将军的战利品，从牙缝里挤出一句："恶心。"

少年的嘴角极细微地抽动了一下，但最终只眨眨眼，仍旧保持着礼貌的微笑，拾起那串耳朵离开了。

浑瑊让他失望了。

小时候他曾无数次设想这个众星捧月的孩子一定会被宠坏，一定会小时了了大未必佳，一定会长成骄横跋扈面目可憎的恶少。

然而没有。那少年只长出一身毛茸茸的温良恭俭让，脸上糊满血污也遮不住蓝眼睛里冰雪般的清冽。露出小虎牙的笑容如雨后破云而出的太阳。

太阳一定是好的么？他漫无边际地想着小时候听来的那些童话。十日代出，流金铄石，焦稼禾，杀草木，只消片刻的凝视就会刺瞎眼睛。他的生命里，一个太阳已经太多了。

他第一次和郭子仪搭上话，是在郭子仪被迫离开朔方军的那天。

九节度合围安庆绪，六十万大军兵败如山倒。朝廷将覆军之责推到郭子仪身上，解其兵权，诏以李光弼代领朔方军。

听到消息的时候他出奇冷静，只一转念间就算出了那人不告而别的路径，快马加鞭赶过去，果然在官道上拦住了他。

"令公。"他在马前一拜，低垂着头掩饰紧张，"为将谁能无败。我们去把中使请回来，告以军心所向，教他回去替你说话。"

那人显然有一瞬间的惊疑，但最终什么也没问，只就事论事道："使不得。你们不要胡闹。"

他一步踏上去攥住缰绳，抬头望着那人的时候心脏狂跳，压上全身的力气才勉强控制着声音不至于颤抖："你，你不能走。"

"我去给中使饯行。不走。"郭子仪温和地一笑，却用暗劲将缰绳从他手里夺回来。

"你不许走！"他失声叫出来，"高仙芝、封常清雄兵在握尚被冤杀。你没了兵权，拿什么和他们斗！"

郭子仪眼里霎时变了神色："闭嘴！"

他扑通一声跪在地上，死死盯住随时都会将他踏出一个透明窟窿的马蹄："带我一起去。有什么风吹草动，我砍他们。"

一霎静默。他在烈日下面打起寒战，被郭子仪扶起来的时候几乎已经整个人都扑了上去。然而那人不知有心还是无意朝旁边错开半步，千钧一发地躲开了。

"傻孩子。"郭子仪显然察觉出他的异样，只在他肩头潦草地拍了一下，"这里正需要人。等李侍中来了，你跟着他好好立功。"

他仍像断了线的木偶一般杵在原地发怔的时候郭子仪已经匆匆上了马。走出几步去，见他终没有再拦，方勒住马转回头来："小郎君，你叫什么。"

他立即知道那人在打量他的眼睛。那时他甚至不了解背后的原因，仅凭直觉报以一个恶毒的冷笑：

"末将李怀光。仆固怀恩的怀。李光弼的光。"

回答他的只有渐行渐远的马蹄声。

见到李光弼的一瞬间他就懂了。他们的脸庞身形并无太多相似之处，却都生着鹿一般的圆眼睛，黑多白少，外眼角微微挑出一个戒备的弧度。甚至眸中拒人千里的寒意都有几分相仿。校场点兵，那人的目光从他脸上扫过，并没有多停留哪怕一瞬，却已镜子般倒映出他眼里的绵绵恨意。

凭什么。李怀光酸溜溜地想。这些年他心里装满了不平不满和不甘，求不得，放不下，不如人，不死心。年深日久，终酿作满腔无以名状又煎心蚀骨的怨毒。可那个人，他如今是大唐的兵马副元帅，他得到了他寤寐求之辗转反侧的一切。他又在恨什么？

他来不及咀嚼这些歪门邪道的无用心思。史思明十万铁骑压顶南下。他们再次投入了令人麻木的战斗和杀戮。

他从未和李光弼交谈过。甚至不知道那个人是不是真的认识他。然而让他惊诧的是，他在河阳战场上的一举一动都似乎被明察秋毫地监视着。每战归来，赏功的绢帛已经在寝帐中等着他。起初他还约略点数一下，后来发现与营门口张贴的赏格从无半分出入，便懒得再数。有时候厮杀太累了，甚至直到领了赏才知道自己一共杀了多少人。

他并非不为钱帛动心。然而他也清楚地知道，和赏格并排张贴的是十七禁五十四斩。闻鼓不进，悖军者斩。往复愆期，慢军者斩。倔强难制，横军者斩。陵侮百姓，奸军者斩。军中永远不缺这样的惊悚故事：主将阵前搏命，虞候兵提刀守在一旁，不容半步退却。前一天的赏赐还堆在帐中，第二天捉了百姓一只鸡，人就回不来了。夜里巡营时偶然听见新兵蛋子哭诉："来的时候都说郭仆射跟亲爷娘一样，谁知撞进夜叉手里。"

他暗自笑了一声，盘算着这是不是能算个毁谤主帅之罪。然而营门口一阵骚动打断了他的胡思乱想。喧哗混乱间他听见有人在喊李光弼的名字。

"别杀我！我是平卢兵马使董秦。我来投李侍中！"

李怀光当然记得这个降了又降、被史思明援为左膀右臂的叛军悍将。当下前去止住满弓注矢的卫兵，隔着栅栏拿刀尖挑起那人的下巴。

"今天黄道吉日，闲来无事投个降？——让我看看，你这辈子还能换几回主子。"

董秦也不是省油的灯。当场跳起来问候他全家："闭你娘的鸟嘴！我老婆孩子都不要了。连杀二十里路才跑出来。带我去见他！"

无月的黑夜里他看不清那人的脸色，只见胡须间尚未凝固的血珠一星一点映着火光。他扯动嘴角嗤道："你看上了李光弼哪点？不要老婆就要他？"

隔着一条横刀的距离他也知道那人脸红了。那张粗犷丑陋的脸与这种表情绝不相宜，滑稽得让他终于笑出声来。

"你说呀。你看上他什么了？他好看么？好玩么？你说呀！"这一笑就霎时丧失了一切理智，直笑得上气不接下气，刀都掉在地上，声音又尖又涩把他自己都吓了一跳，"你说呀！你到底看上他什么了？他有什么好！他到底有什么好?！"

吼到一半，甚至在察觉对方脸色变化之前他已被什么东西骤然攫住了喉咙，等回过神来时背后已是一层白毛汗，尖锐的寒意从肩胛之间刺进心脏。

言语喧哗，乱军者斩。

若无其上，轻军者斩。

奸舌利嘴，谤军者斩。

他知道那是谁。却根本没有勇气回头去看。然而李光弼也根本没有注意到他的存在，就好像他只是一道比黑夜更幽暗的影子。那人不动声色地上前打量了董秦一番，确认无误，打开营门做了个"请"的手势。

董秦拿看疯子一样的目光瞟着他。路过他面前时背着李光弼往他脚下吐了口痰。

"你也配。"

尽管有一千种腹诽不满但他从未以任何行动抵制过李光弼的统帅。他甚至觉得张用济、仆固怀恩那些私下里的小动作狭隘愚蠢到了幼稚的地步。果如他所料，即便在邙山兵败、李光弼引咎解职之后他们也没能等来郭子仪。甚至在继任的李国贞全家被屠之后，郭子仪也只是短暂地接管了一段时间，随即新君践祚，仅仅六天后便下诏解郭子仪兵权，入为山陵使。

这一次他拦在郭子仪马前的时候已没有一丝紧张慌乱，从容又坚定地仰起脸，微笑着告诉那人自己已经辞去了一切军职："怀光如今一介草民，无俸无产，若不能为令公牵马执蹬混口饭吃，就没有活路了。"

郭子仪这次亦没有下马，只是久久凝视他的眼睛，最终恻然叹息了一句："傻孩子。"

　　那段时间他曾颇为自己得意。李光弼做不到，浑瑊也做不到的事，他就那样义无反顾地去做了。中官用事，郭子仪被百般谮毁忧心如焚的时候，他在。吐蕃入寇，郭子仪赤手空拳临危受命的时候，他在。他甘心在阵前为他出生入死，也情愿在深宅大院里为他的妻妾们汲水执祧。那个男人甚至比他的父亲还要年长。他图什么！他所求的一切不过是这自幼所仰望的光亮也能真真切切照在他身上，承认他独一无二，承认他无可替代，承认他，尽管出身微末，却凭借自身的努力比所有别人都强！

　　到了郭子仪终于重掌朔方军的时候没有人能再怀疑他已是主将最倚重的亲信。然而七月里一封来自南方的黑色信笺轻易就击碎了他所有的幻觉：那不是他的太阳。就算他将双手灼成焦黑的枯骨也偷不来那从未属于他的光芒。

　　后来他想，郭子仪甚至在接到信之前就已经预感到了一切。他亲眼看到那双似乎有使不完的力气的大手抖得像摇摇欲坠的枯叶一样，连拆信刀都拿不稳。

　　他立刻就凑过去帮忙，却被坚决推开一边："你去……叫阿进……叫浑将军来。"

　　他当场就翻了脸："有什么事，我不能办么？"

　　然而那时那地即便是郭子仪也没有心思对他假以辞色，只将指甲深深掐进手心里："快去！"

　　浑瑊正在鞫场里校旗。他故意站在很远的地方扯着嗓子朝他喊："浑瑊！令公找你！李光弼死了。"

　　"什么？"那人清亮无辜的眼神显示他只是真的没有听清。令旗翻动几下，金鼓俱停，几千人鸦雀无声，只有飞扬的尘土还记着一刹那前的惊心动魄。

　　他曾试图在那烟尘弥漫的寂静里摆出一个挑衅的笑容，却发现自己做不到。浑瑊抱着铁胄朝他走近的时候他甚至心生难言的恐惧，最终草草垂下眼帘将那人挡在十步开外。

　　"李光弼死了。"

年轻人连表情都来不及换，扔下令旗就冲进了主帅厅中。

他还是鬼使神差地跟了过去。却并没有见到什么了不得的场面。信仍旧安安静静躺在帅案上，甚至看不到被拆过的痕迹。那双手也已不再颤抖。只不动声色地一遍遍将信封从头捋到脚，从左摸到右，仿佛手指头上长着能透视纸张的眼睛，又仿佛捏得再用力一些就可以改写结局。

"阿进。烦你回京一趟。"抬起头时，脸上甚至带着一丝尴尬的假笑，"他母亲还在。我怎么见她……我不能再去他家吊一次丧了。"

可是眼神做不得假。那种孩子般的软弱无助看得李怀光打起寒战，觉得自己实在没有必要嫉妒浑瑊的得宠。那眼神他一刹那也承受不住。

浑瑊轻轻应了一声，随即转身离开。一路小跑出了内院又出了外院，回身阖了大门，这才坐在门口台阶上放声大哭起来。

李怀光以为自己这辈子最不可能哭的人就是李光弼了。然而那孩子抱着膝盖哭到浑身颤抖，高挑的个子蜷成小小一团如受伤的幼兽一般，他在一旁冷眼看久了，心底竟也酸楚起来，毫无必要地揉了揉眼睛。

他多羡慕浑瑊啊。对郭子仪的恋慕像春雪一样无瑕，对李光弼的崇拜又像野火一样无畏。他多想要那种被神明眷顾般的纯真和勇敢，随时随地都可以坦然将自己的灵魂捧到心爱的人面前。而他的心里只有一个卑微怨毒的泥潭，滋养着荒唐的野心，面目可憎的贪婪，和连他自己都不敢直视的扭曲的欲念。

他的爱，就算用全身的鲜血去洗也再不复那种生命原初的纯净光彩。他将它擦了又擦抹了又抹，最终满心厌弃地扔在了无光的旷野上。

他甚至从未像浑瑊这样肆无忌惮地哭过一场。收复长安时他冒着违令被斩的风险偷偷离营跑去归义坊，却只见一片焦土连家门在哪里都已辨认不出。即便那时候他也不曾哭过。他只记得那年秋天多风多雨，偶尔晴天时空气干净稀薄得填不满生疼生疼的胸腔。当年住在长安时他从未在夜晚凝视星空。或者说，曾经的长安根本没有过所谓黑夜。人间灯火太过喧嚣，让一切星辰黯然失色。然而那年的中秋夜他坐在曾是归义坊的地方无心抬头，只见茫茫星河如千万点晶莹的雪花朝着他冉冉飘落。那一刻他便已知道，他这一生里，再没有"那个"长安了。

只剩下他一个了。哭，又哭给谁。

几天后他再次被主将传唤的时候，从那人脸上已读不出任何情绪。面容俊美端严一如往日，只是再不见那种他曾无限贪恋的，柔软又浩荡的融融暖意。

他也分明记得，在那之后郭子仪再没有叫过他，"傻孩子。"

"朝旨下来了。"郭子仪平静地命令他，"不但要击退吐蕃。更要收复灵州。"

"遇到仆固怀恩，是降，是擒，还是杀？"

郭子仪轻飘飘地扫了他一眼："能擒就擒。该杀就杀。不必再来问我。"

"怀恩跟着你，总有二十年了。"一点寒意沁入指尖，沿着血脉一寸寸漫上来，"他……是被逼到这一步的。"

"怀恩和阿进的父亲，从小一处长大。为对方挡过多少箭流过多少血，他们自己都数不清。——如今是什么境地。问不得这些了。"郭子仪没有再看他，疲惫地挥挥手，示意他可以走了。

他还站在原地，将冰冷的手指蜷在掌心里取暖："那，要是李光弼呢？"

郭子仪警惕地抬起眉梢。

"他再晚死一年半载的，朝廷就该让你去讨伐他了。不是么？真到那一天，你……"

话没说完，郭子仪已面无表情地起身，将兵符掷到他脚下，面无表情地离开了房间。

仆固怀恩还是知趣地及时死了，并没有劳他痛惜纠结。十六年后再次回到灵州，这座在战火中悄然衰颓的边城已与他记忆中的儿时故乡毫无关系。使府正厅作为肃宗的龙飞之地，如今已被围作"灵武受命宫"，不许闲人踏足。李怀光横竖没曾去过，对此亦没有任何感慨。

留后厅中一片狼籍。想来仆固怀恩窃据朔方期间并没有崇饰官署的心境。他很快就在帷幄前的地板上找到一片紫黑色的血迹，早已干涸在木纹里，一般人看来似乎只是污渍。他饶有兴致地在血迹前蹲下身，用指甲抠出一小片污糟的木屑，放在鼻子前面嗅了嗅。

正在这时他听见脚步声，眼疾手快地踢过一片毡毯盖住了血迹。浑瑊朝他走过来的时候用眼神问他"你在干什么？"他装作没有看见，不动声色地将那片木屑弹到了眼不见为净的地方。

他知道那正是浑瑊父亲的血。浑释之在官方文书中"阵亡"于对抗吐蕃的战斗。然而他们都知道那个温厚可亲的朔方留后其实死在仆固怀恩刀下。

他莫名心虚地坐在那条脏兮兮的毡毯上，从腰间扯下酒囊，没有让给浑瑊，自顾自一口一口喝起来。

厅里又冷又暗。破损的屋顶漏进纷纷扬扬的雪。他伸出手去接了几片。手太凉，雪花停了好一会才化。

"你小时候来过这里吗？"

浑瑊四下看一圈，没找到一件像样的坐具，索性也在他旁边席地而坐。"有几年。每到冬天安思顺入朝，李太尉做留后，我就来这里找他玩。"

李怀光没成想这里也能遇上那个人。心里一阵烦躁，当场冷笑起来："你要不要看看毯子下面有什么。"

浑瑊扫了他一眼，黯然垂下纤长的睫毛："我早来看过了。"

他含糊骂了句什么，就上一口酒咽了下去。

"阿进。你说，我们这一辈子就是这样了吗。"他一点也不爱喝酒，随身带着纯粹为了御寒。几口下去只觉头目森森，舌头好像已不受自己控制。

"怎样？"

"就……"他抓起地上积的一小堆新雪，和着肮脏的尘土捏成一团污泥，啪的一声甩进对面的佛龛里。

"这样。"

浑瑊的蓝眼睛一转，似乎听懂了。

"小时候阿爷带着我出兵，一路上哄我：打完了就回家。打完了就好了。后来，天宝末年带我出井陉的时候，他就没有再说。那时候我还以为我长大了，他不肯哄我了。"浑瑊从他手里抓过酒囊，灌了一口，"在前线的时候度日如年，熬啊熬不到头，可是算一算，打着打着，十年都过去了。"

浑瑊抱膝坐着，下颌放进两条小臂之间。静默中忽然转过头去不再看他。他知道那孩子哭了。

就是这样。开头那一两年他们都憋着一口气，什么硬仗都肯打，什么艰难困苦都不怕，都一心想着快把该杀的人都杀完，就好了。就结束了。就可以"回去"了。然而不知几时起大家渐渐沉默下去，那一股子只争朝夕的心力，懈了。没有人再追忆盛世的幻景，也没有人再憧憬战争结束后的计划。人们开始明白他们所遭遇的并不是一记突如其来的创伤，而更像是一种极为顽劣的疾病，一时半刻并不致命，却只拖着，缠着，耗着，一口口啜着温热的血，直将人折磨到形容枯槁心如死灰。

无处可回。回不去了。

这十年里他娶了妻，纳了妾，东拼西凑出一个拖泥带水的"家"。长子出生的时候李怀光刚从河北回到灵武，抱着那一口气就能吹化掉的婴儿，心里满是柔软的歉疚：阿爷无能，没把你生在一个好时候。你慢点长，等这一切都结束再懂事，好不好。

次子出生的时候他正在河阳战场上日夜搏命，只派人送去足够的钱帛和一个"知道了"的口信。在最残酷的白刃战里他也没想起过那个未曾谋面的孩子，这甜蜜的悬念竟没能激起哪怕一丁点的求生欲。

天黑得格外早。他提着一盏小小的灯走进漫卷天地的大雪中，只盯着一步以内的路径，自始至终不曾抬头。没有远方。没有终点。没有尽头。有什么可看的。

不时有雪花扑进灯里，激起一声微弱的嘶鸣。火焰跳起来极短的一个刹那，好似蛙舌卷噬一只朝生暮死的蚊蚋。

几天后中使前来宣诏：李怀光以收复灵武之功升任朔方军都虞候。授官的第二天他将当年倒背如流的十七禁五十四斩贴上修葺一新的灵州营门。

围观的人群里一个新兵惴惴地开口：“叔。那个是谁？”

“河中来的，新任都虞候李怀光。”

“原来是他。听说郭令公最看重他。我以为是怎样的宿将，原来还年轻。”

“也不奇怪。他那眼神倒真有几分像……像前一个李虞候。”

新兵正待开口，正被“那眼神”扎了个穿心透肺，背后一层白毛汗，几乎站不住脚。

李怀光倒没和他计较，只踏到老兵面前问道：“前一个李虞候是谁？”

“前一个李虞候就是李太尉呀。”老兵一点也不怕他，始终慈祥地笑着，“你年轻，没见过他那时候有多威风。”

新兵分明听见牙齿咯咯作响的声音，不由自主地躲到了老兵身后。然而李怀光没有再说一个字，只回身敲了敲榜上那一行“奸舌利嘴，谤军者斩”，看也没看他们一眼，拨开人群离开了。

回到河中之后他沉着脸闯进郭子仪厅中：“你故意的。”

“什么？”八面玲珑如郭子仪，也猜不透这样没头没脑的指控。

“你让我做李虞候。你故意的。”

“怎么了？嫌官小？”

“你，”他咬牙切齿，心里却按捺不住某种难以言说的兴奋，“你拿我当李光弼的替身！”

下意识的疑惑，随即恍然，转为惊诧，又在一瞬间被滔天的怒火吞噬。

“李怀光！你敢！”

他目不转睛地盯着他。言语可以千锤百炼，眸中的光骗不了人。

你敢。那是他一生里唯一一次让他发怒。他从他的眼睛里读出了这愤怒的真实含义：你也配。

那是他几乎认输的一次。他曾以为只要李光弼死了，他们之间单方面的战争就可以终结。然而现实完全相反。一个人活着，总归有种种泥泞，浑浊，芜杂，再浓烈纯粹的感情也禁不住日复一日的消磨磕碰。然而他死了。从此便成了一个永不褪色的影子，完美无缺的轮廓一刀一刀凿在心口上，终生终世不可磨灭。

他再怎么争强好胜也没办法与一个死人抗衡。

多年之后，郭子仪在弥留之际从儿孙的重围之中握住他的手，以最后一丝力气试图拉近他，与他对视。

他似笑非笑地凑到老人耳边，用只有他俩能听到的声音道："你想看他的眼睛。对不对。"

老人微微动了动灰暗的嘴唇，然而眼中近乎绝望的乞求出卖了一切。

"你、休、想。"

他轻巧地甩开老人枯柴般的双手，头也不回地走了。

在新君收缴郭子仪兵权的时候他当机立断攫取了战略要地邠宁和河中，而将浑瑊排挤到偏远荒僻的振武军。改朝换代弱肉强食的游戏中他毫不手软地洒着同袍的血，从面目全非的死尸手里一次又一次抠出那枚錾金错银的鱼符，牢牢攥回自己掌心。与此同时浑瑊却莫名其妙地被召回长安养在一个无关痛痒的闲职上，在郭子仪死后索性以子侄之礼为主将服了两年丧。

他以继任节度使身份出席那场盛大葬礼的时候看见一身重孝哀不自胜的浑瑊，以一种不知是炫耀还是嫉妒的神色揉了揉那人初现白发的后脑勺。

"傻孩子"。

　　朔方军现在是他的了。

　　这些年他苦心孤诣地经营着这支辉煌过后日益没落的队伍。郭子仪宽厚涵容，多年不亲军政，一镇纲纪只出自他一人之手，虽亲戚犯法亦格杀不贷。代宗皇帝对这些中兴重臣外示荣宠，转过脸去却无时无刻不在戒备和猜忌。郭子仪一次又一次恳求给朔方军增兵的奏议都被王顾左右而言他地搁置一边。与此同时一个又一个近畿藩镇和神策军镇如雨后春笋般在渭河平原上破土而出，既寸寸蚕食着朔方军的地盘，又如一双双锐利的眼睛替天子时刻监视着这支队伍。——朔方会不会有朝一日成为下一个河朔？下一个平卢？下一个淮西？

　　为什么不呢。

　　大历年间郭子仪最后一次率军出邠州抵御吐蕃的袭扰，一路见到百姓关门阖户纷纷避入山林。那些人不清楚亦不关心何为顺逆何为忠叛，只知道和朔方军旗帜相伴而来的从来都是战乱流离和苦难。

　　那一次他在老人眼中读到了心力交瘁的失望和疲惫。那是世界上最温和最坚忍最有耐心的人啊，沙场上陷入怎样的绝境，朝堂上遇到怎样的恶意，都不曾动摇他的信心哪怕一分一毫。而如今在这片他以毕生心血守护的土地上，那一道道羔羊般无辜又惊惶的目光却如片片利刃，终将那颗热诚的心凌迟千片。

　　"怀光。"老人在道旁驻了马，木然注视着一队队久经沙场满面倦容的士兵缓缓行过秋收后的田野，"我们做错了什么？"

　　他没有看郭子仪，嘴角微微挑出一个轻蔑的冷笑："他们不值得你。"

　　他一点也不气馁。他所需要的只是一个机会。

　　建中四年，朔方军正在削藩战场上与河北叛镇纠缠，忽然传来泾师兵变、天子西狩的晴天霹雳。李怀光当机立断卷甲奔命，日行百五十里不要命一样地赶路，发誓要做第一支入关勤王的队伍。一路上霖雨泥泞，将士苦不堪言。他连斩三员暗地里抱怨的部将。随军的长子看不过眼，委婉劝他：“公事要紧，有什么话打完了仗再理论。”

他抬手就是一马鞭，将那青年抽倒在泥水中："你懂什么！我们只有这一次机会！只有这一次！！"

他做到了。他们在帝国命悬一线的最后关头赶到了奉天城外。朱泚麾下的乌合之众看到朔方旗号皆望风披靡。他以重赏从军中招募不怕死的勇士，怀揣露布穿过箭矢的暴风雨登上摇摇欲坠的奉天城头。半里之外他清楚地听到城中欢声雷动，在意念中他亲眼看到惊惶的皇帝如其父祖一般，面对热血写就的朔方二字再次落下感动的泪水。

他做到了。那一刻他笃信他已将自己的名字刻在张仁愿、王忠嗣和郭子仪的旁边，成为朔方军和唐帝国永恒的信仰。

他早早打选好光鲜齐楚的衣冠甲胄，只等一道口谕便率军入城迎驾，接受雨点般的赞誉和崇拜。然而漫长的几日夜之后只等来一纸轻飘飘的诏令，天子命他们乘胜追寇，收复京师。——中使宣罢，垂下眼帘赔笑道：等立了大功再面圣也不迟。

那一刻他居然保持着冷静和礼节，只拿目光逼视中使，命他与他对视："你只说，是卢杞，赵赞，还是白志贞？"

那人没说话。不卑不亢地一低头，转身扬长而去。

最初的盛怒稍事平息，他终还是强打精神带着他的朔方军转屯咸阳，与李晟率领的神策军相次扎营，共图光复。

直到这时他才感到了真正的落差。相比之下不能入城面圣那一丁点挫折简直渺小到了可笑的地步。神策军，这支由哥舒翰在河西建制的军队，经过前朝权宦鱼朝恩的苦心经营，如今已是天子亲兵。每到赏赐发饷时扛着数倍于朔方军的钱帛粮草从他面前经过，一张张热情洋溢的脸上那无与伦比的自信光彩灼得他五内如焚。他以无数人的鲜血汗水为自己打造的光环在这一刻化为乌有。他又回到暗无天日的少年时代，以升斗给役于市，满心愤恨地仰望着朱门绣户里出入的公子衙内，论武艺论才干，自己哪点不如人！

在他几番言辞激烈地上表之后朝廷勉为其难地贬逐了卢杞等祸国奸臣，更给他加上了帝国将领最高的官职：太尉。然而他最为迫切的请求——为朔方军添饷增兵，与神策军一碗水端平——却被视而不见。这次前来宣慰的是天子新近宠信的翰林学士陆贽。年轻的儒生看上去只会侍宴吟诗的样子，一开口却是六韬三略指点江山，三言两语就将朔方众将教训得服服帖帖，没人再多说一个不字。

唯独李怀光一声冷笑打断了冠冕堂皇的辞令："太尉乃一国武臣之首。怀光区处诸军，不能足兵食，均赏赐，致朔方军缺衣少粮，四出剽掠，贻国之羞。——这个太尉，某做不来。"

"李太尉。"年轻的翰林学士将临轩册拜的竹简和御赐铁券递到他手中，抬起清秀的眉目，毫无惧色地接住他咄咄逼人的瞠视，"前一个李太尉受命时，河阳兵不过两万，粮才支十日。临淮太尉率朔方将士均少弃甘，以寡覆众，所过秋毫无犯，中兴推功第一。当今天子久闻太尉治军清勤整肃，颇得临淮遗法，特加此衔，惟君勉旃。"

李。光。弼。

这个久违的名字再次如惊雷般滚过他的心头。这些年他那么努力地恨着他，千方百计挖空心思地恨着他，悬梁刺股时时刻刻提醒自己不要忘记地恨着他。然而事到如今他发现自己竟如罔两一般始终追随着那个幽暗阴冷的影子，每一步都踏在那人曾走过的日暮穷途上。

他将铁券重重掷在地上，喉结剧烈地颤抖着，一个字一个字往外进："李光弼拥兵不朝，坐视圣驾播迁。而我们，我们辗转三千里赶来捐躯报国。——他哪点比得上我！"

陆贽和李晟默契地对视了一眼。谁都没有说话，谁也没有看他。然而他从那一霎隐秘的目光交汇处清清楚楚地读到了那梦魇般的三个字。

你。也。配。

　　如同疲惫的孩子只渴望回家，他丢下一地鸡毛的关中战场，率朔方军叛归河中府。那段时间军中流言四起，人心摇易，他却再未像过去那样以铁腕压制。部将僚属川流不息地来找他建言献策，有人劝他收复京城将功折过，有人劝他自诣行在面圣陈情，更有人附耳谋议联朱泚、通河朔、结回纥吐蕃以图长远。而他只报以冷笑和沉默。

　　日复一日他只把自己关在那间郭子仪用过多年的节度厅事里，手里玩着那半片兵符神飞天外。鱼身上被剖开的地方錾着半行篆字，掌书记曾告诉他那是一句古老的诗。

　　出车彭彭，旗旐央央。天子命我，城彼朔方。

　　天子命我。天子命我。上古时代一句骄傲的宣言如今竟成刻毒的诅咒，在折磨了一任又一任朔方节度使之后终于如期落在他身上。

　　天子无道，我也必须听命吗？

　　那些天里他如复盘棋局般一遍遍推演着李光弼的命运。假如广德二年那人顺从朝命交出兵权，就能换取余生安稳吗？假如广德元年那人如他一般出兵勤王，从此就能得到君主的信任吗？假如乾元二年那人力挽狂澜殄灭残寇，就能列土封疆永保山河之誓吗？假如至德元载哥舒翰守住了潼关，那人与郭子仪径覆贼巢拨乱反正，就能将那个梦一样的盛世捧回手心里，不会醒，不会碎，永不幻灭永无终结吗？

　　假如，假如天宝末年一切都没有发生，天下太平，盛世仍在，那人就能坦然将太阳拥进怀抱，温暖他冷傲的灵魂，无忧无虑地走完一生吗？

　　不能。不会。毫无希望。

　　他们的生命里有无数岔道，无数可能性，只没有一条路通往尘世的幸福。

　　他轻蔑地一笑，将兵符撂在地上拿靴子碾了几下。仆从进来为他披挂好甲胄。郭子仪没来得及讨伐李光弼，可他和浑瑊终于有幸兵戎相见了。

几场春雨过后，城墙的砖缝里都生出绿意。他在河中城头上看着满天生机勃勃的云，一朵赶一朵地朝西边流过去。云里有毛茸茸的小猫小狗，雪团一样滚在一起，眨眼间长大了，生出利爪和獠牙，纠集起党羽相互厮咬，湛蓝的天幕上散落洁白晶莹的血肉残骸，最后都被一阵疾风卷到地平线以下。

城下他看见浑瑊湛蓝色的眼睛。他记得那蓝色曾像太白山顶晨雾凝成的一片冰，清浅得触手即化。如今却已如渤海湾无人可及的汪洋深处，望不到底的深渊里随时都会卷起惊天巨浪。

他也看见了眼角的皱纹，鬓边的银丝，听见那人不复清亮的嗓音。老了。

众星捧月的月，掌上明珠的珠，原来也是会老的。

谁人不老。只是他们，一生里年富力强的几十年好时光，就这样葬送在这个衰败，破碎，污秽不堪的时代。

阿进。他忽然想问问那个奉王命前来讨伐他的儿时玩伴。你不恨么？

无论打架还是打仗浑瑊都不是他的对手。然而不久后马燧率河东军前来增援，当即逆转了局势。朔方将士们一辈子背着忠诚的牌坊，造起反来力不从心，只消几句摇唇鼓舌的说教便纷纷倒戈归顺。最后只剩河中一城，萧条惨淡地造着不明所以的反。

夜间举火时，方圆百里内已看不到一星一点与他遥相守望的光。李怀光心如止水地熄灭了烽燧，派人去给浑瑊捎了个口信：我们聊聊。

浑瑊依旧是那个浑瑊。第二天果然单人单骑一袭布衣前来赴约，笑容依旧是四十年如一日的温和坦诚。春风浩荡的四月天，层峦叠嶂的山石间沁出瀑布般的新绿，山杏花开得云蒸霞蔚。驿路旁一座摇摇欲坠的草亭里他们各自握着一杯冷酒，心照不宣地跳过一切客套，他开门见山地问出了想问的话："李光弼是怎么死的？"

浑瑊左手一抖，泼出小半杯酒。然而很快稳住了。

"天宝年间就病过。还没养好又受了重伤。从此一年不如一年。能一直撑到扫平逆胡，已经是奇迹了。"

"是么。我听说他是饮鸩自尽的。"

他以为浑瑊会跳起来和他扭打。然而没有。那人惟妙惟肖地模仿了一个他的冷笑："你开心就好。"

他自顾自地给浑瑊讲起那个他不知从哪里听来的传说：李光弼困守徐州，问穆宁以进退之计。聪明通透的盐铁官没有再做"束身归朝"的说教，只直截了当地告诉他：战争结束，他的使命也就结束了。接下来的路，上策可学范蠡逍遥五湖，中策可学曹操挟兵弄权，下策可学田横另立海外，下下策，亦可以谁都不学，属缕置莛，干净了断。

"你说，以他的为人，会选哪个？"

浑瑊淡淡翻个白眼，咬紧嘴唇不看他。

他得意地看到那孩子有点动摇了。然而他并没有继续调戏他的心思，只伸手道："给我看看他的刀。"

浑瑊终于立起眉，下意识护住蹀躞带："什么刀。"

"镔铁伏突。郭令公送他的。后来传给你了。我都知道。"

浑瑊彻底放弃了假以辞色的努力，像护雏的母鸡一样竖起了羽毛："和你又有什么关系。"

他又将手伸得更远一点，几乎已经碰到了浑瑊的胸口，答非所问地说："他一辈子带着它，是打算用它自裁的。可惜没用上，他一定很遗憾。"

浑瑊像被扎了一刀似的向后缩了几寸。然而沉默片刻之后他终于从腰间拔出那把镔铁短刀放在他们中间。

他无法拒绝一个对李光弼了解到这般地步的人。

镔铁出自遥远的西域，唐人只能从不通言语的胡商手中重金求购，至今无人能破解那近乎巫术的冶炼秘方。在极东之地的契丹人眼中，它更是比黄金贵重百倍的神赐之物。邪恶的咒语和工匠自身的血肉熔铸出深沉幽晦的肌理，冷若冰霜的傲骨，杀气逼人的锋利，宁折不弯的强硬。每一种品性都一语成谶地契合着那个曾将它日日夜夜贴身珍藏的契丹少年。

短刀静静躺在石桌上，乍看去只如一段黑沉沉了无生气的废铁。直到李怀光将它拿到亭外亮处，太阳照上去的一刹那两人都屏住了呼吸。那刀如活过来了一般，瑰丽的纹路和华美的光泽让一切精雕细琢的珠宝黯然失色。

他伸手在刃上轻轻一抿，玩味地注视着掌心里皮开肉绽的血痕。是把好刀。它值得他。

"他这一世啊，为了一个郭令公，吃了多少苦，受了多少罪。谁知熬了一辈子，最后竟被一个猪狗不如的皇帝逼死了。阿进。你说，他恨么？"

浑瑊一皱眉，正待开口，忽然对上那双鹿一般圆润的眼睛，登时看怔了。

他在说谁？

那是谁的眼？那又是谁的恨？

谁也不曾拿他当替身。只有他自己，一意孤行地活成了第二个李太尉。

李怀光没有期待他的回应。反手握住镔铁刀，干净利落地刺进左胸第三根肋骨下。一拧刀柄，没尽整条利刃。在血涌上喉咙之前他仰望着光彩灼目的太阳，脸上露出心满意足的笑容。

"这样才对。"

抱玉

玄宗尝命教舞马四百蹄，各为左右，分为部目，为某家宠，某家骄。时塞外亦有善马来贡者，上俾之教习，无不曲尽其妙。……其后上既幸蜀，舞马亦散在人间。禄山常观其舞而心爱之，自是因以数匹置于范阳。其后转为田承嗣所得，不之知也，杂之战马，置之外栈。忽一日，军中享士，乐作，马舞不能已。厮养皆谓其为妖，拥篲以击之。马谓其舞不中节，抑扬顿挫，犹存故态。厩吏遽以马怪白承嗣，命箠之甚酷。马舞甚整，而鞭挞愈加，竟毙于枥下。时人亦有知其舞马者，惧暴而终不敢言。

——郑处诲《明皇杂录》

李光弼的马全身乌黑，没有一丝杂色。一身毛片油光水润如缎子一般，洗澡时常让人疑心会将水都染黑。后腿上照着官印的篆体烙着名字：骊将军。可惜她太黑了，烙印几乎看不出来。

安重璋却只唤她"青娘"。为此不知吃人嘲笑了多少回，却怎么也改不过口。那是他自幼收养的小野马，花朵一般捧在手心里捧了这么大，哪里肯教旁人离间。后来他在外人面前索性不叫了。人马相互看上一眼便心领神会。以至于河西军中处处传说赤水军副使通巫术，不消开口就能和马说话。

李光弼是唯一一个任他管马叫"青娘"而从无微词的人。起初安重璋以为这是他自幼读书教养好，很久之后才明白那人只是对这一切从未放在心上。

李光弼第一次见到安重璋的时候他正在给一匹骒马接生。李光弼那时已经是有家有室的人了，却对这场面完全无法直视。心惊肉跳熬到马驹顺利降生，才屏住呼吸凑过去，介绍自己是新任赤水军使。

安重璋两手污血，深邃的绿眼睛里写满惊诧："你是节度使？"

李光弼立刻明白他为什么惊诧：军之大者莫如赤水。赤水军使一向是河西节度使兼任的，他是极少见的例外。但他并不想炫耀自己如何被节度使器重，于是只简单说，我不是。

安重璋也没再追问，继续照顾骒马去了。冷场的当口，新生的马驹颤颤巍巍站了起来。打下手的牧人给它擦干毛皮，只见一身微湿的金黄色在太阳底下流光溢彩。李光弼并不很懂马，心脏却蓦地漏跳了一拍，当场认出这是极名贵的汗血马。

安重璋洗了手，在簿册上登记马驹的生辰血统，李光弼在一旁看见"开元三十年"，忍不住出声提醒："天宝。"

"什么？"安重璋的绿眼睛里再次写满惊诧，"你给它取的名字吗？"

李光弼深吸一口气："正月里改元了。现在是天宝元年。"

安重璋愣了一下。李光弼也立刻明白他为什么愣。他们这一代人从出生到长大，还是第一次经历改元。

"皇帝死了吗？"

李光弼眼前一黑："没有。你说话注意点。"

"好吧。"安重璋耸耸肩，悻悻涂掉了马籍里的年号。李光弼注意到他写字的姿势和汉人很不一样，不知怎么学的。但字迹还是相当工整。须臾写完文书，那青年抛下笔墨，跑到马驹身边一把抱进怀里，献宝一样举到他眼前。

"他多漂亮！你看他的眼睛！"

李光弼忍不住伸手过去，却犹豫了一下，又收回来，生怕把小马驹摸坏了似的。

"他得有个名字！借将军吉言，就叫'天宝'好了。"

李光弼再次深吸一口气，庆幸刚才没有自报姓名，不然这一根筋的胡人弄不好会给马叫"李光弼"。

天宝长到三岁大，美貌已经闻名河陇。就连李光弼也当不得诱惑，每次到牧场办事都专程去看。一望无际的河西旷野，水草丰美的石羊河畔，年幼的骏马肆意驰骋，轻捷地穿过树林和草丛，穿过雪原和戈壁，穿过星月穿过彩虹，穿过这片土地最华美丰腴的好时候。成年后他的毛色稍微变浅了一些，光泽却如秋日正午的阳光般亮烈耀眼。每每望着他由远及近飞奔过来，李光弼都不由自主地微微眯起眼睛，就好像望见太阳生出翅膀，兴高采烈跃到面前。

这一回他同安重璋走进马厩，却都吃了一惊：只见一匹纯黑色的仔马守在天宝的厩门口，两匹马隔着围栏打得火热，见了生人也不曾分开。

　　牧尉这时候追了过来，尴尬又不失得意地报告说，这是天宝放牧时勾回来的小野马。

　　"盯了我们半个月，前天晚上跟着回来了。"牧尉看着两个马调情的样子也难免老脸一红，"听说有拿牝马勾引儿马的，谁知还能反过来。"

　　这功夫安重璋已经目不斜视地将小黑马检查了一遍，没有见到任何马印，只耳朵上被剪了个缺口，遂知是回纥马群里偷跑出来的。

　　"牝马也一样可以私奔呀。她要是赤马，正好可以叫'红拂妓'。可惜是黑的，就叫青娘好了。——李将军，你的马有口齿了，过两年想换个什么样的？我给你挑。"

　　李光弼听他问得似乎有些突兀，心里飞快地将前因后果转了一遍，恍然明白过来：安重璋知道他喜欢天宝，不舍得给他又不好直说。于是故意在这个时候问他，引着他去讨那骊马。——这年轻人平日里憨兮兮的，十句话有八句让人眼前一黑，谁知到了畜生的事情上，少说也有一万个心眼子。李光弼一念及此，忍着笑道："我不懂。黑的就挺好。不显脏。"

　　安重璋当场职业病发作，心中愤然：马又不是衣服，怎么能这么挑。然而他生生凭毅力忍了回去，点头顺着主将道："我看你一年四季穿黑衣，黑色衬你。等青娘长大了，我照着你的马调训她，包管你得心应手。——你的马叫什么？我还没听说过呢。"

　　"它……没有名字。"

　　安重璋瞪大了眼睛："怎么能没有名字？你和他说话的时候怎么称呼呢？"

　　李光弼好像犯错被抓的孩子一样局促起来："我不和它说话。"

　　安重璋用半是震惊半是痛心疾首的目光打量他一霎，低低地哦了一声。两人一时相对无语。只剩下旁边两匹马气喘吁吁厮缠的声音。

　　李光弼觉得这地方难站，转身准备告辞。

　　安重璋拿深邃的绿眼睛望着他，以一种怜悯的神态叹了口气："我以为你只是不亲近人。谁知你和马都不亲。"

　　李光弼最后看了天宝一眼，无言离开了。

李光弼满以为安重璋会将天宝留着自用，谁知竟猜错了。安重璋的私马都品相寻常，非懒即馋，没有一匹没毛病的。他拿自家养的骏马换这些有缺陷的军马，带回去都闲养着，免得它们在军中挨鞭子。至于那汗血宝马，后来在他的精心调训下学会了舞蹈衔杯，姿态娴雅如胡姬。李光弼看过一次，心知这是为进贡准备的，只觉得惋惜极了。

他甚至和安重璋商量过：让青娘也学跳舞，也许能和天宝长久在一处。安重璋像看傻子一样瞟他一眼："她学不来呀。她才满周岁就慕色私奔，主意大着呢。再说了，进贡的舞马不要黑色的。"

安重璋兴高采烈地带着盛装的天宝入京面圣。李光弼送走浩浩荡荡的河陇朝觐团，回到马厩里看望刚生了马驹的青娘，心里凄凄惨惨，破天荒地陪着马坐了大半晌。那时候他刚结束丁忧，家中接二连三地出事；回到军中又听说王忠嗣解职待罪，竟没见上一面。一连几个月心绪烦乱坐立不宁，这会儿坐在马身边倒觉得心里难得清静了片刻。

然而他们也只是大眼瞪小眼。就算周围没有一个旁人他也无论如何做不到跟马说话。

青娘从容吃料，从容反刍，从容爱抚她的孩子，湿漉漉的大眼睛里看不到一丝悲喜。

安重璋一去小半年，从长安回来时脸色变白了三分，衣帽打扮都换了式样。然而并没显现出应有的兴奋。李光弼问起京中见闻，他说不上两句就没了兴致。只到了夜里吃闷酒吃得半醉，周围没有外人的时候他才终于低低抱怨了一句："皇帝只喜欢哥舒翰。"

李光弼没忍住，噗地笑出来："陇右易建军功。你若是眼馋他，河源军也有牧场……"他听说陇右什将个个加官进爵，安重璋却只被赏了瓶御酒，心理落差可知。

"我不是！"安重璋打断他，"我生气的是，皇帝把天宝送去洛阳宫苑了。他都没好好看他一次！洛阳啊！他可能这一辈子都没有表演的机会了……"

李光弼心里也揪了一下。薄酒混着莫名的怒气灼烧肠胃，一时间竟顾不得斟酌措辞："你去献宝时就没想过么？皇帝什么奇珍异宝没见过，凭什么稀罕那样一匹马。"

年轻人当场被他说哭了。"你怎么能这么说！我养过几千匹马，从没有见过他那样的尤物……"

"他是好马。可马有马的使命，你把他揉搓成一件玩物，还怪别人轻贱他么？"

安重璋哭得更凶了。醉意将眼睛都熏成红色，梗着脖子朝他吼："你懂什么！你就知道打仗！除了杀人你心里还有什么?！马凭什么就要任人骑任人砍，凭什么就不能住在舒服的房子里吃草跳舞高高兴兴过完一生？我告诉你，天宝就算不入宫我也不给你。他那么美。我但凡还有一口气，绝不让他上战场！"

那天他们不欢而散之后李光弼才第一次试图去了解这个异族的年轻人。安氏曾祖是开国功臣，家中累世名将，安重璋的父兄要么称雄边塞，要么在京中安安稳稳做个寺监官。唯独这个幼子只爱和畜生混。一头栗色的卷发里常年缀满草屑，散发着难以描述的动物气味，而他乐此不疲，晒成虾红色的脸上一颗颗雀斑都闪着兴奋。李光弼自幼在军中长大，对马的认知仅限于冲锋陷阵的坐骑。被他这样抢白一回，倒是平白胡思乱想了好几个晚上。马……会失眠吗？失眠的时候它们在想什么？李光弼躺在伸手不见五指的夜里，试图回想天宝那双藏着万千星辰的大眼睛。他有什么梦想？他喜欢他的生活吗？他会思念他的伴侣吗？如果有机会选择他会做一个怎么的马？如果有机会选择他会做马么？

马不会说话，难免身不由己。那么，人呢？

两人很快相互道歉和好如初。但没过多久李光弼调回朔方，和安重璋一度断了联系。几年后在灵州匆匆见过一面，只见那青年总算将蓬草般的一头卷发整整齐齐塞进襆头里，也再说不出一句让人眼前一黑的话。李光弼和他客客气气地行礼拜年，欣喜之余心里也有一丝莫名的失落。

　　他们再次匆匆会面，是在天宝年的最后一个月。

　　叛军铁蹄踏平河朔，眨眼间陷落东都。长安城中的空气瞬间凝固。皇帝急调河陇精兵入关勤王。安重璋和王思礼带兵路过开远门时，迎头遇上匆匆出城的李光弼。

　　两人看见李光弼都相当惊讶：“你怎么在长安？你同安思顺来入朝吗？”

　　李光弼听见安思顺三个字，忍不住撇起嘴，但没有解释，淡淡道：“我回朔方去。”

　　“回去做什么？叛军都在潼关呢。”王思礼自小在朔方长大，一去河陇即乐不思蜀，再不想回那盐碱沙碛的苦寒之地了，“跟我们一起来吧。哥舒仆射一定重用你。”

　　李光弼礼貌地一笑：“北方也得有防备。”

　　“朔方节度使是郭子仪吧。他跟哥舒仆射怎么比？论战功他还不如你！你甘心屈居这么一个人手下么？”

　　李光弼看看天，拨转马头做出告辞的姿态。

　　王思礼犹不死心：“你和郭子仪不是那什么来着……你们见面打架的事我在陇右都听说了。当心他手里有权了整你……”

　　安重璋这时笑道：“你让他去罢。他的魂儿在朔方呢。在凉州几年一直魂不守舍的，我还当他小时候遇上什么东西被吓出毛病。后来在灵武见他一次，整个人都不一样了。”

　　王思礼一挑眉：“有这种事？我打小和你一处撒尿和泥，竟不知道……”

　　李光弼深吸一口气打断他：“你们聊，我还要赶路。”

　　安重璋跳下马来：“等一下，我得和青娘说说话。”

　　李光弼也只好下马，假装专注地看那胡人搂着马脖子絮絮不止。他忽然想起安重璋似乎从未对他，也从未对任何人，发表过这样深刻的洞见。他一度以为那人只通马事不通人事。直到今日被当场戳穿了心思。

有那么一刹那他心里生出一个荒唐又挥之不去的念头：那人该不会是……一直……把他看成一只马，一只豹，一只毛茸茸的什么东西，反正不是人。

然而兵荒马乱中容不下这种飘忽念头。安重璋只和青娘亲热了一小会儿就不得不继续上路。他们告辞之前相互约定：会师范阳时再见。

这约定自然是落空了。他们直到战乱的第五个年头才在河阳重逢。

见面时他们谈起被迫回京赋闲的郭子仪，谈起抱病镇守太原的王思礼，谈起已故的鲁炅、李嗣业、哥舒翰，然而谁也没有说起战争。战争已经像空气和暗影一样，每天每刻每一个角落，无时不在，无处不在，永无终结。谁会和久别重逢的故人谈论空气呢。

安重璋用一种看不出是玩笑还是认真的神态笑着说，他最近一次入朝时得到了皇帝御赐的新姓名，以后就叫李抱玉了。

李光弼听见这名字，敛眉沉思了一霎，将抱玉两个字郑重念了一遍。李抱玉拿不准该不该答应，但还是肃然行了个军礼："末将在。"

"你……喜欢这名字吗？"

李抱玉不自然地笑了一下："我只和你说这个，跟别人我是不说的。其实，天宝年间那次入朝时我最大的愿望就是想要一个皇帝的赐名。谁想到，这愿望最终竟是靠杀人的功勋才得以实现。"

李光弼颔首默叹。他知道那人一向厌恶战争。然而以眼下的情形看去，大约下半辈子都要在沙场上度过了。

他换了个话题，告诉他抱玉二字取自和氏璧的典故，蕴含高洁坚贞的寓意，是个值得珍惜的好名字。

胡人的绿眼睛亮了起来："给我讲讲。"

卞和得璞玉，献之厉王，以为诳，刖左足；献之武王，以为诳，刖右足。卞和抱玉哭于荆山之下，三日三夜，泪尽继之以血，文王问他，你为什么哭？卞和说，不是哭我双足被刖，哭的是至坚之宝无人赏识，至诚之心反遭猜嫌。

李光弼正讲到"我们的传国玺……"背后忽然传来一个清亮的声音：

“卞和捡到这璞玉，自己留着不好么？为什么非要献出去？”

两人循声望过去，只见一个蓝眼睛的年轻人笑嘻嘻地凑过来，盯着李光弼上下看个没完：“太尉哥哥，你又瘦了。太原的粮食不够吃吗？”

李光弼想伸手去揉揉浑进的后脑勺，却发现少年已经比自己还高了。悻悻停了手，接着刚才的话茬道：“卞和为什么要献玉，你不妨问问李将军，他养过一个名叫天宝的马。”

李抱玉似乎并没有听到两人的对话，思维已经跳到了别处：“卞和哭于荆山……荆山这地方，我好像去过。”

“你说的是……灵宝县内的那个。”

李抱玉听见灵宝二字，微微打了个寒噤。两人都收回视线，一时无言。旁边的浑进也敛了笑容。

那是潼关溃败的战场，是汉家长城一朝崩毁，二十万河陇健儿为一个愚蠢的君主徒然葬送了性命的地方。

而李光弼甚至还没有讲的是，天宝的宝即是灵宝的宝。当年太上皇改元天宝，改桃林县名为灵宝，正是因为在那里挖到了符瑞，以为是太平万世的吉兆。

静默的间隙里，一个铁塔般黝黑魁梧的汉子无声无息地走过来给李光弼行礼，报告说南岸又有大伙叛军人马。

四人登上中潬城眺望，只见黄河南岸水边乌泱泱挤着上千匹马。一群军卒围着洗刷饮秣，吆五喝六，喧哗嬉笑隔着水面传过来，声声入耳分外清晰。

李光弼心里好笑得紧。史思明一把年纪了，似还是小孩子心性，多几匹马都忍不住拉出来炫耀。李抱玉掩饰不住满脸艳羡神色：“是上等的奚马、同罗马，怕还有回纥马。太尉，我给你把它们弄过来，我们就不缺马了。”

一旁的汉子疑惑地扫了他一眼。李光弼却立刻明白过来，笑道：“让我的马也去。”

李抱玉有一瞬间露出不自在的表情，就好像要把自己的亲闺女送去平康坊似的，忍不住小声嘀咕了一句："我怕她反倒跑了。"

"把她们的马驹关在城里，谁还跑。——对了，青娘生的那个枣红驹子，我离开凉州时才刚断奶。后来怎样了？"

李抱玉深深看他一眼："他长了九尺高，脚力好得吓人，简直能从凉州一口气跑到长安。哥舒翰巡视河西，一眼就相中他，后来……应该是去了潼关。"

他扔下最后一句话，转身跑下了城楼。

李抱玉将一群牝马赶到河滩上，不知和马说些什么，不一时纷纷仰天长嘶起来。南岸的儿马们哪里受得住这个，当场支楞着耳朵，一个个熬红了眼，扑腾扑腾冲进水里，连滚带爬地朝北游过来。叛军中的马倌都看傻了，揪住这个跑了那个，有几人险些被马拖进河心溺死。场面一度十分混乱。

小半个时辰过去，史思明家的马已经跑过来大半。李光弼同两个部将在城楼上笑了半日，一同下去给李抱玉庆功。

几人正清点马匹，忽闻一声激烈的嘶鸣，只见一匹纯黑色的骒马高高扬起前蹄，在马群中左突右奔横冲直撞，不知踩踏了几个姐妹，照着一匹刚刚上岸的浅金色儿马一路冲过去。

李抱玉愣了一下，随即尖叫一声，也扔下手中的簿册飞跑过去。李光弼看得半晌合不拢嘴，一片嘈杂里只听见自己心脏咚咚乱跳的声音。浑进在一旁轻轻抓住他的手："太尉哥哥，出什么事了？"

"天宝。"李光弼眼睛都直了，几乎听不见自己颤抖的嗓音，"天宝回来了。"

一别十多年，昔日俊美娴雅的舞马已经遍身伤痕，密布星辰的大眼睛里隐隐写着忧伤憔悴——却依旧行如龙，顾如凤，一身丝缎般的毛片漾着明艳不可方物的光泽，如裁下一段金秋暖阳披在身上，即便近在眼前也不敢相信这是凡间之物。他已经不太认得李抱玉了，只因为性情温顺，仍旧安静地任由儿时故主搂着脖子哭了又笑，笑了又哭。一旁的骊马却已有十二分不耐烦，拿嘴将碍事的胡人拱开，旁若无人地和伴侣厮缠起来。

李抱玉无马可抱，踌躇片刻，到底没敢过来抱着李光弼发疯。只得自己抹干泪水，絮絮地给另两人讲天宝的身世："……一定是洛阳失陷时落进逆胡手里。被他们掳去河北，也许还去过幽州，相州……天知道他这些年吃了多少苦头……"

浑进少不经事，只顾盯着两匹马亲热，看了个大红脸。转回头去掩饰尴尬，却见李光弼已经带着那个铁塔般的汉子回营忙军务去了。

第二天李光弼到马厩里找到李抱玉，给他介绍那个影子般终日跟在身边的汉子。"我和你商量一件事。庭玉自从在平原入我军中，百战当先，功勋卓著，我一直许诺要赏他一匹好马……"李光弼语气平静，又隐含着不容置疑的强硬。一边说一边小心观察着李抱玉的情绪，做足了碰钉子甚至大吵一架的准备。

李抱玉刚听了五个字就明白了。无意识地抓紧了天宝的鬃毛，然而下一刻他垂下睫毛，缓缓收回手。"太尉，你不用说了。"他抬起碧沉沉的眼睛打量着郝庭玉，"郝将军，你知道太尉的脾气。我认识太尉近二十年，从没见他像喜欢天宝这样喜欢过什么东西。他将天宝送给你，一定是因为你配得上他。"他用力咬住嘴唇克制胸腔里涌上来的哽咽，将天宝的缰绳交到那汉子手里，"天宝……本不是战马。可既然生在这年月，疆场效力便是他的本分。愿将军善待他。"

郝庭玉拱手一礼，石像般的脸上仍旧没有任何表情，只简短答了一个"诺"字。一旁的青娘依旧从容吃料，从容反刍，黑沉沉的瞳仁里不见一丝悲喜。

李光弼刚在朔方军中站住脚，粮饷军械尚未齐备，史思明已经和周贽、徐璜玉会齐了十万人马，发誓要将眼中钉一般的河阳三城一举拔除。

九节度相州溃败之后，叛军声势大振，环绕河洛多个州县皆为其所占。然而李光弼看重河阳控扼两京的战略地位，严令死守，一步也不让。李抱玉奉命守南城，孤悬敌境，形势最为险峻。李光弼与他约两日为期，到期必领兵来救。而这两日里，李光弼必须在北城和中潬击溃十倍于己的敌军主力。

第一日，李抱玉在南城借诈降展开偷袭，安西名将荔非元礼在中潬以逸待劳，让史思明和周贽各碰了一次硬钉子。当夜敌军放手二城，并力转战北岸。第二天日出时分李光弼与诸将登上北城，视野里已密布叛军阵列，连黄河边上的泥滩里都挤满了人马辎重。

河阳不比太原，城池浅陋，无险可守。若不出战，叛军一人一脚都能将城堞踏碎。李光弼命仆固怀恩父子、浑进和郝庭玉各当一面出城破阵，每人只能分给几百骑卒。临行时无需誓师，人人都知道这是一场有进无退的硬仗。——河阳一旦有失，现放着封常清的先例，他们就只能下辈子结草回风以报皇恩了。

"诸君视我令旗，旗缓，任尔择利而战。急飐旗三挥至地，则万众齐入，死生以之，少退者，斩。"李光弼以一种听上去十分轻松的语气断言，"敌军虽众，嚣而不整，不足畏也。今日不出日中，定与诸君庆功。"

众人心中打鼓，都默然不语，唯独郝庭玉沉声答了一个"诺"字，遂各自领兵出城。

鏖战约一个时辰，李光弼正带人在城北抵御云梯，忽听虞候报说，郝将军回来了。李光弼闻言大惊：西北敌阵最坚，他特意交给最为信赖的部将。郝庭玉无功而返，不但西北一阵失利，只怕其余各军也斗志难继，相视而溃。

李光弼木然盯着一团眩目的浅金色载着黑衣玄甲的主人在乱军中步履维艰，极短的一瞬失神之后抽出腰间佩刀，递给身边的虞候。

"杀了他。"

虞候惊呆了。"太尉！"他的职衔远未到可以和主帅议军的位置，然而这一刻他什么也不顾了，扑通一声跪在砖石上，"郝将军忠勇无匹。太尉……"话一出口他立即知道此刻求情无用，话锋急转，"太尉杀了他，眼下无将可用，谁能去冲西北坚阵？"

"我。"李光弼看也不看他一眼，径直踏下城堞点兵备马。虞候不知所措地愣了一下，也连忙跟上去。

他曾是郝庭玉麾下射生将。从军的第一天主将问他："冲锋时你前面的兄弟受伤退了回来，你怎么办？"

照顾他？替他上前？推他回去？扔下他不管？新兵换了一个又一个答案，面前铁塔般的汉子始终面无表情，如没有听见一般。

最后郝庭玉拿手在脖颈上轻轻比划了一下。

"砍这里。"

统帅的佩刀华美沉厚。刀柄上精雕细琢的纹路冷冰冰地烙着虞候的掌心。城门开处，遥见汗血宝马前胸中箭，伤处汩汩流出黑血。脚步歪斜，几乎连头都抬不起来，只凭最后一丝求生欲支撑着在往回跑。

郝庭玉早看见虞候手里的刀，一个激灵滚鞍下马："末将马中毒箭，乞易马再战。"

虞候乍松一口气，几乎站不住脚。李光弼手中陌刀当的一声落在地上，下马来在青娘项上轻轻一拍。骊马长嘶一声飞奔过去，经过天宝身边时拿额头蹭了蹭他，却没有片刻耽搁，当即载上新主人驰向潮水般的敌军。

"庭玉。"临别的刹那李光弼忽然唤住他，俯身从靴中拔出一柄黑沉沉的匕首，"你不会一个人死。我在这里等你。"

郝庭玉石刻般的脸颊微微抽动了一下，眼里清光一闪，然而最终什么也没有说，调转马头飞驰而去。

就在他闯入敌阵的那一刻，城头令旗三挥至地。鼓角齐鸣震彻天地，隔河相望的中潬和南城中也响起震耳欲聋的呐喊声。叛军将领徐璜玉只见黑人黑马一员唐将挺枪破阵，万众之中左右驰突，任凭矢石雨落巍然不动。一杆长枪所过之处，连人带马刺倒洞穿，只如劲矢撕过薄缯般肆行无碍。兵卒们相顾失色，都道是地府无常前来索命，无不辟易而退，登时人马相践，阵脚大乱。

到了正午时分，北城四周的叛军俱已溃散。仆固怀恩父子和浑进追杀一阵，听见鸣金便满载着战利品凯旋。唯独西北阵中无人返回，只见一面郝字旗犹裹在乱军垓心不可开交，随着敌军撤退竟渐行渐远。

仆固怀恩久经战阵，当下拧紧眉头："该不会是郝将军立功心切，被他们……"

浑进刚下马，闻言立刻爬回马背："我去帮他。"

"回来！"李光弼一把揪下少年。见他不服，又瞪目喝道："下去歇着。这是军令。"

血战半日，诸将都已耗尽了体力，他不能再拿第二个人的性命去赌。

浑进哪里肯歇，只跟着主帅一同登陂远眺。心急如焚地等了不知多久，到底年轻人眼尖，忽然惊叫道："他回来了！"

几乎没有人能认出这个浑身血污、连眼珠都浸透了血色的汉子，甚至辨不清那是阳世生人还是地狱恶鬼。只凭借那匹全身纯黑无一丝杂毛的马才知道，是郝庭玉回来了。

马身上扎了十多支箭，汗水混着血水湿透了油亮的毛片，老远都能听到声嘶力竭的喘息。载着两个人一路飞驰到唐军阵中，终于体力不支摔倒在地。马上的汉子反应奇快，先将俘虏扔到一边，自己长枪撑地跳下来，踉跄两步勉强站住脚。早有牙兵飞跑过去要搀扶他，却被挥开。只见那人甲片间乱箭无数，顾不得去拔，先拄着长枪一步一个赭红色的脚印走到帅旗下面，叉手准备行礼。

李光弼从未在阵前如此失态过，当场抛下令旗抢上前去，一把揽住青年，用自己的肩膀支撑他摇摇欲坠的身体。

"庭玉！你伤了哪里……"

郝庭玉没有应，退后一步工工整整行完了礼。努力咽下口中淤血，抬头盯着主帅的眼睛一个字一个字念道："禀太尉。末将，幸不辱命。"

那日郝庭玉阵前生擒徐璜玉，威震三军。中潬和南城解围后，李抱玉领军乘胜收复怀州，俘虏安太清。叛军连失大将，伤亡惨重，军心动摇。经此一役，史思明缩回洛阳，再不敢对河阳三城动手动脚。

郝庭玉和青娘都以顽强的意志熬过了重伤，复原很快。而天宝虽只中了一箭，却当不得剧毒，挣扎数日后终于偎在青娘身边闭上了星空般美丽的眼睛。

李抱玉没有去和任何人说。独自搂着马尸坐了一夜，到黄河滩上寻了块干净地面，独自掘坑安葬了天宝。

冬季枯水期，黄河水流轻缓，波澜不惊。若不是触目可见残肢断甲，若不是空气里经日不散的血腥气，这片安静恬美的水滨只如儿时嬉戏过的清浅小溪。太阳从灰色的烟霭中挣扎出来，天地无情，河山不语，只剩下食腐的黑鸟扑翅争食的些微喧哗。李抱玉放下铁锹，累得骨头都散了，伸开双臂倒在湿冷的枯草中间，放开喉咙大哭起来。

不知哭了多久，哭累了睡着，又哭着醒过来，恍恍惚惚不知今夕何夕。最终被人叫醒的时候眼睛肿得几乎睁不开，揉了半天才怯忑地接受现实：不是自己哭瞎了眼，只是天黑了。

吵醒他的是一阵犬吠，跟着一个年轻人清亮的嗓音："五哥？你怎么在这儿。"

他隐约辨出那是朔方军中浑都督的活宝儿子，坐起来望向那边一盏小小的马灯："你是阿进么？"

"我改叫浑瑊了。玉字边的瑊，似玉的漂亮石头，就像卞和捡到的那种。"少年牵着细犬走近他，毫不见外地挨着他坐下来，"你们都叫玉，我也想叫。"

李抱玉被他逗笑了。举起衣摆胡乱抹了抹脸："大晚上偷偷摸摸出来做什么？来这里私会情人，当心教豹子叼去了。"

谁知这一句话让那少年变了脸色，霎时间敛去笑容，将脑袋深埋在双膝之间，良久没有说话。

李抱玉蓦地想起天宝年间在灵武第一次见到这少年，那时还是个半大孩子，抱着毛茸茸的一坨大猫，一声赶一声地唤他"五哥"。他心里咯噔一声，可是话到嘴边，已然来不及回避："你的猎豹，还好么？"

少年依旧不语。李抱玉猜到了八分，心底钝痛，伸手抚上他微微耸动的肩胛。少年顺势靠进他怀里。李抱玉这才发现少年手里攥着一把干枯的狗尾草，将草穗子拢在掌心里捋过来捋过去，仿若玩着一条毛茸茸的动物尾巴。这孩子气的举动不啻在李抱玉心上扎了一刀，刚刚收回去的眼泪又止不住地涌出来。他没有再问。两人如寒冬里一对怕冷的动物挤在一起无声饮泣，各哭各的心事。

又不知过了多久，灯都燃尽了。星光匝地，河面上隐隐泛起碎银般的微光。少年先挣扎着站起来，清脆地笑了一下，道："我本来……是来看黄河的。"

"天天在城头上看，还没看够？"

少年走下河滩，脱了鞋袜站在冰冷刺骨的浅水里。细犬也一声不响地跟过去紧贴着他。"太尉说，这是从灵武一路流过来的河水。我阿爷现在灵武留后……"他似乎有点不好意思，没有再说下去。

河水汤汤，流过雪域高原上的星宿海，积石山，流过河西的金城，流过朔方的灵武，流过郭子仪的九原，李光弼的振武，哥舒翰的潼关，流过他们一生里许多熟悉的，牵挂的，恐惧的，不堪回首的，魂萦梦绕的再也回不去的地方。现在，河水也从容流经他们的脚下，流经他们所爱和埋葬的一切，再流向望不见的远方，没有尽头的暗夜，不知在哪个方向的未来。

他们在岸边等了很久。在某个流星划过天际的时候两人都坚信自己在水中看到了一匹金色马和一只大猫的倒影。

李抱玉从未因为天宝的死而对郝庭玉怀有任何怨恨。然而那汉子始终心存芥蒂，很长一段时间里见了李抱玉都躲着走，不敢抬头与他对视。在那之后郝庭玉也拒绝了一切试图送给他良马的好意，只随便挑了一匹资质平庸的军马，一直用到死。

李光弼病逝徐州之后，郝庭玉被编入神策军，驻守凤翔防御吐蕃。彼时的凤翔节度使正是李抱玉。郝庭玉到凤翔的第一天就被主将认出来，亲切地唤出了他的名字。而他只默然行了个礼，姿态僵硬得像陵墓前的石像生。

他本以为寒暄几句忍过去就罢了，谁知李抱玉拉着他到了府衙里，屏退闲杂人等，凑近过去低声问道："我听人说，临淮太尉病重时只留你在身边？"

郝庭玉眼观鼻，鼻观心，不自觉地捏紧了拳头。

"对不住，我知道问这个不太好。可是……"

郝庭玉不给半分情面："你随意问。我不会说。"

话一出口他就意识到不对。他习惯了这样直来直去地和李光弼对话。而如今……那个世界已不复存在了。

他心虚地抬头扫了主将一眼，河阳旧事涌上心头，再开口时声调软了下来："不要问太尉是怎么死的。别的，可以说。"

李抱玉心一沉。这般态度简直坐实了坊间流言。然而他毕竟知道对方的脾气，只好放开这个话题。"太尉……可曾说过什么？"

"说，久淹军旅，不得奉养寡母。为父不慈，为子不孝，罪无可赎。教我们不必浪费钱粮斋僧超度。"

那个人……至死没有为自己辩解过一个字。

"那，他给你留下些什么？"

汉子木然摇头："官俸所余绢布各三千匹，钱三千贯，都分给麾下将士，后来就用这笔钱成服设奠。钱帛之外，一应随身细物，都留给郭令公了。"

又一阵沉默。

汉子准备起身告辞的时候李抱玉终于抓住了正经话头："他的马！青娘……"

"一直在令公府上。他去徐州时……已经病得乘不了马了。"

"令公令公，你们眼里就只有一个令公。"李抱玉莫名焦躁起来，站起身逼近他，"若是令公问你那件事，问你，太尉是怎么死的，——你也不告诉他？"

"他没问过。他什么都没问过。"郝庭玉拱手一礼，翩然离场。

大历年间，李抱玉和郭子仪同时入朝贺岁，正赶上幽州进贡了一匹名叫九花虬的骏马，皇帝当即转赐郭子仪以示荣宠。

老人自然是想尽一切办法恳辞不受。皇帝微笑道："此马高大，称卿仪质。除了大臣，还有谁配得上它。"

至德以降，河陇渐沦左衽之地，唐帝国失去了广阔的牧场和优良的种马。朝中君臣已经许多年不曾见过这样雄骏的高头大马了。

李抱玉在一旁看得真切。这马是上佳的底子，却失于调训，步态不稳，跑起来能将那一把老骨头都颠碎。当然他不会在天子面前说这个，只随着众人夸赞：马高六尺为骄，七尺为騋，八尺为駥。此马额高九尺，毛拳如麟，头颈鬣鬣，每一嘶则群马耸耳，实在是不世出的异宝。

几个回合之后郭子仪诚惶诚恐地接受了赏赐，又跪奏天子，邀请善养名马的李抱玉与他一同到府上查看马厩草料，以免挂一漏万，怠慢了这名贵的御马。

汾阳王府上官马食粟者五百匹，马厩里一条长廊望不到头。李抱玉在一群中使面前有心逞才，附在九花虬耳边低低说了些什么。那畜生昂首挺胸一声长嘶，果然在场所有的马全都抬起头来，吃草的也不吃了，睡觉的也清醒了，耕者忘其耕，锄者忘其锄，一个个竖起耳朵肃立不动，如士兵屏息听令。

众人纷纷喝彩。不一时看够了热闹，都去前厅里坐席。只剩下李抱玉一个人，踩着一地细碎的干草窸窣声朝马厩尽头走过去。

所有人里只有他注意到远处那匹纯黑色的老马。谁也不知道她有多老了。自进了郭府就没上过鞍鞯，平白吃着上好的刍料。后来见她不爱走动，索性连笼头都卸了，只如野马一般歇着。方才众马都凝神望向九花虬的时候，也只有她一动不动。有那么一霎老马似乎朝着九花虬的方向抬了抬眼皮，随即又觉殊无必要。照旧卧在干净软和的草垫上静静反刍。

马只有在感到极度舒适安全的地方才会卧倒休息。李抱玉只消看一眼她的姿态，先前对郭子仪的种种腹诽就都抛到了九霄云外。也在那一刻他终于恍然大悟：他们这样的武臣，平日里被一千双眼睛盯着，是不敢有任何私交的。郭子仪收下那匹中看不中用的幽州马，无非是想找个由头让他来家里看一眼青娘。

　　世上怎会有这样好，这样暖，这样温柔的人啊。李抱玉鼻子一酸，感动得一塌糊涂：怪不得那个人把三魂七魄都交给他了。

　　他走到老马前面，也不顾身上金紫华焕的官服，跪在松软的草堆里搂紧了马脖子。

　　竟没有哭。连他自己都感到意外。他将脸颊贴在温热顺滑的黑色毛皮上，只觉得安心极了。

　　郭子仪不知几时也独自过来，静静站在一旁看着他们。

　　李抱玉摸到乌油油不沾泥土的马蹄子，对郭子仪笑道："他挑中青娘的时候以为黑色不怕脏，其实骊马最显灰尘。我告诉他，每天下马来要给她洗澡，梳毛，上蹄油。她爱干净，打扮得漂漂亮亮的才高兴。他听了说，还要涂指甲？牝马都这样麻烦么？换成公的是不是容易些？——那时我们都笑他，不近女色，连牝马都嫌弃。"

　　他以为郭子仪会喜欢听这样的轶事。然而老人只是礼节性地微笑点头，仍旧没有说话。似乎根本不曾在意李抱玉说的那个"他"是谁。李抱玉小小失望了一下，随即意识到……另一个人也是如此。他认识李光弼这么多年，公事之外从未听他谈起过郭子仪。

　　他们像一对蚌壳，严丝合缝地守护那些只属于彼此的柔软秘密，用一生的痛苦将沙砾滋养成珍珠。桑海变迁，肉体朽灭，潮水无情地磨去最初的鲜明艳丽，坚如枯骨的蚌壳依旧咬合交扣，密不可间，相契如初。

　　倒是那匹始终超然物外的老马这时候忽然认出了李抱玉，围着他嗅了一遍，侧过头去蹭他的衣襟，喉间滚过低沉的呜咽。

　　郭子仪这时终于开口问道："她总这么叫……是有什么地方照顾得不好么？"

　　李抱玉抬起头，对视着那双沉静的圆眼睛，看了很久很久。

　　"她问……临淮太尉几时回来。"

将军令

观军容使鱼朝恩以廷玉善阵，欲观其教阅。廷玉乃于营内列部伍，鸣鼓角而出，分而为阵，箕张翼舒，乍离乍合，坐作进退，其众如一。朝恩叹曰："吾在兵间十余年，始见郝将军之训练耳。治戎若此，岂有前敌耶？"廷玉凄然谢曰："此非末校所长，临淮王之遗法也。太尉善御军，赏罚当功过。每校旗之日，军士小不如令，必斩之以徇，由是人皆自效，而赴蹈驰突，有心破胆裂者。太尉薨变已来，无复校旗之事，此不足军容见赏。"

——《旧唐书·郝廷玉传》

　　鱼朝恩到达便桥是在一个秋风乍起的午后。临时搭起的营寨还显得简陋而凌乱。士兵们在此起彼伏的号令声中紧张地挖壕堑，扎拒马，杂沓的脚步扬起漫天的黄尘，中间悠悠地悬着一个惨白的太阳，光芒泛着诡异的蓝色。起风的时候，沙尘如箭矢一般劈头盖脸地扑过来，让人难以呼吸。可是鱼朝恩并不十分介意这恶劣的环境。相反，他忽然觉得这风吹起他的大氅的样子，在旁人看来一定是极威严的，为此略吃点苦头也算值得。毕竟，此刻仆固怀恩勾结回纥、吐蕃大军压境，整个长安城都已戒严，天子急调诸道军前来勤王，自己坐在大明宫里"御驾亲征"。而他作为帝国里至高无上的观军容使，也该拿出几分悲壮来。

　　前来迎接的将士们一如既往地毕恭毕敬，让他十分满意。在中军帐里坐定，鱼朝恩义正辞严地拒绝了小校们捧来的珠宝和珍馐："老奴的品行，将士们素日是尽知的。虽不能替宅家分忧，却何曾与那等国家有难之际中饱私囊的狗贼们一般行止。——这些虚礼都免了罢。你们也不看看如今是什么时候。回纥、吐蕃十万大军已入了凤翔，你们算算，离这里还剩下几里地？"他按着腰带站起身来，以使自己的声音更洪亮些，"去年吐蕃入寇，可不就是从这便桥过了渭水，径入京师的么？要不是老奴拼却性命护着宅家出狩陕州，这大唐的江山社稷呵，啧！"大手一挥，摆出好汉不提当年勇的架势，"如今这场面，说起来真教老奴无颜去见地下二位先帝。昔日赫赫扬扬的朔方军，只剩下郭子仪带着一万老兵们在泾阳死战。仆固怀恩就不提了，想那李光弼，当日先帝何等抬举他，如今宅家有难，他竟装病不朝，拥兵自重。宅家仁厚，没说什么，老奴眼里却揉不下沙子，他这是要反！"

　　堂下侍立的一排将领们唯唯诺诺地听鱼朝恩训话，只有一个排在后面的汉子始终面无表情，直到听到一个反字，喉结不自觉地动了动，又动了动，忽然开口道："秉军容，临淮王上月已薨于徐州，只怕是造不得反了。"

　　鱼朝恩正从侍从手里接过茶汤来润嗓子，被这话一呛，一口水直喷得飞珠溅玉，面前一溜站着的将领们个个雨露均沾。众将一面腹诽那汉子当面顶撞鱼军容，莫不是失心疯了，一面却连眼皮儿也不敢多动一下，任凭水滴顺着脸颊流下来，在胡须间调皮地滚来滚去。

　　而出乎意料的是，鱼朝恩竟没有发怒的意思，右手抬起来在下巴上摸了一把，似乎想学那些士大夫们风度翩翩地抚一抚胡须。他径直走到刚才说话的那汉子面前，似笑非笑道："老奴如何不知道李光弼死了？我前日给他家送去奠礼，他老母还亲自来拜谢过哩。——死了又怎样？老奴也读过书，汉朝那个谁不就是，死了在阴间还想着造反的么？"

　　汉子一语不发，脸上仍旧没有任何表情，只是两个眼珠子死死盯住鱼朝恩，只片刻，便盯得他心里发虚，不自觉地退了半步，却仍旧没有发作，反倒呵呵笑了一声："你们瞧这郎君，这眼神，这口角，这通身的气派，一看就是李光弼手里的人。——你叫什么名字？"

　　"神策军将郝庭玉，见过军容。"

　　"郝庭玉。"鱼朝恩用一种近乎把玩的语气念着他的名字，忽然话锋一转，"我记得你。你是李光弼帐中爱将，精习阵法，骁勇无匹，当年在河阳生擒徐璜玉，威震三军。这回宅家派你来守便桥，你可要争气。"

　　郝庭玉只以为鱼朝恩恼羞成怒，怕要跳起来骂他祖宗八代，不曾想却等来这样一番话，一时间竟被震住了，怔了片刻，默默压低了视线。

　　一旁的泾原节度使马璘见气氛有所缓和，忙岔开话头道："军容果然对唐军上下了如指掌。这郝将军确实长于布阵。正好今日他营中校旗，军容或可赏光。"鱼朝恩一口答应下来。马璘犹担心郝庭玉强项，暗地里拿胳膊肘顶了顶他。郝庭玉也不多话，引众人往校场去了。

待众将站定，郝庭玉手中不知几时多了一面令旗。那旗子看上去颇有些旧了，把手处早被汗水渍得脏污一片。马璘眼尖，见旗脚上绣着朔方两个小字，知是李光弼旧物，却也不敢说破。——郝庭玉如今已不是朔方军的人了。

鱼朝恩只听说过李光弼军阵法严谨，却是第一次亲见校旗。只见郝庭玉将令旗高举过头，轻轻一挥，未发一言，只听得鼓角四起，营中尘头大作，数千人马排山倒海而来，不闻一丝喧哗，只听得整齐有力的鼓点伴着脚步声、马蹄声、令旗牵引的猎猎风声。最后一记鼓点响过，校场上已排出整齐的阵列，陌刀在前，弓弩押后，骑兵护卫两翼。尘土犹在飞舞，士兵们却已如石像般站定，一个个都好像和郝庭玉从一个模子里倒出来的一般面无表情，眼珠子直直盯着前方，转都不多转一下，却教站在他们面前的人不由自主地退后半步，不敢与他们对视。

众人还没来得及称赞，郝庭玉手中令旗又是几个上下来回，阵列由守势变为进攻，变为奇袭，变为追击，变为包抄迂回，箕张翼舒，乍离乍合，一面令旗如臂使指，数千兵士进退如一。

鱼朝恩看得尽兴，第一个喝起彩来。众将也连忙叫好不迭。话音未落，却见郝庭玉身边一个亲卫忽然驰入校场，将一个方才偶然走错了位置的士兵拉到场边，夺了弓弩，按倒在地，高举手中横刀照着士兵的脖颈就往下砍去。

亏得鱼朝恩机敏，当下回过神来，高呼"住手"，一面难以置信地瞪着郝庭玉："你你你，你这是干什么！"

郝庭玉看也不看他："他违令了，按军法当斩。"

"你你你，"鱼朝恩仍旧语无伦次，"你就这么对待你的兵么？你这样虐待他们，谁还肯跟你打仗?！"

"自来临淮王营中校旗，军士稍有懈怠，当场就身首异处。正因他赏罚严明，人皆自效。赴汤蹈火，从无退缩。今日这卒子一连走错了三个阵，若不依法处置，所谓军令如山，军容直以为是戏言么？"

鱼朝恩这时候倒也不是心疼那士兵一条命，只是忍了半日的气，再看不得一个身份低微的军官在自己面前如此放肆。当下便跳进校场里，一把将那士兵从刀下拉起来："又不是真打仗，没来由杀起自己人来。我大唐的子弟都由着你砍么？这个小郎君，你们不要，我自带回去当部曲。老奴身为九节度监军，难道竟保不得一个卒子？"

众将见鱼朝恩动了气，纷纷围着郝庭玉打圆场，这个戳一戳那个拉一拉，推他快去道歉。

郝庭玉仍旧面沉如水，便如方才在中军帐里时那般直盯进鱼朝恩的眼睛："我军有令，徇私情、挠军务者，斩。——军容，你违令了。"

"郝庭玉你不要不识好歹！你从军这些年，难道就没犯过一星半点的错？你的临淮王要是也这般待你，你你你，你还能有今天么？"

一旁的马璘看得真切，郝庭玉虽然脸色未变，一双手却挣得骨节咯咯作响，简直要把令旗捏断。马璘生怕场面闹到不可收拾的地步，众人大约要跟着倒霉，连忙赔笑道："可不是如军容说的，郝将军饶是李太尉帐中爱将，当日在河阳迎战史思明，冲锋时因马中毒箭，折回去换个马，险些就被太尉当场斩了。能有今日也是托军容的洪福。郝兄待部下也该宽仁些才好。"

郝庭玉始终没有表情的脸上这时候忽然扯出一丝干笑："我只恨临淮王当日不曾杀我。后来仆固怀恩违令，也不曾杀他。若都杀了，今日天下太平，临淮王落个善始善终，我便是十八层地狱里做鬼也心甘情愿。"

话说到这般地步，鱼朝恩竟不知该好气还是好笑。片刻的冷场后，他略带尴尬地放开了从刑场上拉来的士兵，没好气地踢上一脚："还不快跑?！"然后转身背着众人，看看天上昏昏沉沉的日头，没来由地叹了口气。

"李光弼，可惜了的。"

郝庭玉仍旧死死攥着令旗，不动，不语，只如石像一般落下泪来。

沉碑

我从不相信石碑可以让人不朽。落笔时白纸黑字，刻在碑上再拓下来，就成了黑纸白字。文人自有颠倒黑白的本事。然而高岸为谷，深谷为陵，在时光的洪流里也不过是转瞬即逝的一个浪花。石碑象征的从来都不是不朽，而只是譬如朝露的生命对不朽的徒劳渴望。

这种无聊的事，换了任何另一个人，我大概会直接让他吃闭门羹。但我无法拒绝颜真卿。

如果不是因为他，我这一生不会有机会认识临淮王。

我是平原本地人。家本务农，因我有几分力气，留在团练营中做个别将。天宝年间安禄山调我们征契丹，一路上看不过曳落河杀良冒功，略争了几句，回来后即被寻个错处，发去看守甲仗库。

那几年我照旧打熬力气，挺枪走马。但绝望仍像瓦缝里的蓬草，见风就长。钢刀铁胄堆在库里，没几年就锈烂成泥。更何况血肉之躯。

安禄山南下时，平原太守颜真卿首倡义军，打开甲仗库时，已找不到一件堪用的兵器。我抱着胳膊背靠库房大门，说，怕什么，腔子里但凡还有一滴血，削根树枝也能杀贼。

长官带着几分讶异打量我："你叫什么名字？"

"郝庭玉。"我将锈迹斑斑的钥匙踩进脚下的泥里。

天宝十五载初夏，盛世的版图四分五裂，朔方军东出井陉，正在与史思明的精骑昼夜厮杀。颜真卿命我押运一批绢布送去官军行营："郭、李二位将军禁断剽掠，所过秋毫无犯。他们从北边来，天气热了，须给将士们置夏装。"

我只简短地应了一声，诺。在此之前我们所传看的邸报里只有封常清和高仙芝的名字，后来是哥舒翰和程千里。朔方军素无显功，又只有几万人，在我们眼里始终只是一支偏师。至于"秋毫无犯"，当年安禄山已在邀功奏表里将这个词用烂了。

赵郡城下，有人指着城门口一个黑色的人影说，那就是如今的范阳河东两道节度使。我匆匆掏出官牒扫上一眼，借着远处的营火隐约辨认出他的名字：李光弼。

原来是他。

去年颜杲卿在常山郡举事，开井陉口迎官军，然而当时太原未出一兵一卒，竟眼睁睁坐视常山陷落。到朔方军赶来时，颜氏亲眷子侄数十人遇害，滹沱河畔死者枕藉。李光弼收复常山后，亲赴刑场收殓吊祭，以衣袂拂去其口上沙尘，具棺返葬，分遣恤其家属。

难怪颜真卿这样记挂他。

那天他在赵郡谯门下坐到起更，我就一直在远处看到起更。从城中出来的官军将士，手里哪怕多拿一件旧衣裳，也都被勒令上缴，悉归于民。

朔方军的秋毫无犯，至少在这个人手里，是真的。

第二天一早朔方军校旗，我又在校场上看了他半日。到下午李光弼才有空见我。交接完绢布，他朝我露出感激的笑容："有劳将军。代我致谢颜使君。回去路上不安稳，需要增兵送你们吗？"

似有一股血流腾地一下烧进喉咙里，早在我反应过来之前操纵舌头发出了不可思议的声音："不……我不回去了。"

兵以治为胜。所谓治者，居则有礼，动则有威，进不可当，退不可追。与之安，与之危，投之所往，天下莫当。——这是临淮王后来教给我的。当时我并不懂这些古书上的道理，只信自己耳闻目见：只要朔方军的令旗还在这个人手里，安禄山那些让官军闻风丧胆的曳落河根本不是他的对手。

　　至于我，我只希望自己是他弦上的一支箭。与之安，与之危。箭镞会蚀，箭杆会朽，而我仍可以剖开血肉折断自己的骨，用尖锐的断茬钉进他所瞄准的咽喉。

　　出于显而易见的原因，我始终没曾向颜真卿解释过一个字。可欠债总归要还。广德二年仲秋，我送临淮王的棺椁自徐州还京，颜真卿是我接待的第一个也是唯一一个访客。

　　"我在给太尉写碑文。"多年过后颜真卿仍记得我的习惯，略过一切客套直奔主题，"有些事，必须也只能问你。"

　　我抱着双臂靠定门扇，一如十年前在武库门前的初遇："谁是太尉？如今的太尉是郭令公了。"

　　他莞尔一笑："郭令公三番上表，已经辞掉了。他说，太尉只有一个。"

　　趁我失神的一刹那他扣着后背将我推进院中。客馆房屋浅陋，邻里间吆五喝六的声音此起彼伏。颜真卿面露难色："烦将军移步寒舍。"

　　我已将一张高几搬到院子里。举头三尺是青天。"就在这里说。"

　　【冬十一月，上在陕州，以公兼东都留守。制书未下，久待命于徐州，将赴东都。属疾痢增剧，公知不起，使使赍表奉辞。广德二年秋七月五日己亥，薨于徐州之官舍。】

　　长安的秋风掀得黄藤纸飒飒作响，苦涩的药气扑面而来。

　　"行状里是这样的。可我知道……"他抬眼窥看着我的反应，"这里面每一句话，都有问题。"

　　我"嗯"了一声表示同意："七月五日是庚子，不是己亥。"

　　一段焦灼的等待。

　　"别的，没有了？"

　　"没有了。"

　　又一段焦灼的等待。

　　"他最后，可曾说过什么？"

"说，久淹军中，不得奉养萱堂，为不孝子，尚何言哉。"

"别的……没有了？"

"没有了。"

"庭玉！"他忍无可忍地竖起眉毛，"你不是这样畏首畏尾的人。临淮太尉死得不明，外面谣言四起……正该我们与他申冤。"

绷到极限的弓弩被一个"死"字扳下了悬刀。"哪里不明？他转战十年无一日安寝，你不曾看见？他出镇临淮时病到什么地步，你不曾看见？河南强敌环伺群盗蜂起全靠他一人左支右绌，你不曾看见？他还能怎么死？他是活活累死的！就到这地步，你们还要指责他'匪躬之义或亏'；'天子蒙尘于外，敢不奔问官守'；还要编排他耻愧成疾、畏罪自尽。——他除了一死，还要怎样才能让你们满意?！"

我至今无法原谅那封送到临淮王病榻前的手札。

【忠，民之望也。诗曰："行归于周，万民所望。"忠也。】

神风烁烁，一笔不苟。轻薄的绵纸上回荡着清庙钟磬的肃穆声响。

临淮王微微一笑，朝信使问道："你就是穆宁，当年劝过颜尚书殉国的？——如今轮到我了？"

穆宁高高抬起下巴："太尉此时束身归朝，千载之后，犹不失'忠武'美谥。"

临淮王刚笑了一下就咳嗽起来，又很快被剧烈的咳嗽耗尽了体力，虚弱地阖上眼睛。穆宁大约以为他要哭，眉间掩不住几许得色："良药苦口，忠言逆耳。太尉恕罪。"

而他很快平静下来，也不许我扶，缓缓挪到书案前坐正。执笔的手枯槁如竹，却依旧是麾令旗、统万军、号令一出精彩皆变的那双手。

【诗曰："永言配命，自求多福。"忠也。】

颜真卿大约平生第一次见我发火，立刻就明白是因为那封信。怔忡半晌，他缓缓移开了视线："我随天子在陕州时，确也曾期望太尉提兵入关。无它，仅仅因为他是我们最信赖的人。那时候……我是不曾考虑过太尉的处境。"他的声音渐渐低下去，"后来鱼军容百般谮毁他，我想为他辩白，却已经来不及了……"

我冷笑："你连鱼朝恩的名字都不敢念出来。"

话一出口我便自觉过分。颜真卿在朝中处处弹压权阉，那些诛心之论更非出自他之口。而此时他面对我的蛮横迁怒竟没有一个字的辩解。——这般磊落态度，与临淮王何其相似。

"末将无礼。请尚书恕罪……"长久的沉默之后我赧然开口，却被他轻轻按住手背。

"后来穆宁告诉我他知错了。因为他在江南许多地方见到太尉的祠庙。在太尉从未到过的穷乡僻壤也有人为他塑像立碑，感念他保全江淮戡乱安民之功。庭玉，你要知道宵小跋扈不过一时，太尉勋业名垂千秋。后来者如何看他，正要靠我们来书写。太尉为人崇重尊贵，不屑于口舌是非。可他分明有苦衷，我们得替他说出来。"

我将手抽回来，抬头看进他的眼睛里："他还能有什么苦衷？他这辈子遇上这样不堪的皇帝，便是最大的苦衷……"

"庭玉……"他倏地变了脸色，下意识掩住自己的嘴唇。

我只顾一字一顿说下去："君不君则臣不臣。他敢做，我敢说，颜尚书，你敢写么？"

"庭玉！我写了一辈子的碑，自然知道磐石难移，人心易改。便是晋朝羊公的堕泪碑，到如今也只剩'泪亦不能为之堕，心亦不能为之哀'。即便如此，到了太尉这里，还是难免一厢情愿，想让千秋百代之后天下人仍记得他受命危难，一身许国，死而后已，是社稷纯臣！——你敬爱他，更该千方百计维护他，万不可让外人听见这样的话。明白么？"

西风乍起，将一桌散乱的手稿掀作漫天漫地的纸钱。

"我不关心这个。"我说，"他是纯臣，贰臣，叛臣，逆臣；对我，一点也不重要。"

政治正确

天宝安禄山乱，朔方节度使安思顺以禄山从弟赐死，诏郭汾阳代之。后旬日，复诏李临淮持节分朔方半兵东出赵、魏。当思顺时，汾阳、临淮俱为牙门都将，将万人，不相能，虽同盘饮食，常睨相视，不交一言。及汾阳代思顺，临淮欲亡去，计未决，诏至，分汾阳兵东讨，临淮入请曰："一死固甘，乞免妻子。"汾阳趋下，持手上堂偶坐，曰："今国乱主迁，非公不能东伐，岂怀私忿时耶！"悉召军吏，出诏书读之，如诏约束。及别，执手泣涕，相勉以忠义。讫平剧盗，实二公之力。

——杜牧《张保皋郑年传》

朔方节度使王忠嗣找到左兵马使郭子仪，说，回纥使者要来进行双边贸易会谈，你替我出席一下。

郭子仪说，为什么要替？

王忠嗣摸摸下巴说，我年轻脸嫩，不足以雄远国。

满堂裨将陷入沉默。

郭子仪咳嗽一声，说节帅，这个话不好乱讲。

王忠嗣说怎么了？除了光弼比我小一点，还有谁有意见？

不是年龄歧视的问题，当然了，年龄歧视也是政治不正确的一种，郭子仪说，问题在于上一个这么搞的人是曹操呀。

曹操怎么了？王忠嗣明知故问。

曹操他是，那个，您知道，郭子仪比划了一个微妙的手势。周围裨将们都立刻懂了，一脸微妙地点头附和。

比谁不好，比个操莽懿温之流……

然而郭子仪忽然压低声音说，曹操他是，他是宦官家里养大的呀。您这样，是吧，您的养父家族可能会感到冒犯……

李光弼一脸错愕地盯着郭子仪，盯了好一会，又将目光移到主将脸上，无声吐槽：这人有病吧。

王忠嗣噎了一下，半响才顺过气来，沉着应对：好吧。虽然。公实爱我。

后来王忠嗣以真身出席了外交活动。郭子仪佩刀站在他座位后面充当侍卫。会谈结束后唐军派出细作去向回纥使者了解反馈，回纥人说，连帅雅望非常。然，床头捉刀人，真吾父也。

王忠嗣的苦恼一：回纥人不认他当爹。

王忠嗣的苦恼二：他的左右兵马使好似一对乌眼鸡，同盘饮食，恨不得你吃了我，我吃了你。

王忠嗣将两位当事人叫过来接受调解教育：你看那个白起和王翦啊，尺有所短，寸有所长，俱善用兵，递为秦将。你们就不能学学他们么。

郭子仪急得直跺脚：白起什么的太不政治正确了……死得又惨，又不人文主义。您不要引喻失义。

李光弼冷笑：王翦为宿将，始皇师之，只知谋身不知谋国。有些人别的学不来，学他自污倒是真熟练。

王忠嗣又说，那你们学学那个李广程不识，治军风格迥异，不也并称名将……

郭子仪茫然：程不识是谁。某不识。

李光弼心道，文盲。扭过脸去：我家已经是李广后裔了。不劳您老人家牵线搭桥。

郭子仪又跺起脚来：李广数奇，太不政治正确了……什么你家还是李陵后代……腾格里啊……

王忠嗣一拍帅案：你们俩够了。光弼明天跟我搬河西去。这辈子都别同盘吃饭了。满意了没？

三方都表示满意。自此数年间相安无事。假如贵唐没崩的话，大概还会继续相安无事下去。

天宝安禄山乱，朔方节度使安思顺以禄山从弟赐死，诏郭汾阳代之。后旬日，复诏李临淮持节分朔方半兵东出赵魏。

国难当头，郭子仪高风亮节，抛开私怨，亲自来找李光弼调解教育：你看那个廉颇蔺相如都能将相和……

李光弼冷笑：将军博古通今，才知道负荆请罪。我不知道什么是负荆请罪。

郭子仪挠挠头：你急什么……廉颇他……擅衣露体的，当然是我来了。

廉颇什么的，政治不正确啊。李光弼故意学着对方的腔调：老而不见用，光剩下能吃了。

他心想，给你留三分面子，廉颇奔魏投楚的事就不提了。

郭子仪叹口气说，蔺相如劝不住赵王，大概也是郁郁而终吧。只如今国乱主迁，非公不能东伐，岂怀私忿时耶？——我们赶上这档子破事，说不得，为国营业吧。

李光弼听见为国两个字，也终于清醒了。行吧。好好打仗。天下太平了再吵也不迟。

说罢，二人执手泣涕，为刎颈之交。到战场上果真珠联璧合，可可的一对乌眼鸡，竟翻做黄鹰抓住鹞子的脚——扣了环了。

讫平剧盗，实二公之力。两人做了一对中兴功臣，先后入朝，同制授官。双双穿上绛纱袍儿，十二对宫灯引到殿中，丹墀之下并肩一跪，正位台司，还真像那么回事。

下朝来，郭子仪问，制书上那句，久著山河之誓，是什么意思来着？

李光弼心道，文盲。但还是耐着性子解释说，汉朝封赏开国功臣，封爵之誓曰"使黄河如带，泰山若厉，国以永存，爰及苗裔。"——黄河枯了，泰山平了，封国也还代代相传。

说完他自己也觉得有什么地方不对。咳嗽一声：那个。人靡不有初。取个吉利意思罢了。

郭子仪叹口气：可见旌旗不能乱立。他汉功臣……唉算了。总之，这个典故完全不正确，我皇唐圣君肯定不是这个意思。

李光弼说，那还能什么意思。

郭子仪清了下嗓子：侍中你看，"山无陵，江水为竭。"——这可不是山河么。"冬雷阵阵，夏雨雪。天地合，乃敢与君绝。"——这才正经叫山河之誓呢。

李光弼怒斥：流氓。但是拂袖而去的时候，不得不拿简册遮了脸。

后来叛乱平定，朝廷清算功臣，李光弼幸得及时死了，没曾落进叛臣传里去。郭子仪听到消息，不知是悲是怜还是喜，只是心口没来由地疼了半日。

升平时节，汾阳王府上高朋满座。文坛泰斗杨炎炫耀起他正在修撰的国史。大家传看李光弼传，纷纷击节称颂最后的《赞》端的写得好：

【凡言将者，以孙、吴、韩、白为首。如光弼雄才出将，军旅之政肃然。以奇用兵，以少败众，将今比古，询事考言，彼四子者，或有惭德。】

唯有颜真卿拧紧了一张苦瓜脸：孙、吴、商、白之徒，皆身诛戮于前，而功灭亡于后。报应之势，各以类至。而韩信……；韩信就更不用提了。

不正确。这太不正确了。

然而他还没来得及发声，忽听见主人拍案而起：那李光弼是个什么东西，就费这样心思，比出这些正经人来！还有一说，他是侍中，我是中书令，他纵好，也灭不过我的次序去。便是这一起没结果的倒霉玩意，也该先来比我。要遭报应也在我身上，且轮不到他！

夜宴

郭子仪，华州人也。初从军沙塞间，因入京催军食，回至银州十数里，日暮，忽风砂陡暗，行李不得，遂入道旁空屋中，籍地将宿。既夜，忽见左右皆有赤光，仰视空中，见軿辎车绣屋中，有一美女，坐床垂足，自天而下，俯视。子仪拜祝云："今七月七日，必是织女降临，愿赐长寿富贵。"女笑曰："大富贵，亦寿考。"言讫，冉冉升天，犹正视子仪。良久而隐。

——《太平广记》

胡谚云，沙暴来的时候，黄羊和狼也会挤在一起避难。郭子仪生性谨慎，看见地平线上风色不对就找地方躲避。靠在墙角打一个盹醒来，小小一间破庙里已经挤满了人。

以他一向的谨慎，应该说，看上去像是人。

神龛里早就只剩一把朽木，一盏长明灯却还幽幽地亮着。一个妙龄女郎坐在斑驳破旧的香案上，一条腿屈膝抱在怀里，另一条腿垂下来，脚腕上环佩叮当，通身却只是一派端丽无邪。

郭子仪揉了揉眼睛，四下扫一圈，筵席上像他一样偷偷将领子正襆头的后生少说也有十来个，如一群扎煞着翎毛准备求偶的花鹊。

七月初七夜里，人间正是家家曝衣乞巧的时辰。银州荒野这座不知名的古庙里，虽只是逆旅萍聚，却丝毫无碍痛饮狂歌的欢洽。郭子仪在一群后生里仪容最为出众，又知冷知热，被主人点做觥录事。三圈下来，官高处十分，多语处十分，衣裳鲜好处十分，十停令里有五六停都落在他身上。郭子仪来者不拒，千杯不醉，调停得宾主尽欢。偶尔遇上脸冷的，不善饮的，脾气刁钻的，也都被他一一熨帖到十二分。须臾酒酣宴阑，宾客们相与枕藉，一个个打起呼噜。不曾饮酒的那个也坐到角落里阖目休息。郭子仪正待过去搭几句话，却被女郎唤道："俏郎君跟我来，有一句话问你。"

出得庙门，才发现沙暴已经过去了。外面斜月疏星，银汉亘天，白露初降，一丝虫声也无。女郎笑吟吟对郭子仪道："你跪下，我要审你。"

　　郭子仪不解何故，因笑道："神仙姐姐，审问我什么？"

　　女郎道："你方才行令，满口里说的什么，别人不知，还瞒得过我么？"

　　郭子仪这才想起来，方才酒令里每人限一句七夕应景的诗。轮到他时熟话都被说尽了，一时发急，顺口就念了句"七月七日长生殿，夜半无人私语时"。登时脸上一热，跪下来抓耳挠腮道："敢是我多喝了黄汤，说了村话，冲撞了神仙姐姐……"

　　女郎冷笑道："我不和你罗唣。这是何人何年作的诗，我们听着耳生，你自己心里清楚罢了。"

　　如今正值开元盛世，汉皇正四处物色倾国人物，还不曾见过自己儿子的新妇呢。

　　话说到这里，郭子仪情知装不得憨，灵机一动，又道："还有个穿黑的公子念了'争将世上无期别，换得年年一度来'。我听着越发耳生，你怎不去审他？"

　　女郎闻言，轻叹了一声，另起话头道："郭郎，你这是第几遭了？"

　　郭子仪心一沉，知道再混不过去，便起身来，也叹一声道："我也不记得了。每回来一次，前世的事都忘掉八九成。只单单谨记着一件：无论怎样都要回来，一年一月一日都错不得。"

　　"郎君可知，你选的是怎样的时世？"

　　"如何不知。每一次我都费尽心力想做点什么，却只如蚍蜉撼树，什么也改变不了。只得眼睁睁看着天倾地覆，海沸陆沉。——但凡早生上二十年，斗鸡走狗醉生梦死就是一辈子。甚么道理我不明白。"他自嘲地挠了挠头，"我把自己看太重了。这里没了我会怎样？也许……并不见得就不可收拾。我只是……放不下罢了。"

　　"郎君可知，你选的是怎样的因缘？"

　　郭子仪动了动嘴，却忽然躲开对视，打叠起满脸半真半假的笑，姿势纯熟地跪到女郎脚边："今日七月初七，神仙姐姐必定是织女下凡。请赐长寿富贵。"

　　这回轮到女郎怔住了。人间痴儿女祷星拜月，自来为求良缘。她在世上走了多少遭，竟是头一回有人向她求富贵。

女郎思量片刻，也不再追问，只颔首道："大富贵，亦寿考。"言讫，空中忽降仙乐，女郎登上辎軿车缓缓升天。

待车仗去远，天边微微泛起青光。郭子仪返回破庙里取行李继续赶路，只见室内空无一人，满地流沙，却只有自己一行脚印。夜间欢宴恍如前世幽梦，不留一丝痕迹。

他从背囊中摸出长官李楷洛的手札，借着曙色重新看了一遍。上面说，你去长安催军粮，可投宿在敦义坊李家私邸，省下一份住店钱。

"偏是偏了点。"长官略带歉意地交待说，"可巧我家四郎正在京中宿卫，你们可以做个伴。他听说你是武状元，一直想认识你。"

李家四公子见任左卫左郎将。郭子仪的手指在冰凉的藤纸背面停留了片刻，仿佛想用体温暖一暖那个此刻对他尚且陌路的名字。

他所选的时代，是断崖之下无止境的血污和灾难。他所选的因缘，是浩渺如夜空的久别离之中，微茫如星光的一点长相思。

可他们还是一次又一次回到原点，将这苦尝了一遍又一遍。

世有因缘十二。初起名爱，相续炽盛，四方追求，是名为取。缘取而有有，缘有而有生，缘生而有老死。老死生忧、悲、哭泣，种种愁恼，是为一切苦蕴之集起。

甚么道理不明白。只是放不下罢了。

黑禾

（至德）二年七月，朔方节度郭子仪奏：宁朔县界荒地广十五里，有黑禾谷出遍地。每日侧近百姓扫尽，经宿还生。前后可得五六千石，其禾圆实，味甘美。

——《册府元龟》

749

巫女深深垂着头，锥髻下面露出一段蠐蛴玉颈。宽袍广袖掩了面目，只见纤纤细指如蛱蝶啜蜜一般栖在琵琶弦上，轻拢慢捻。一曲终了抬起头来，却见双眉画成倒八字，嘴唇涂得乌青，脸颊上还浓酽酽地抹了几道血痕，透着说不出的邪气。

方才还蠢蠢欲动的军将们看清了神女的真面目，纷纷倒抽一口冷气退下半步。然而毕竟都是阵前厮杀半生的汉子，甚么魑魅魍魉不曾见过，只被这诡异的妆容吓退了小半步，踌躇一时复又凑近去，七嘴八舌地求起功名利禄，富贵寿考。

这座黄河源头上的小小淫祠，在河陇军中颇负盛名，都说那巫女是三圣母下凡。这次来打石堡城，庆功酒可以不喝，河源庙万不可不拜。庙门口小小一串许愿用的桦皮小舟，不松口定要一贯钱一只，来晚了还未必请得到。

巫女眼睑上帖着黑色花钿，一双眼睛挑兮达兮，盯着人看时宛如一只刚吞下金丝雀的猫。漫不经心地张望一圈，也不知有没有听见芸芸众生的殷殷心愿，最后倏地放下琵琶，分开人堆款款走到一个黑衣将军面前，伸手搭上一边肩膀，尖尖乔乔的长指甲画着男人僵硬的脸庞轮廓。

"他们求功勋，求高迁，求子求财，你求什么？"

李光弼一皱眉，不轻不重地抬手格开女人，孰料使出七分力气，竟没能撼动那双灵蛇般的玉臂。惊怒之下一抬眼，巫女却收了力道，仍旧柔若无骨地缠着他，轻启乌唇朝众人巧笑："这个郎君，是河伯降神辅唐中兴。将来的功业呵，你们总捆在一起也不及他。"一行说，一行在他腰间摸过来捏过去。李光弼初听见"中兴"二字来得蹊跷，然而被那女人一摸，哪里还顾得计较这个。幸在高原上，人人脸上两团酡红，倒也不显他失态。趁众人哄笑，李光弼使蛮力脱身出来，逃到了人迹罕至的河滩上。

夏末秋初，这里的山脊上无一丝绿意，只有插天巉岩一丛丛一簇簇地野蛮生长。尖利的冰崖沁出冷冽的河水，在山麓里撒一串净碧琉璃般的星宿海。他在帝国全盛的版图上见过许多种黄河，却从未想过河水的源头是这样一种蛮荒景色。

上游缓缓漂来一只只桦皮薄舟，里面盛着写了名字的符纸。小船也就尺把长，工艺粗糙，大约不出半里就要散架。李光弼远远望着众人跪拜祝祷，荒唐混乱的场面在这天空地迥的背景下竟也生出虔诚意味。

不知过了多久，同僚朝他喊道："李将军，我们回去了。"

他应了一声，朝人群走过去。那厢里巫女也笑吟吟地朝他迎过来："郎君，真个心无挂碍，无愿可许？"

他们刚打了胜仗。加官进爵只在指顾之间。然而他此刻只记得石堡城下枕藉十里的春闺梦里人。

他自知不是那女人的对手，只垂下头装聋作哑。然而哪里躲得过。两人擦肩而过时只听巫女曼声道："我且问你，郭子仪是谁？"

他像只受惊的动物一样散大了瞳孔，踉跄半步，一抬头只见巫女将一枚箭簇拈在指间，滴溜溜地转了几圈，锋镝反射的阳光刺得他险些落泪。

郭子仪三个字明晃晃地刻在箭簇上。

他下意识朝腰间顺袋摸过去。——果然空了。一身冷汗地吐了口气：方才一刹那他差点以为那个名字是被巫术从他心头剜下来的。

同僚们犹在吵吵嚷嚷，却已有几人听见了巫女的话，好奇的目光朝这边刺探过来。他锁紧了眉心不发一言，只硬着头皮踏上去生抢。

"还给我！"

巫女早有准备，在被他近身的刹那一扬手，将那箭簇扔进了河心里。李光弼收不住脚，目光死死咬住抛物的轨迹，整个人都险些被带下水去。

"光弼，站住！"王思礼远远望见，高声朝他喊，"看冻碎你的骨头。就是块金子也不值当。"

微怔了片刻，那人已跑到河边拉住他，嘻皮笑脸道："丢了什么？敢是那婆娘把你的魂儿掏出来扔了？"

他不想解释，咬紧下唇跟着众人离开了。

雪域高原上的河水确实冷进骨髓里。第二天河陇军大排庆功宴，李光弼孤身一人返回星宿海，淌着没膝深的水在河心里搜寻箭簇。找了大半个时辰，四肢冻得白如死尸。明知是大海捞针，却只是心里放不下。

巫女不知几时站在河边，这回腮不施朱，面不敷粉，唯有肩头上小小一只黑鸟透着说不出的邪气。他直起腰来，四目相对，只见女人款款伸出手，指尖正拈着那枚箭簇。

"郎君。你无心建功立业，当初又何必从军？"

他悻悻地踅上岸来，放下裤脚。沾湿的衣料被风一吹，竟让早已失去知觉的皮肤又感到了更深的寒意。

大约是有把柄捏在对方手里，李光弼倒也好声好气："附了冤魂的功业，不建也罢。我只是想着，万一国家有难……"

"大唐盛世国泰民安，几时有难？这话你敢说到长安去么？"

他只是深深望了女人一眼，没再解释。若在过去他也不信。直到几日前听到王忠嗣的死讯。

世界不一样了。

"你到底是什么人？"

巫女莞尔一笑："郎君，待国家有难时，你要做什么？"

"凡我所能。"

"可知代价几何？"

"凡我所有。"

"包括这个？"

箭簇在指尖伶伶俐俐转了几圈。李光弼瞪大了眼睛，几乎要扑上去强夺时乍忆起昨日的闹剧，恨恨而退。

"炼师有泼天的神通，却来做贼，君子不齿。"

"郎君偷得，我偷不得？"巫女仍旧笑吟吟地，直面他的恼羞成怒，尖尖的指甲刮过颤抖的脸颊——倒不是因为冷。

"给我。"他已经知道自己要不回箭簇了，反倒强硬地攥住女人的手腕，掌中传出骨骼碎裂的脆响。

"李光弼。"巫女轻盈地抽回手，"他日国家有难，指望你戡乱安民。到那时候你若还记着这回事，自然还给你。可是，似这等没结果的念想，平白伤神劳心。听我一句劝，舍了罢。"

他穿好靴子回到路边，备鞍上马的动作没有丝毫停顿。"我做不到。"

离开的路上他几次疑心听到了重物入水的声响，却始终不曾回头。尽管如此，巫女那调情般的柔软嗓音还是被黄河水一五一十送到耳边。

"你会做到的。"

757

　　太原城东南墙脚下一排低矮的棚屋，过去是值夜更夫的栖身之处。乍看过去任谁也想不到这里会是河东节度使的衙帐。

　　自史思明围城，李光弼便只在这里起居，以便随时上城应敌。即便在城中巡视时，经过自家府门也未尝回顾。家中女眷已经两三个月不曾见过他了。

　　行军司马薛兼训是个精细的人，不消叮嘱，日常派人去主将家里送东送西，还忙里偷闲亲自上门问候过几回，和李夫人混了个脸熟。这日听人报说李夫人亲自找到军中来，登时心里一沉：别人不知老太太的脾气，他是知道的。

　　到营门外，薛兼训二话不说就给老太太跪下了："末将该死，竟劳动太夫人到此。"

　　李氏不吵不闹，只一派不怒自威的神气，与主将有六分肖似："你带我去见他，我静悄悄的。不然教你们满营都知道他受了重伤。"

　　一句话将薛兼训拿捏得死死的：三日前官军出其不意出城偷袭，大破贼军。杀敌七万，逐北百里，乘胜收复清夷、横野军。史思明被狠狠挫了锐气，只得收兵返回范阳，危城终得一线生机。大胜之后处处喜气洋洋，主将却一连三日不曾露面。僚佐都知他向来怕热闹，谁也不曾觉出异样。薛兼训给李夫人带路，忍不住压低声音问："太夫人……是从哪里听说的？"

　　老太太剜他一眼："母子连心。我梦见的。"

　　话说到这份上，薛兼训只得闭口无言。须臾进了中军帐，只见郝庭玉正在给李光弼后背上换药。见老人进来，一声不响行个礼，正要继续忙手里的事，李氏问他："你就是郝庭玉？"

　　"是。"

　　只听啪的一声，郝庭玉脸上不轻不重挨了一掌："亏你还是他帐中

"

爱将，干什么吃的，让他伤成这样?！”

薛兼训一路过来始终觉得有哪里不对：老太太今天过于温良安静了。到这里见她终于发难，反倒舒了口气，忙躬身赔个笑，还没说出话来，却听郝庭玉沉声道：“我又不是他的卫兵。”

“太夫人是将门虎女，亲历战阵，当知此战贼军十倍于我，实是艰险，明枪易躲暗箭难防。”薛兼训心里发急，想拉郝庭玉和他一齐跪下谢罪，谁知那汉子铁塔一般立定在床前，竟是纹风不动。没奈何，只得卖个惨：“况且郝将军做先锋，九死一生，也是一身的伤……”

尴尬僵持之际，榻上病人忽然动了一下。郝庭玉失声道：“尚书！”飞快地俯身将人按住，以免伤处被压。李光弼似醒未醒，含糊唤了声什么，执意要翻身。两人拉扯之间，刚结了一层薄痂的箭伤又被撕开。薛兼训和李夫人离得稍远些，不曾听清病人说了什么，却都分明看见一只小小的黑鸟从乌紫的淤血里挣出来，直扑上窗棂，眨眼间便啄破窗纸飞走了。

薛兼训看傻了。李夫人也当场捂住嘴瞪大了眼睛。唯独郝庭玉面不改色，娴熟地将带毒的黑血挤出来，再拿干净的绢布蘸酒擦净伤口。病人重又陷入昏睡，只剩下伤处周围的肌束仍在不受控制地微微抽动。薛兼训看着都疼，遂转过脸去盯住窗纸上铜钱大的破洞，边缘还留着羽毛蘸血刷出的痕迹。

他惯于察言观色，方才分明看见，老太太在最初的一瞬惊恐之后，眼里一度闪过恍然，仿佛猛地想起了什么；随即又被震惊和悲伤淹没，直至涌起泪水。

老人扭过头拿手帕沾了沾眼角。薛兼训也朝另一边扭过脸去，只装作没看见。

那厢里郝庭玉已经将伤口清理包扎停当，一番折腾下来，前襟上透出星星点点带血的汗迹。李夫人样样看在眼里，方信薛兼训说他“一身伤”所言不虚，顿时心下赧然。三人相对静默了一会，老太太倒有几分不好意思起来。坐到床头给儿子擦了擦额头冷汗，又看了半晌，叹口气问："他醒过没有？"

薛兼训答道："一天总要醒三两回。能喝水，只吃不下东西。"

"说过什么？"

"头天说，不许教人知道。——还有贼军在城外守着，怕被刺探虚实。——后来就没再说过话。"

如此这般又闲聊几句，李夫人情知自己留在这里也无用，便起身告辞。薛兼训送走了佛爷，长出一口气，回到李光弼床前低声问郝庭玉："刚才他叫了一声什么？"

"娘。"

薛兼训又扫了郝庭玉一眼，平生第一次觉得老搭档对自己撒了谎。

那正是麦穗刚刚灌浆，一年里青黄不接的时节。郭子仪带兵在宁朔扎下营寨，装作故地重游欣喜愉悦的样子，暗地里却心焦不已。

去年夏天他们刚在河北战场上打开局面，就因潼关失守、二圣出狩而被迫撤军。新君逃到灵武草草登基，朝廷初立，兵众寡弱，直到朔方河东两镇全师赴行在，军声大振，天子传檄诸道方有了几分底气。然而他们并未因元从之功而获得信任。朔方军中的精锐被交到宰相房琯手中，由一个从未上过战场的文人带着去打长安。郭子仪手中只有被挑剩下的老弱不满万人，北上对付乘虚而入的同罗叛军。

兵微将寡犹是小事，因这支队伍不是收复两京的主力，粮草支给也极其敷衍。到了四月里，只下一道诏书，命郭子仪自征田租饷军，竟是要让他们自生自灭。

宁朔一带蕃汉杂居，军多民少，又当战乱，哪里还榨得出膏血。郭子仪唯唯地接了旨，愁得一连几夜睡不着觉。眼看到了断粮的日子，僚属来报说：宁朔西界有荒地十五里，一夜之间忽生黑禾，非麦非黍，却挂着沉甸甸的穗子。附近农户估计收割下来总有上千石，却都怪其妖异，竟无人敢靠近。

若在平时郭子仪对这种子不语的邪门消息是连听都不肯听的。然而那天是真的急疯了，也不管是不是在做梦，当场一拍桌子：愣着干什么！还不割麦子去！今晚端上桌，有毒先毒死我！

谷子倒进锅里时众人还都惴惴：比仓底发霉的陈粮还黑呢……然而只消一刻工夫，蒸汽上来，满营里的窃窃私语全都变作了咽口水的声响。——这香气，就算是妖物……吃了也不亏啊。

到这份上，也不消郭子仪带头，将卒们都欢天喜地吃起来。粮料使路嗣恭端着碗默默算账：这回收成大约能撑十天八天，再往后还不知怎样。这等天降好事碰上一回已是稀世奇闻，难道还能有第二回。——然而愁也无用，吃一天算一天罢。——一面胡乱打着算盘，一面朝主将扫了一眼。只见郭子仪尝了一口，脸上却现出难以捉摸的神情，怔忡半晌，似乎被什么东西吓到不敢再吃，然而众目睽睽之下，又只得梗着喉咙硬吞。

不能够啊。路嗣恭匆匆扒完碗中的饭。这谷子虽来得邪气，味道却毫不含糊，嚼起来有青麦仁的柔韧，又带着甘美的谷物清香。只可惜今天舂碾匆忙，里面夹了不少麸皮草芒，主将大约是锦衣玉食惯了，吃不得这份苦。

正这么胡思乱想着，郭子仪悄无声息地凑过来："这个饭……你没觉得有什么味？"

路嗣恭茫然："饭……味？"

"有没有血腥气？"主将越发压低了嗓音。

路嗣恭拼命摇头。正待开口，郭子仪掐住他的肩头做了个噤声的手势："我刚才什么都没说。你也什么都没听见。——明天带我去地里看看。"

第二天他们到达城西那片荒地时，所有人都看呆了：昨天离开时满地禾茬一片狼藉，仅仅一个晚上，竟又长满了沉甸甸挂着谷穗的黑禾。

这等好事还真有第二回。路嗣恭乐开了花，正唤人去调兵，却被郭子仪止住。主将指着远处三三两两围观的农户："今天的留给他们。我们明天再来。”

“明天还不知道……”路嗣恭脑子里飞快地算着账，到底不太甘心。

“会有的。”郭子仪说。

他们一直在现场看着农人们收割。天色渐暗时终于忙完，父老相携前来道谢。郭子仪魂游天外了半日，这时勉强回过神来，连连摆手：“不要谢我。——天宝初年本郡有个太守名叫李光弼，有人记得他么？”

半晌，一个老妇人怯怯地说了句：“有一年白灾，他免过我家的地租。”

又半晌，一个中年汉子道：“他在的时候，胡人都老实。”

其余便是一片茫然的沉默。

“……没什么。”郭子仪自嘲般轻笑一下，再次摆摆手，“没什么。记得谢他就好了。”

756

他并未陷入真正的昏迷，只是始终没有摸到幻象与现实的边界。一时在太原城头上骑竹马、堆沙子；一时又在灵武老宅里调兵遣将杀伐决断。从荒谬滚进另一种荒谬，从疲倦下坠到更深的疲倦，却被附骨之疽的寒意啮着脚踝，不得片刻安歇。

惟一清晰无误的是战场记忆。先锋军如闪电撕开蚁聚的敌阵，冒着飞蝗般的箭雨左驰右突乍离乍合。蔡希德军被打了个措手不及，直杀红了眼，死死咬住这支队伍，誓以血洗这以少覆众的耻辱。须臾追到数里外一片土塬上，叛军见地势高阔，并无疑虑。恰在此时主将令旗三麾至地，先锋骑兵忽如烟花般四下星散。敌军一时迷惑，纷纷勒马张望。就这一刹那的犹豫，脚下地面轰然坍塌，现出一个巨大的陷坑。蔡希德落坑时险被自己坐骑压死。

他满心欢喜地拨马出阵，迎向立了首功的先锋。郝庭玉拎着几颗头颅，纵马朝他奔来时脸上也现出罕见的笑容。

没有人看到箭矢的来路。敌军几乎被全歼，早没了还手之力。事后将佐们如何复盘也无法解释这支毒箭来自哪里，又是如何精准穿透甲叶间细小的缝隙直取后心。

只有他在正午的烈日下瞥见一个细小的黑影，穿过胜利的狂欢给他衔来消息：朔方军断粮了。

他所记得的下一个场景已回到城中。郝庭玉对他说，会很疼，随即拿红热的刀挑进后背肋骨间。他并不记得具体是怎样的疼法。只知道那一刀直剜进阴曹地府，整个受降城的漫漫雪夜长驱直入灌进伤口，冻住了全身的血流。

在黑色暴风雪的中心他拼命睁开眼睛，天上地下搜寻那只黑得像淬了毒一般的飞鸟。

"带我去宁朔。"

巫女的乌唇一张一合："郎君，他拒绝了你两次，还不死心？"

"不关他的事。"痛楚如巨石碾压血肉之躯，执念却如植物根系从粗粝的石缝里杀出来，"还给我！"

黑色的飞鸟翩然栖落在后背，尖利的喙刺进伤口深处，丝丝缕缕撕扯着腔子里的血肉。

叮当一声脆响。铜盘里落进一枚箭簇。他听见部将沉重的叹息："好了。"

三日后，城墙脚下的棚屋里将士僚佐照旧进进出出。主将虽然看上去日益清减，神情威仪却与往日无二，调兵遣将剖决如流。——只有极少几个人知道这次受伤后李光弼粒米未进，公事之余只是昏睡，半个月下来，便是铁打的人也熬干了。

薛兼训病急乱投医，硬着头皮到李家私邸问安："尚书每天坐起来两三个时辰，还能处理军务。……要是肯吃点东西，大约再有几日就能大好了。"

李夫人也不知信也不信，只是凄然冷笑。薛兼训尴尬了片刻，却始终保持恭谦又诚恳的态度："那天的黑鸟，我们都看见了。常言道知子莫若母。太夫人见多识广，还求不吝赐教。"

"那是他的血。"她垂下眼帘，一瞬间衰老了十岁，"几时洒尽了，他这一辈子的磨难就到头了。"

他像被困在封冻的河床里，周围的一切都隔着一层冰壁。清晰，明朗，触手可及，却没有一丝温暖能触到他的指尖。他分明听见僚属在汇报城内因暑热而生的瘟疫，看见自己的手执笔，在报捷的奏表上落下"至德二载四月九日"的款识。笔尖长久地悬在空中。为什么会这么冷？本该是单衣试酒的四月天啊。

然而没来得及反应，他已被这个咒语般的日期拖进了梦境。一年前的今天，是郭子仪亲率朔方军赶到常山城下救援他们的日子，是他一生里最喜悦最满足的时刻。从那天起他们兵锋所向，即如南风催熟新麦一般采撷着触手可及的胜利。那是他们第一次并肩作战，却好像曾在漫长的轮回中为对方欣然赴死过几百次，默契到已经互为胸前的甲，背后的弓。

嘉山大捷的那天晚上李光弼罕见地对同袍的敬酒来者不拒，破天荒喝到了微醺，举杯径到郭子仪面前："往后有什么打算？"

明天休整。对方脱口而出。他们需要一点时间收拾粮草战具，为即将开始的长驱奔袭做准备。

"再往后呢？"

"博陵和饶阳，你想取哪个？"郭子仪盯住毕剥的营火，平生第一次在说话时没有看他的眼睛，"史思明已经是强弩之末，你到博陵必建首功。我从信都、饶阳一路北上，不出两个月，定与你在范阳会师。"

而李光弼一个字都没有听进去。在混战中他们只消远远望一眼对方的旗帜就能配合得天衣无缝，到这促膝倾谈的场合，那人如何能听不懂他的弦外之音？

他所问的"往后"，不是明天，不是明年，而是两人的整个余生。甚至更多。

十年如一日。哪怕在战场上无数次性命相托之后，那人的答案从未改变。

营火对面一个人影无声靠近，是带兵去帮百姓抢收夏粮的郝庭玉回来了。他手里拎了一把未熟的青麦，就着营火的余烬燎去麦芒，双手一搓再一吹，麸皮如羽毛般飞起来，掌中剩下带着焦香的麦仁。

薛兼训出身簪缨大族，头回见这般乡土野趣，又是好奇又是馋嘴，看得眼都直了。郝庭玉拿小碗盛了青麦仁，朝李光弼的方向瞟了一眼，见主将神色恍惚，便不去打扰，将零食都送了同僚。

"香。就是费牙。"薛公子一边抱怨，一边嚼得乐此不疲。

"拿碾子碾了，撒几星盐酪，乡下叫作粘转儿。"郝庭玉难得有兴致说句闲话。他是河北人。官军眼看就要收复他的家乡了。

那厢里只见李光弼霍地起身离开，带翻了杯盘也顾不得。薛兼训噗咻笑出了声。郝庭玉道，你笑什么。

"你听见么，郭尚书在那里拉着手问他，'光弼，你冷不冷。'——这大夏天的。给你看看什么叫五迷三道。"

郝庭玉登时撂下脸来，揪着衣袖不由分说将薛兼训拖走了。

李光弼最终是被青麦仁的香气唤醒的。伤口的锐痛和彻骨的寒意并未消退，但久违的饥饿感让他立刻意识到：这次是真的醒了。

值夜的薛兼训早当不得馋，偷偷打开食盒捏了几条，刚塞进嘴里就被主将当场撞破，登时噎得脸都紫了："末将该死！这是郝将军今日出巡，千方百计从城外买来的。尚书尝一口？"

郝庭玉此时也闻声进来，一边汇报哨探见闻一边剜了同僚一眼：出息。然而主将自受伤后第一次对食物表现出兴趣，他已是高兴得顾不上别的了，忙去寻了碗筷，三人坐在一起吃了顿久违的宵夜。

"这就是粘转？"薛兼训边问边在心里默叹：上次在嘉山脚下吃青麦仁，到现在不过一年时间。那时他们都以为战争马上就要结束了。一年过去，大唐的两京却都落进叛军手里，郝庭玉的家乡……听说被屠了城。郭子仪至今还在朔方与同罗部周旋，不知几时才能打到关中。

李光弼点头："小时候在营州吃过，很多年不见了。"他吃得很慢，却没有现出任何不适的样子。郝庭玉看在眼里，心里一块石头总算落地。下一刻只觉眼角里扫见一团小巧的黑影子，啪的一声放下筷子，三步赶到窗前。

另两人同时抬起头，惊疑地望着他。

"没什么。"郝庭玉转过身，拿后背挡住窗纸上的破洞。

这次他总算看清楚，那只黑鸟飞向西边了。

郭子仪在夜深人静时独自来到那片生长黑禾的荒地。白天的收获留下一地残乱的茎叶，夜风簌簌吹着，空气里漾着淡淡的血腥气。他随手抓了抓土壤，几乎是一把散沙，无法想象是怎样的植物能在这样恶劣的环境里凭空生长。

天边落下一颗流星。一只小小的黑鸟从夜色里化出，无声无息地落在他脚边。他俯身蹲下，随即跪在粗粝的沙土中，好离那小小的黑影子再近一点。

"……回去罢。"他几番努力才终于发出声音，幸而深沉的夜色和渺远的旷野稍稍掩饰了这场景的荒谬，"我这里……兵精粮足，什么都不缺。眼看就能打回长安。而你，你不能再这样消耗下去了。光弼……快回去，不要再来了……"

他看不到鸟的眼睛，但他知道那生灵一直在凝视他。他自从认识李光弼就一直觉得那人看他的神情与众不同。很多年间他不知该怎样形容那种凝视，直到此刻恍然大悟：那人从第一天起，每一次看他都仿佛是最后一眼。

黑鸟一动也不动。他又是尴尬又是心急，忍不住伸出手去想推一推它。小生灵忽然扇扇翅膀挪到他手边，顺势将毛茸茸的脑袋塞进他温热的掌心。

他们都认得这地方。

那时候开元盛世，边疆万里无虞。郭子仪守定远城无聊之余，在朔方管内飞鹰走狗，四境之内皆兄弟。定远临近宁朔郡，年轻的太守与他一见如故，日夜相从略无猜嫌。宁朔西界这一片荒滩是他们常去的猎场。到日色向晚时，两人下了马生起篝火，郭子仪手法娴熟地剥了只兔子，涂上蜂蜜烤出甜脆的酥皮。李光弼一张冷脸令人生畏，到他面前却全然端不起架子，闲聊之间常常朝他望着望着就出了神。日寒草短，露冷霜白，月出皎兮，劳心悄兮。话头断了也无人在意，就这样一眼一眼地偷着光阴。

郭子仪当然知道有人在暗地里窥看他，也不点破，只是手里一刻不停地忙着琐事。实在无事可做，便将箭壶拎过来一五一十地数。数了三遍，忽然一抬头，对上青年躲闪的目光："抓完兔子还是齐的，眼错不见就丢了一支。教王大夫发现又要挨罚。"

李光弼一瞬间红透了脸，慌得像只无路可逃的兔子。然而硬是凭借天生的大将风度稳住脸色，一手死死捂住腰间顺袋："想是路上颠掉了。这么黑，别去找了……我赔你一支行不行？"

"那还了得。"郭子仪噗哧一声笑出来，"失兵器一重罪，舞弊又一重罪。——他老人家让给箭上写名字，防的就是这一手。"

青年刚从自己箭壶里拈出一支来，闻言暗咬了嘴唇，狠狠将箭掼回去："肉熟了。吃饭。"

"光弼，我逗你呢。"郭子仪做好做歹哄着板起脸怄气的伙伴，"王大夫日理万机，哪里顾得上这点鸡毛蒜皮的事。你只管放宽心，多吃肉。一天到晚这么心事重重的，当心长不高。"

青年拧着眉头瞪他一眼，却还是撑不住，笑了。

"往后……你有什么打算？"李光弼将嗓音压到最低，却还是如面前的火焰一般，在夜风里雀跃地微微颤抖。

郭子仪撕了兔腿上最好的一块肉，热气腾腾地递过去："明天要是不下雨，我带你去北边沙丘里堆沙子。"

李光弼仿佛被绊了一跤，眼里几乎溢出怨色来，然而只见颔角僵了一霎，生生被他自己拂开情绪，只干笑一声："堆沙子？"

"听说你小时候玩沙子，被蓟国公好一顿训，再不玩了。如今他老人家天高皇帝远，我们偷偷玩一回，不要紧的。"

话说到这份上，笑也得笑，不笑也得笑。李光弼讪讪笑了一下，随手从地上抓起一把沙土用力攥紧。点点滴滴，转眼就从指缝间流尽。

　　然而郭子仪的承诺落空了。那天他们跑了一天的马，围在火堆边小憩片刻，谁知竟睡着了。夜里起风，篝火引燃荒草，一路烧到附近田垅里，毁了十来亩即将收获的黍禾。第二天李光弼拎着他上灵武找李楷洛自首，双双领了顿板子才算完。

　　在那之后两人见面总有几分难以言说的尴尬。然而生涯悾偬，动若参商，连相对尴尬的机会都难得。各自丁忧几年，李光弼随王忠嗣调去了河西。七年后又回到朔方，却也没曾安稳多久，与安思顺一言不合，正当盛年时竟辞了官。

　　郭子仪听过关于此事的各种传闻，但他无端相信自己的猜测最接近真相。李家世为蕃将，积祖幼习骑射。他看着那人在鞍马上弄弓矢矛稍，总觉得像在看一只低飞掠食的鸷鸟。急于用坚爪利喙撕破笼盖四野的阴霾，却苦于抓不到扶摇而上的风。

　　终有一天那人会飞到比昆仑山更高更远的地方，用锐利的翼尖在国史里刻下自己的姓名。他仰望着远空里翱翔的影子打算过无数种未来，细细密密地规划过他们连辔驱驰的归途，并肩听雨的庭院。然而……若是没有那个黑色的预言，他不过是老大年纪不思进取的一个平庸军吏，哪里接得住这沉甸甸的一问。

　　而那预言若是真的……郭子仪猛吸一口气，狠狠将自己掐醒。乌鸦嘴。不能够。大唐江山锦绣万里永固千年，怎么会有那样的事。

　　他曾以为他最大的幸运止于在鸷鸟振翮凌空时偷偷收藏一两片飘落的羽毛。直到渔阳鼙鼓惊破升平歌舞，朔方旌节阴差阳错地落进他手里。出征的兵马尚未点齐，李光弼竟从长安一路赶到边关投做他的兵马使。——过于神速，以至于他暗地里疑心那人是不是早在安禄山动手之前已经料到了什么。

　　黑衣黑马的孤单身影，冬日向晚的阴天，棱角分明的脸上没有悲喜，只是目不转睛地望着他。正如此刻黑鸟一只接一只从东边飞过来，无声无息遮云蔽月，落在他身边，落在他们曾熟悉的土地上，穿透所有错过的华年与无期的未来，望着他。

破晓时分数万只黑鸟同时起飞，绕着田地一圈一圈徘徊。第一缕曙光勾勒出地平线时它们纷纷落下细小的羽毛，在初夏的田野上下起一场黑色的雪。那些影子般的翅膀没有血肉和骨骼，羽毛落尽即消失无踪。黑羽在干燥的沙土里凝成种子，乌油油的幼苗和朝阳一同破土而出，抽叶拔节，扬花结穗，天色大亮时已是一望无际的丰收景象。

朔方军前后共收获了五六千石黑禾，靠着这来历不明的祥瑞熬过了最艰难的一个月。击退同罗残部之后他们奉命南下，关中已收了新麦，暂无粮草之虞。

整军开拔的那天郭子仪最后一次回到宁朔西界的荒地里。并不意外地，这里已经一切如常。没有黑鸟，没有黑禾，白晃晃的沙地干干净净，再无一丝痕迹。

临行前最后一次回望，他忽然滚鞍下马，从沙土中拾起一片细小的羽毛。那是盲眼般的黑色，在正午刺目的骄阳下也没有一丝光泽。

他飞快地合拢手指，正盘算着该将这纪念品藏到什么地方才安全，忽觉掌心一凉。打开看时，羽毛如雪片般在他的注视下融化，丝丝血色沁入掌纹，悄然替他画了一段长长的生命线。

758

是年十月，朔方军在回纥精骑的协助下收复两京。安庆绪残部逃至相州，乾元元年史思明降唐，叛军中人情汹惧，驻守平原的蕃将康阿义抓住时机，领着四个儿子突围来归。

朔方诸将久闻康殁野波、康英俊勇冠三军，闻讯皆赶来围观。只见康英俊年方弱冠，人如其名，校场上一招一式虎虎生威，霎时搏得满堂彩。

郭子仪命人重赏了他们兄弟，揽着康英俊的肩膀朝众将一挥手：你想到谁部下，只要说出名字来，任你挑。

小伙子涨红了脸，深深埋头挠着后颈，拿磕磕绊绊的汉话问道："哪个是……左兵马使……李光弼？"

众将登时都有点绷不住。康殁野波拿手肘顶了弟弟一下："糊涂。李侍中早就是河东节度使了。"

郭子仪乐开了花："甚好。我正要往太原送点东西。兵荒马乱的，须得你们去才放心。"

康英俊兄弟赶到太原时，少不得再被狠狠围观一顿。战争的残酷不只在敌情凶险，更在生死边缘的极端场合里，轻飘飘的礼义廉耻往往掩不住人性深处的贪婪险恶。乱世里摸爬滚打到第四个年头，在场将佐早就将同室操戈勾心斗角看到了麻木。初听说郭子仪送来两员骁将，还带着一营蕃骑，河东军一时间如临大敌。及至康英俊到主将座下见礼，未曾开口先红透了一张俏脸，下意识就伸手去抓后脖颈："郭……"

殁野波忙在旁提醒，令公，中书令，郭令公。

"郭侍中让我来送件袄子。"

众人哄堂大笑，最初的紧张气氛荡然无存。

李光弼咬紧了牙才勉强维持表面的威严："有劳将军。先议军，杂事晚些再说。"

康英俊已将白皙的脖颈挠出道道红印子，急得一脑门子汗珠："令公……说来着，一来就得当面给你。说……怕你冷。"

锦盒打开时，李光弼庆幸地松口气。至少不是件妇人衣裳。

薛兼训将那织金红锦袄子拎起来，替主将谢道："这是上好的蜀锦，怕不是上皇新赐的冬衣。有劳令公挂心。"众人嘴上夸赞服色鲜明，心里暗笑：春天都过去大半了，这时节送冬衣可真是应景。

"不是新衣。"康英俊连说带比划，"是，令公穿过的。"

李光弼脸都白了，一把扯过袄子狼狈离场。众人愣了一下才反应过来，围着两个蕃将哄笑不止。唯有郝庭玉退到角落里拧紧眉头。将近一年过去，李光弼后背的箭伤仍未收敛，昼夜疼痛，浑身冰冷。这事旁人不知，他是知道的。

这件红锦袄简直毁尽李光弼平生审美。然而他还是忍不住一次次从枕头下面拿出来，不能自已地沉溺于似曾相识的淡淡松香气。虽是家常旧衣，却明显在背后新絮了丝绵。一片殷殷心意，只是劳而无功。纵挡住外来的风霜，也渥不暖骨子里的寒毒。

那么多年里的辗转反侧，寤寐思服，路远莫致，道阻且长，他不曾有过哪怕一丝的怨与悔。黄河九曲的遥远路途，在他眼里始终一苇可航。

而如今他们只在两岸相望，盈盈一水，公无渡河。

761

　　昔日香火鼎盛的西岳庙，连年兵燹之后已是一片破败萧索。老道人颤巍巍地开了山门，躬下身，面对僮仆露出难色："今日庙里有贵客。烦施主……"

　　说话间，郭子仪拴好马走过来。老道人扫了他一眼，不由得瞪大了眼睛，再三打量后，将腰身躬得更低些："贵客请进。"

　　老道人拎着沉甸甸一串钥匙，走一路，开一路，所过之处门扇吱呀作响，应着呼啸的松涛，逾添阴森之气。一殿一殿的天王圣母，多半倒在神坛下自身难保，一地杂芜也无人收拾。郭子仪看一路，叹一路，只是不曾停步。

　　一路穿行到后殿，门依旧掩着，却没有上锁。老道人踌躇一番，终没有开口，躬着腰无声无息地退下了。

　　郭子仪也在门口踌躇了片刻，蓦然忆起开元年间他上京催军粮，就曾这样忐忑地等在李楷洛宅门前请求借宿。年轻的左卫郎前来应门，只一眼便看住了。

　　沉重的木门无声开启，日光驱赶着尘土倾入室内。殿内空空如也，只四壁上画满华丽的彩绘。一个黑沉沉的人影提着灯，正在用手拂去粉壁上的薄灰，一点点露出金天王出猎的图像。

　　"光弼。"

　　那人闻声朝门口看过来，见到他时，风霜劳瘁的脸上展露出欣喜的笑容。纯粹明亮一如初见，就好像二十年间一切煎熬痛苦辗转流离都从未发生。

　　"我在长安找过你，听说你回乡扫墓，只以为不得见了。"

　　人情练达如郭子仪，如何听不出"不得见了"四个字背后的彻骨寒意。却也只能装聋做哑，强笑道："满以为你这次回朝能多待些时日，谁知这么快就要走。"

"史朝义围了睢阳，眼看又要孤城难支……"话说到一半，李光弼也觉场合不对，微微做个手势掐住了话头。

静默之中松涛声声入耳，如流沙窸窸窣窣穿过沙漏。安然对视间，郭子仪乍被冷风吹了个寒战：他们只剩下几粒沙的时间了。

"光弼……能不能不走。"恐慌的利刃绞着腑脏，三刀两刀剐尽了忠义廉耻，只剩下赤裸裸的心疼，"别走了，好不好。我……我把你藏起来，给你找最好的医博士，最好的药。碧落黄泉，凡我所能，无论如何也要治好你。光弼……我得把你留下来……"

颠三倒四语无伦次，河滩沙地上不可告人的涂画，却在慌乱羞惭之前已被绝望的洪水卷走。

太迟了。

李光弼在他抬眼对视的瞬间背过身去，洒然笑道："别怕。逆胡一日不灭，我且不急着死。"

一句话击碎了他的底线。从背后搂紧那人时简直下了死手，不在乎对方还有没有呼吸的余地，生怕一松劲就被他生出翅膀飞走了。

至德二载的旧伤正贴在爱人心脏的位置。熟悉的淡淡松香透过衣衫，熨化了雪原上的冰河。血脉里震响凌汛的声音。几年间日夜折磨李光弼的痛楚终于消退，始知这分崩离析的世界里仍有这般安宁温暖。他强迫自己深深吸气，极力抑制着哽咽，只任由泪水无声滚落。

"光弼……你冷不冷。"

可他能说什么。年轻时遐想的从军，是并肩驰骋过流沙与冰原，将唐帝国的旗帜展开在异域陌生的星辰之下。而他们所面临的战场容不下豪迈与浪漫。他们不得不带着队伍践踏自己生于斯长于斯的家园，不得不对同袍的残肢视而不见，对百姓的号哭充耳不闻，不得不将内心最后一点慈悲柔软封存在幽深的墓穴里，踩着血污与枯骨去挽回那个跌进深渊的盛世。

"我做过许多梦。"他将自己的手放在郭子仪掌中，贪婪地享受温热的包裹，"梦见和你，做兄弟，一餐一饭，形影不离；做朋友，总角相识，一起读书习武；做同袍，血洒到一处，生死不弃。做官，做兵，做措大，做寻常百姓，能说的不能说的，无数种开头，最后……都只有一种结果：战乱一起，什么都没了。"

他轻轻从郭子仪的怀抱里脱身出来，久久凝视着从未告白亦无需告白的爱人："后来我明白，那不只是我的命运。我们行军路上遇到的道旁饿莩，前线上无人收尸的残骸，被围困的城池里的冤魂，我梦见的是他们的生离死别，死不瞑目。我就眼睁睁看着，那么多人的希望美满就这样毁于一旦。——我还能……子仪……"他骤将双手也从对方掌心抽出来。他只能纵容自己这么多，这乱世里哪怕一丁点的喜悦满足都构成残忍。

"我不知道能不能做到。但是，我该走了。"

最后一点触碰中，郭子仪分明感到那人刚刚回暖的体温又飞快地消退。然而他留不住他，正如温热的掌心留不住晶莹的雪。

740

开元年间的华岳庙，是两京路上第一等繁华道场。郭子仪刚一踏进山门，捧着神盘揽客的巫女们便如猫儿闻见薄荷，乌泱泱围将上去。踏青上香的游客们见此奇景，也三三两两朝这边指点张望。——只消看一眼，满心疑惑便化作了然：这位官人好体面一张脸。后殿壁上那幅金天王出猎图，竟好似照着他摹画的一般。

脸上一团和气，下手的力气可毫不含糊。郭子仪拨开蜂围蝶阵般缠上身来的巫女，径直朝廊檐角落里自顾自抱着琵琶的女郎走过去。

未待他开口，女郎先蹙起倒八字的浓眉，眼疾手快地将栏杆上的黑鸟接到肩头，生怕被男人碰脏了似的："将军找错人了。"

"你认得我？"

女郎一撇乌青的嘴唇："老大年纪才混个游击将军。依我看，不如拿求神拜佛的钱去找右相家的姬侍睡上一睡，睡成个表亲，或许就有出路了。"

郭子仪脸上难免着了几分颜色，声调辞气却是雷打不动的温柔诚恳："我大约不是做将军的材料。奈何前日偏梦见金天王叮嘱，二十年后天下大乱，要指靠我平叛。正因此心里迷惑。炼师是三圣母下凡，敢求指点迷津。"

巫女抬起一边眼皮："你还有这份心？"

"担子交到我手里，自然责无旁贷。——连这份心都没有，当初何必从军。"

"天下大乱时，你能做什么？"

"凡我所能。"

"愿付怎样的代价？"

"凡我所有。"

只听铮的一声，镶金嵌宝的指甲生生勾断了一根琵琶弦。

"那我可要考考你。——战乱平定之日就是那个人英年早逝之时。二郎，你希望这一仗打多久？"

他手一抖："哪个人？"

巫女莞尔一笑："你刚才想起哪个人，就是哪个人。"

郭子仪张了张嘴，又张了张嘴，半晌憋出五个字："你，不讲武德。"

事后他抱着枕头翻来覆去想了一整夜：神佛都是聪明正直之人，如何这般无理刁难伤及无辜？不能够。天有好生之德，总能想出回背的法子。

——你想起哪个人，就是哪个人。

他要是能……不想起他呢……

——是了。弄不好他前世是华山二郎君，不合拆散三圣母婚姻，活该现世遭报应。三更半夜里他迷迷糊糊胡思乱想：三圣母司天下因缘，但能不惹因缘，两无挂碍，自然无灾无病，一世平安。

764

薛兼训赶到徐州时，心里默默抱怨了一霎：李光弼看上去并没有什么了不得的异样，怎地郝庭玉在信里那般火急火燎，让他以为晚来一日就见不到人了。

及至到了帅案前他才意识到自己错得离谱。那个人正襟危坐的姿态十年如一日，抬起头来时，却已是一张濒死者的脸。

昔日的藩府僚佐如今已是上马保境下马安民的浙东节度使。薛兼训死掐住手心，努力克制震惊与悲痛，挽起一个久别重逢的喜悦笑容："下官朝罢归镇，顺路来看太尉。——我在京中见到小公子了。"他拿手在胸前比划一下，"竟长了这么高。已经读上《左传》了。听说太夫人也一向硬朗。"

郝庭玉在李光弼背后朝他皱了眉：叫你来是为了聊这个？

薛兼训显然注意到了郝庭玉的表情，起身去拍了拍他的肩："圣上要在润州新置镇海军。我正想着邀上你。柏良器和王栖曜都去。大家还在一处。"

"这是好机会。"李光弼撑着书案想转身，却终于力气不支，俯首歇了片刻才继续道，"庭玉，南方物阜民丰，最宜养兵。我死之后，朝廷必罢河南行营。我正想着安排你去哪里好……"

郝庭玉再听不得一个死字，咬牙切齿地掐住薛兼训的手腕："太尉累了。你出去。"

薛兼训熟知那人刚决犯上的直脾气，却也从未见过如此直白到无礼的态度。两人拉拉扯扯到了院外，确定里面听不到他们的时候，薛兼训反握住那双青筋毕露的手："庭玉，我知道你不想谈太尉身后事。但其实……他比你想的要通达。他知道你得了好出路，才好放心……"

"你知道什么！"郝庭玉一把甩开对方的手，"大半个月里他在这里草遗表，散余俸，一件件交待后事，我就站在他后面一天一天一桩一桩听过来。几时他说完了，放心了，就走了！我什么不知道！用你来教？！"

薛兼训动了动嘴唇，尚不知如何开口，已自簌簌落下泪来。郝庭玉生怕他再来歪缠，深深吐了几口气，勉强平复了情绪，撂下客人一语不发地朝主帅厅中赶回去。

李光弼侧躺在里间榻上，旁边的小几上排着七八碗早已冷透的药。到这地步，郝庭玉看见药碗也觉心力交瘁，竟也不再劝他了。

"你还是想去朔方军。"李光弼一面同他说话，犹不甘心地想坐起身。郝庭玉心头焦躁，扶也不是不扶也不是，最后一咬牙，到床边跪下，与主帅正面相对。

"你让我去哪里我就去哪里。"

"朔方军遇上仆固怀恩这回事，处境正难。就算郭令公出马平乱，往后也只会愈受猜忌。你在那里素无根基，何必去趟这浑水。"

他自从河北战场到李光弼麾下，并不曾入过一日的朔方军。然而主帅的执念便是他的执念。李光弼私藏的那面朔方军令旗，他只希望自己有朝一日能带它回到北方，带着它指引那支陌生又熟悉的队伍守卫疆土收复失地，将它重新插上河湟秦陇直至安西北庭的城头。

落叶归根，狐死首丘。只有他知道，遥不可及的北境边城才是那人唯一的家。

李光弼见他垂眸不语，便一口气说下去："西北诸镇俸饷都薄，不是好去处。你家累重，实在想去那边，莫如入神策军。——你听我说。"他虚弱地抬手，截住郝庭玉的抗议，"你听我说，鱼朝恩掌神策军不过一时。这个局面绝不会长久。神策军是天子亲兵，正该是你大展鸿图的地方。"

郝庭玉将拳头捏得咯咯响，沉默良久，颓然阖目长叹一口气，好似绷到极限的弓弦无声挣断。

"你让我去哪里，我就去哪里。——太尉，歇歇罢。"

　　军中郡中一应庶务都已交割清楚。部将僚佐各司其职，昔日门庭若市的府衙里一连大半个时辰杳无人迹，夏蝉也在七月盛暑中懈了心力，有一搭没一搭地叫了一阵，不知几时都停了口。

　　郝庭玉如石像一般跪在床前，死死盯住病人微微起伏的胸膛。他不知道自己在看什么，只恍惚地疑心是不是只要这样目不转睛地看下去，就没有任何人任何力量能从他眼皮底下夺走这个耀眼的灵魂。然而病人的气息还是渐渐微弱下去，直到最后，整个世界在他们之间凝成一堵坚不可摧的冰墙。

　　室内仍是雷打不动的闷热。只有渐渐黯淡下去的光影告诉他们：太阳落了。

　　在那一瞬间巨大的恐慌里他失控地扑到床边，平生第一次将主帅冰冷的双手合在自己温热的掌心里。

　　"太尉！"

　　李光弼睁开眼，目光艰难地聚焦在他脸上，复又移开去，以一种无以名状的、近乎欣喜的神情望向西窗外的沉沉暮色。

　　"这么冷。是不是……下雪了。"

　　广德二年七月，屯驻河中的朔方军广斋僧众，办了场盛大的盂兰盆会。郝庭玉从徐州赶来，下马时已近午夜，黄河滩上犹是人头攒动，追荐亡魂的水灯多过了天河里的星星。

　　郭子仪远远望见来客一身缟素，心中早已了然，忙做个噤声的手势，示意：不要说。我都知道了。

　　郝庭玉对此视而不见，直勾勾盯进对方眸中："临淮太尉……"

　　"庭玉。不要说。"老人眼里是世人从未见过的恐惧无助，"求求你。不要说……"

　　李光弼去世前后他始终不曾落过一滴眼泪，却在此刻被老人哀求般的注视击碎了心防，转瞬间泣不成声，泪水淘尽了一生的热情和信仰，直哭到脱力跪倒在河岸边。

　　老人始终沉默。直到他气噎声绝，再无一丝力气，才伸手试图扶他起来。而郝庭玉木然摇头，拒绝了对方的好意。

　　"这是好事。"老人认真地望着他，努力挣出一个笑颜，"仗打完了。天下太平了。……庭玉，我们应该高兴才是。"

　　他茫然抬起头："令公……"

　　"你不信么？这不是我编的。他这一生，为平叛而来，为平叛而去。战乱的终点就是他的终点，他走的时候，这一切就到头了。庭玉，你不信么……"

　　郝庭玉并没有在意老人的胡言乱语，只失神地盯住河面。秋水时至，百川灌河，顺流而下的水灯里杂着一叶桦皮小舟。月上中天，冷然照见舟中一枚箭簇，金属冷光与沉暗的血色双双缠定一个熟悉的名字。

　　水灯明明灭灭，聚了又散。千万盏不瞑目的亡灵在浩荡梵音里渡往彼岸。战争结束了。